La gran tienda de los sueños 2

El caso de los soñadores perdidos

GRANTRAVESÍA

Miye Lee

La gran tienda de los sueños 2

El caso de los soñadores perdidos

GRANTRAVESÍA

Este libro es publicado con el apoyo de Literature Translation Institute of Korea (LTI Korea).

LA GRAN TIENDA DE LOS SUEÑOS 2
El caso de los soñadores perdidos

Título original: *Dallergut Dream Department Store 2: I'm Looking for Regular Customers* (달러구트 꿈 백화점 2 단골손님을 찾습니다)

© 2021, Miye Lee

Publicado según acuerdo con Sam & Parkers Co., Ltd. c/o KCC (Korea Copyright Center Inc.), Seúl, y Chiara Tognetti Rights Agency, Milán

Traducción: Charo Albarracín (del coreano)

Imagen de portada: Jeewoo Kim
Fotografía de guardas: Freepik.com / @kungtalon

D.R. © 2024, Editorial Océano de México, S.A. de C.V.
Guillermo Barroso 17-5, Col. Industrial Las Armas
Tlalnepantla de Baz, 54080, Estado de México
www.oceano.mx
www.grantravesia.com

Primera edición: 2024

ISBN: 978-607-557-935-1

Índice

Prólogo
El ático de Dallergut

Penny vivía con sus padres en una zona residencial de casas de una sola planta, aproximadamente a un kilómetro hacia el sur de la Galería de los Sueños. Aquel día todavía no se había ido a la cama, ya que estaba disfrutando de una cena tardía con ellos para celebrar que cumplía un año trabajando en la recepción de la tienda.

—Has hecho un gran esfuerzo durante todo este año. Estamos realmente orgullosos de ti, Penny. Tenemos un regalo que darte —dijo su padre, a la vez que colocaba con esfuerzo una pila de unos diez libros sobre la mesa. Todos eran libros de autoayuda o ensayos orientados a jóvenes recién ingresados en el mundo laboral.

—No sé de dónde voy a sacar el tiempo para leer todo esto. Ojalá mis días fueran de cuarenta y ocho horas —dijo la chica, desanudando el grueso cordón que mantenía los libros juntos—. Pero tengo una buena noticia. Al llevar un año trabajando, el Estado me reconoce oficialmente como "Miembro Profesional de la Industria de los Sueños".

—¿Eso significa que…?

—¡Exacto! Me darán una acreditación que me permite entrar en la "zona empresarial" en el área oeste. Además, mañana tendrán lugar las negociaciones individuales para subir el sueldo de los empleados. Quizás el señor Dallergut me dé la acreditación durante la sesión de negociación. Ahora siento que verdaderamente formo parte de la plantilla de la Galería de los Sueños.

—Siempre que pasaba en el tren de camino al trabajo por la zona empresarial, envidiaba a los que iban a su puesto en aquel lugar. Quién me hubiera dicho que mi hija iría allí... —dijo su padre, que se le quedó viendo sin poder continuar, embargado por la emoción.

—¡Los empleados de la Galería son mucho más admirables que los que trabajan en la zona empresarial! Por cierto, de acudir allí, ¿qué tipo de obligaciones te encomendarían? —le preguntó su madre, limpiándose la boca con una servilleta.

—Todavía no lo sé. Supongo que seguramente tendré que ir a reuniones con creadores. Hubo una vez en la que visité a Yasnooz Otra en su casa. En la zona empresarial se encuentran numerosas firmas elaboradoras de sueños y también muchos creadores, así que seguramente me mandarán a hacer toda clase de encargos.

Penny le había hecho una visita anteriormente en su residencia a Yasnooz Otra, una de los cinco creadores legendarios de sueños, para llevarle la versión de prueba de *Otra vida*.

—Qué rápido ha crecido nuestra chiquita... Pero una cosa: allí no debes causar accidentes, ¿entendido?

—Eso mismo. Ya no puedes cometer ningún error grave como el del año pasado. Siempre debes estar con los cinco sentidos puestos.

La chica asintió con la cabeza con cara de tener la comida atragantada. Desde hacía un tiempo, sus padres estaban más regañones que de costumbre. Cuando la policía llamó a casa para corroborar los perjuicios causados por el ladrón de la botella de "ilusión", al que acababan de arrestar, dio la casualidad de que fue su madre quien contestó la llamada, dejando a Penny sin más alternativa que contar lo que le pasó. Después de aquello, le tocó aguantar que la sermonearan durante un buen rato; tanto que se prometió a sí misma que jamás volvería a mencionarles incidentes que le ocurrieran en el trabajo.

Tras soportar con estoicidad la catarata de reprimendas que le estaban cayendo encima y con la frustración de un pájaro crecido que no ha podido volar fuera de su jaula, trató de tranquilizarlos y de explicarles que no era tonta, y finalmente se levantó de la mesa con cara de extremo cansancio.

—Bueno, tómense su tiempo para terminar de cenar. Yo ya me voy a mi habitación.

Penny entró en su cuarto cargando los libros y, al soltarlos sobre su escritorio, cayeron desparramados. En la repisa no le quedaba espacio para colocar más, por lo que decidió deshacerse de los cuadernos que había usado para preparar su entrevista de trabajo. "Ya no importa si los tiro", pensó.

Abrió uno de ellos que no había terminado de resolver. Pensó que si pudiera borrar las respuestas marcadas, quizás estaría bien cedérselo a alguien que lo necesitara, pero había usado bolígrafo para señalarlas. Pasando con desgana las páginas, se detuvo en la última pregunta que había resuelto. Recordó que, hacía un año, Assam, su amigo noctiluca, le había dicho cuál era la respuesta correcta al encontrarla enfrascada estudiando en aquella cafetería.

P: ¿Quién fue el creador y con qué sueño ganó el Grand Prix por voto unánime del comité evaluador en la Gala de los Premios al Mejor Sueño en 1999?

a) Kick Slumber con *Atravesando el Pacífico convertido en orca*.
b) Yasnooz Otra con *Vivir como mis padres durante una semana*.
c) Wawa Sleepland con *Observación de la Tierra flotando en el espacio*.
d) Doze con *Un té con un personaje histórico*.
e) Coco Siestadebebé con *Un matrimonio con problemas de fertilidad tiene trillizos*.

Tan pronto como vio el texto, recordó como si fuera ayer la situación en la que estaba y lo que sentía entonces. También se acordaba a la perfección de cuál era la respuesta correcta. "Es *a*), la obra con la que debutó Kick Slumber a sus trece años", murmuró, esbozando una sonrisa desbordante de confianza para, a continuación, cerrar el libro con sonoridad.

Por su memoria pasaron en cámara rápida los acontecimientos que había experimentado durante un año tras aquel día en el que se preparaba para la entrevista en la cafetería. La sobrecogió una sensación de plenitud sin precedentes, pues consideraba que había sido el tiempo de su vida en que el que había realizado mayores logros. Ya era bastante diestra en las tareas que concernían a la recepción y se sentía orgullosa de todo lo que había aprendido.

Ignorando que sólo conocía una ínfima parte de los asuntos que se cocinaban en la Galería de los Sueños, se puso a tararear mientras ordenaba el escritorio. Así cerró el día en el que cumplía un año de entrar a trabajar en la tienda.

*_**

En esos momentos, Dallergut, el propietario del establecimiento, se encontraba en su ático. Su hogar era un lugar acogedor que coronaba el edificio de estilo clasicista de la Galería, la gran tienda de cinco plantas donde se vendía una variedad de sueños. El ático estaba discretamente ubicado encima de la quinta planta —dedicada a la sección de saldos— y por fuera sólo dejaba ver un afilado tejado triangular y una única ventana pequeña, por lo que no parecía estar habitado. Sin embargo, una vez dentro, uno podía darse cuenta de que era un espacio mucho más amplio de lo que se percibía desde el exterior, pero sin duda se trataba de una vivienda bastante austera si se tenía en cuenta el estatus de su dueño. Todo el mundo le preguntaba si no deseaba vivir en una mansión de lujo como los creadores más célebres u otros propietarios de grandes comercios de sueños; sin embargo, Dallergut no tenía ninguna intención de dejar aquella morada que había decorado a su gusto. Además, lo que más le gustaba de vivir ahí era que no tardaba ni tres minutos en llegar a su despacho, el cual estaba en la primera planta.

Aunque resultara algo extraño, en el centro del ático había colocadas cuatro camas con las cabeceras pegadas las unas a las otras; todas ellas eran diferentes en cuanto a sus bases, el grosor de sus colchones y el material de las sábanas. Dado que los doseles que él mismo había mandado a fabricar a medida enmarcaban con naturalidad las cuatro camas, todas proporcionaban una sensación acogedora y holgada cuando se acostaba en ellas.

Había dispuesto cuatro camas para poder elegir la más adecuada para el tipo de sueño que quisiera tener cada noche.

Era el único aspecto en el que se había esmerado dentro de aquel hábitat tan minimalista; del resto de la casa, en cambio, se había desentendido: los viejos muebles habían empezado a combarse y eso dificultaba su apertura, los electrodomésticos no funcionaban del todo bien debido a frecuentes averías y a los marcos de las ventanas les hacía falta una buena mano de pintura. Por si fuera poco, el sensor del interruptor de la luz estaba deteriorado y hacía que ésta se encendiera y apagara a su antojo, algo que tampoco parecía importarle mucho a Dallergut.

Él se encontraba solo en su ático después de haber terminado su jornada de trabajo. Se había puesto una pijama camisera y estaba sentado en su cama más baja, poniéndose al día con la lectura de las treinta cartas que le habían llegado esa semana. Sobre el lecho, tenía desparramadas las que ya había abierto.

¡Los creadores amateurs más prometedores nos hemos unido!

Los creadores e investigadores nos hemos puesto manos a la obra para desarrollar Sueños por Dos. El saludo "¡buenas noches, nos vemos en mi sueño!" pronto será realidad.

Sería un honor para nosotros concederle al señor Dallergut el derecho a vender en exclusiva este novedoso...

A Dallergut siempre le llovían las ofertas de firmas que se prestaban a cederle en exclusiva la venta de sus más recientes artículos. Le mandaban cartas con ese tipo de propuestas incluso antes de que el sueño a lanzar estuviera terminado, con el fin de atraer el interés de los inversores. Sin embargo, él estaba obviamente al tanto de que se trataba de proyectos que llevaban estancados varios años en su fase de desarrollo. Cuando abrió con desgana el último sobre que quedaba, se dio cuenta de que era la carta que había estado esperando con gran ilusión, lo que hizo que su rostro se iluminara.

Estimado Señor Dallergut:

He recibido la propuesta de planificación que me envió. ¡Debo decirle que suena muy interesante! Me gustaría tomar parte en él sin excepción. Haré que en breve uno de mis empleados le haga llegar la lista de artículos con los que podríamos colaborar.

—Atentamente, Muebles Bedtown

Era un hecho que en días recientes Dallergut tenía todos sus sentidos volcados en cierto evento que iba a tener lugar en el próximo otoño. Se trataba de un proyecto muy ambicioso y personal, del que todavía no había dado pista alguna a sus empleados.

Afortunadamente, le iban llegando respuestas favorables de parte de las empresas más relevantes. De seguir a ese ritmo, en pocos meses tendría una excitante noticia para compartir con el personal de la tienda.

Tras leer la carta de Muebles Bedtown, se levantó de la cama enderezando la espalda, que sentía algo entumecida. Le dio una pereza enorme ponerse a recoger toda la correspondencia que había dejado dispersa. "¿Cuándo llegará el día en el que no me cueste trabajo tener la casa ordenada? Este fin de semana me va a tocar hacer una limpieza a fondo".

Optando por ordenar más tarde, se puso enfrente de un librero que estaba hecho a la medida para cubrir la totalidad de una de las paredes. Buscó en él algo de lectura ligera para llevarse a la cama antes de dormir. A la altura de sus ojos, había unos diarios colocados en orden cronológico y Dallergut sacó el que estaba marcado en el lomo con el número "1999".

"Sí, me va a ser de ayuda leer los diarios antiguos de los clientes de cara a la inauguración del evento".

El diario en cuestión era un conjunto de hojas de distintos tamaños que habían sido encuadernadas con un cordel resistente. La cubierta de tapa dura, hecha de un grueso cartón de pulpa de madera, daba testimonio del paso de los años, y en su centro se leía "Diario de los sueños de 1999", escrito con tinta negra por el mismo Dallergut. Siempre le había gustado hacer todo a mano; por el contrario, manejar máquinas seguía siendo su asignatura pendiente. Todo el personal de la Galería sabía que era capaz de hacer que un aparato tan fácil de usar como la impresora se estropeara cada dos por tres.

Con el viejo diario en mano, se apresuró a meterse debajo del edredón de la cama más cercana a la entrada. Se sintió envuelto por completo en el suave y mullido tacto de la ropa de cama. Al hojear un par de páginas del diario, el sueño comenzó a apoderarse de él. Intentó aguantar despierto un poco más de tiempo frotándose los ojos, pero el cansancio lo vencía. Avanzar en los preparativos iniciales para el evento que planeaba en secreto, aparte de sus obligaciones en la tienda, le había hecho llegar al límite de sus energías por ese día.

"Lo único que tenía de joven era estamina, y ahora…".

Hasta había pasado a bostezar en vez de respirar. Después de una serie de bocanadas, hasta le lagrimearon los ojos. Lo que mejor podía hacer en ese momento era recargar sus baterías durmiendo, pues a la mañana siguiente le aguardaba una apretada agenda de negociaciones de sueldos con sus empleados. Decidió que el diario lo leería más tarde en sus ratos libres. Tras dejarlo sobre una mesita de noche redonda, abierto en la página donde estaba leyendo, tiró suavemente de la cuerda que funcionaba como interruptor de la lámpara. Enseguida, se quedó dormido como un tronco en cuanto recostó su cabeza sobre la almohada.

Así, en el ático pasó a oírse únicamente la suave y profunda respiración de Dallergut y el ruido que hacía el segundero de su reloj. Una vez que la oscuridad se terminó de asentar en la habitación, la luz de la luna penetró sutilmente por la ventana extendiéndose por todos los rincones y se coló una delgada ráfaga de viento a través de un resquicio del marco. El interruptor averiado de la entrada se encendió con una luz anaranjada, la cual se sumó a la claridad de la luna que entraba por la ventana para alumbrar las páginas del diario que Dallergut había dejado abierto.

20 de agosto de 1999

Acabo de despertarme tras un sueño y siento la necesidad de dejar constancia de esta sensación tan vívida antes de que desaparezca.

En mi sueño, yo era una orca gigantesca que avanzaba mar adentro desde las aguas de la costa. En ningún momento temí que fuera a tragar agua por falta de aire, ni que necesitara que me socorrieran si era arrastrada por las olas. Lo más asombroso del sueño fue la abrumadora sensación de estar inmersa en la escena.

El sueño de Kick Slumber no presenta una libertad con peligros en la que uno no se atrevería a poner un pie, sino una libertad segura, la que todos anhelamos. Por esta razón, conforme me adentraba en las profundidades, más me sentía como en mi propio hogar.

Sentí que tenía un músculo que me recorría el lomo desde la aleta a la cola, lo cual me permitió acelerar en un instante mediante un potente coletazo. Allí, la superficie del mar es el techo y debajo de mi vientre blanco se extiende un mundo más profundo que el cielo.

La vista no sirve de nada, pues todo se percibe al mismo tiempo con todos los sentidos. Experimenté el impulso de subir a la superficie y en ningún momento dudé de mi capacidad para hacerlo. Mi cuerpo perfectamente aerodinámico rozó la superficie del agua y surcó el aire con audacia. Entonces un cosquilleo, que no sabría decir de dónde procedía, me atravesó entera. Me acordé de mi cuerpo que dejé en la orilla, pero me esforcé por seguir avanzando y guardar esa sensación dentro de las olas que iba doblegando.

"Ése no es el sitio que me corresponde".

A medida que me acostumbraba a estas sensaciones intensificadas, me dio por pensar que había sido una orca desde siempre. Al mismo tiempo que iba cayendo en ese delirio también iba volviendo en mí. Los dos mundos, los de orca y ser humano, se superpusieron para luego diferenciarse y desembocar en mi despertar.

Creo que fue el destino el que quiso que yo tuviera este sueño concebido por Kick Slumber a la edad de trece años, un niño dotado de genialidad que tal vez se convierta en el ganador más joven del Grand Prix a final de año.

Pero no creo que yo pueda llegar a presenciar tal cosa...

Algo más allá de esto sería demasiado peligroso...

Eso era todo lo que estaba escrito en la página abierta. La luz se apagó y el ático volvió a quedarse a oscuras.

Aquel diario anónimo, los muebles antiguos y la multitud de enseres desordenados formaban una amalgama que otorgaba un ambiente misterioso al lugar.

1. El primer aumento de sueldo para Penny

Era un viernes de la última semana de marzo, ya algo entrado el siguiente año. El rico olor de la leche a la cebolla que se hervía en el camión de comida calentaba sutilmente cada rincón de la calle, reemplazando el frío aire del atardecer. Gracias a ello, las personas que venían a comprar sueños podían caminar por allí con el mismo ánimo agradable de estar cubiertos con una cobija calientita en mitad del frescor.

El vestíbulo de la Galería de los Sueños seguía tan rebosante de clientes como siempre. En una hora en la que los empleados del turno de noche se disponían a comenzar su jornada, Penny, quien estaba en su segundo año de contrato como asistente de la recepción, no se encontraba por ninguna parte, y esto no se debía a que hubiera vuelto a casa tras terminar su horario, sino que estaba en la sala de descanso para empleados, situada al lado izquierdo de la entrada a la tienda, esperando su turno para negociar su sueldo.

Dentro de la sala, a la que se accedía una vez que se empujaba con fuerza una puerta de madera en forma de arco, estaban otros trabajadores más, incluido Motail, un chico que había sido su compañero en el colegio. Aunque no era muy amplia, el personal de la Galería guardaba un cariño especial a aquella habitación donde podían descansar a su gusto.

Penny ya se había familiarizado con la iluminación de ese peculiar color amarillo, los cojines con remiendos, los tarareos y el ruido de sillas al ser arrastradas, y la relajante música de fondo que producían el pequeño refrigerador y la cafetera. Aquel lugar le traía a la memoria la misma sensación reconfortante del aula donde solía participar en las actividades del club escolar en su época de estudiante.

—¿Cuántos tenemos por delante de nosotros esperando? —le preguntó a Motail, quien estaba sentado a su lado en el sillón con reposabrazos frente al sofá.

—Ahora mismo está dentro Vigo, luego vamos Speedo, yo y después te toca a ti. No falta mucho.

—Pensé que terminaríamos para la hora de volver a casa, pero ya pasó tiempo de más —dijo Penny, estirando sus brazos por encima de la cabeza, a la vez que miraba el reloj colgado en la pared.

—Qué remedio. Dallergut hoy estuvo tan ocupado como siempre. Estos días se le ve continuamente atareado. Si lo hubiera sabido, habría comprado unos bollos en Kirk's Barrier, pues no se sabe cuándo podremos cenar —replicó Motail, relamiéndose a la vez que se frotaba el protuberante vientre bajo su suéter ajustado.

La razón por la que no se habían ido a casa y estaban haciendo fila no era otra que las negociaciones de salario que tenían lugar una vez al año. En cuanto a Penny, quien había comenzado su segundo año como empleada, sería la primera vez que renegociaría su sueldo. Más que grandes ilusiones acerca de un aumento, albergaba cierto orgullo, pues el acontecimiento la hacía sentirse mucho más madura.

Que el año anterior le hubieran robado la botella de "ilusión" por las mismas fechas le había causado mucho pesar en su momento, y cuando se enteró de que al final lograron arrestar al culpable y recuperar el objeto, se alegró inmensamente ante la noticia. Sin embargo, también supo luego que el principal agente de la exitosa captura no había sido otro que Speedo. Con ello, el susodicho terminó por conocer todos los detalles del robo, así que, a partir de entonces, a Penny le tocó aguantar ver la cara de regodeo que ponía su compañero cada vez que se cruzaban en el trabajo. A pesar de eso, sentía un gran alivio ahora que había desaparecido aquel factor que podría resultarle desventajoso a la hora de renegociar su salario, por lo que ya no esperaba ni deseaba nada más.

Summer, una empleada de la tercera planta, y Mog Berry, la encargada principal de la misma, estaban sentadas justo debajo de un candelabro de diseño sencillo con algunas incrustaciones de cristal. Summer, como era propio de los empleados de esa planta, llevaba el delantal con arreglos hechos a su gusto. Le había bajado el dobladillo por completo, haciendo que fuera mucho más largo que el de sus compañeros. Mog Berry adquiría una presencia majestuosa bajo la luz amarillenta que ponía de relieve sus mejillas, las cuales había cubierto densamente con maquillaje para ocultar su rojez.

Aunque ambas habían terminado su entrevista, habían optado por no irse a casa y estaban saboreando con gusto los refrigerios. En la enorme cesta ya no quedaban los bocaditos más exquisitos como las galletas reconfortantes para el cuerpo y el alma, sino poco más que un puñado de chocolates que no tenían ningún efecto en especial.

Summer había puesto sobre la mesa de madera el kit de tarjetas de un test de personalidad y le estaba haciendo a Mog Berry las preguntas.

—¡Bueno, veamos el resultado! ¡Te ha salido el "activista apasionado"! Eres del tipo del "Primer Discípulo". Es ya la tercera vez que veo el mismo resultado.

Con la mirada iluminada, Mog Berry asintió moviendo la cabeza con vigor en señal de satisfacción.

—¿Sale igual si se hace una segunda vez?

Al insistir en que probaría a repetir el test, Summer arrugó la nariz denotando reticencia.

Lo que Summer se había traído eran unas tarjetas con preguntas para averiguar a qué discípulo se asemejaba más un individuo de acuerdo con su personalidad; pertenecían a un test confeccionado con base en *La Historia del Dios del Tiempo y el Tercer Discípulo*. Se trataba de un obsequio que daban en la librería a comienzos de año con la compra de libros por un valor superior a diez gordens; y al tener un diseño que estimulaba las ganas de guardarlo como recuerdo, aquellos kits se agotaron enseguida. Penny había intentado conseguir un ejemplar a través de una compra de segunda mano que conllevaba el pago de un plus y, aunque finalmente decidió no adquirirlo, lo pudo reconocer al instante en que lo avistó.

—Motail, ¿te animas tú también a hacerlo? —le preguntó Summer, volviendo a esparcir las tarjetas sobre la mesa. En ese punto, ella ya estaba harta de interactuar solamente con su supervisora.

—Paso. No me hace falta hacerlo para saber que pertenezco al tipo del Primer Discípulo; soy una persona muy orientada al futuro —le respondió de manera resuelta. A continuación se levantó, tomó todos los chocolates en forma de moneda que quedaban en la cesta, le ofreció algunos a Penny y se volvió a sentar—. Penny, dices que vives con tus padres, ¿cierto? ¿No crees que deberías avisarles que vas a llegar tarde a casa? —le preguntó a la vez que iba abriendo el envoltorio de un chocolatín.

—Les informé hace un rato y les dije que empezaran a cenar sin mí.

A Penny no le disgustaba quedarse a holgazanear en la sala de descanso aun después de que hubiera terminado de trabajar. Al contrario, le entusiasmaba más bien la idea de ver la telenovela que daban por la noche mientras tomaba un sándwich de pollo sin verdura alguna que compraba en el camino de vuelta a casa. Estaba segura de que si llegaba temprano, sus padres la bombardearían sin tregua durante toda la cena, preguntándole si había conseguido un aumento de sueldo, si estaba esmerándose en atender a los clientes, o si se había ganado alguna riña de sus superiores.

Pasados unos momentos, la puerta de la sala se abrió con un sonido grave. Creyeron que el turno de Vigo Mayers había terminado más rápido de lo previsto y que ya estaban llamando al siguiente a entrar, pero quien apareció fue Speedo.

A cargo de la cuarta planta donde se vendían sueños para siestas, era conocido por todos debido a su carácter impulsivo, que a la vez se correspondía con una rapidez inigualable para dejar listas sus tareas. Como siempre, iba vestido con un overol y llevaba su larga melena recogida en una coleta. Desde la puerta, trayendo bajo el brazo varios archiveros voluminosos, escaneó con la vista a quienes estaban en la sala de descanso.

—Vigo Mayers aún no ha terminado, ¿verdad?

—No, creo que todavía le queda un buen rato —le respondió Penny como por inercia, para inmediatamente después arrepentirse de haberlo hecho.

—Penny, no hace falta que te esfuerces tanto por contestarme cuando hay tantos otros aquí. Ya sé que te sientes muy agradecida porque yo atrapé al ladrón que te robó esa botella de "ilusión" —le dijo Speedo a la chica, denotando que se estaba haciendo el benévolo con ella. A continuación, se sentó en el filo del sofá.

La chica esbozó una incómoda sonrisa, y para evitar seguir hablando con él, se dirigió a Mog Berry, cambiando de tema con astucia:

—Por cierto, ¿quedó bien la redecoración de tu casa? Dijiste que se estaban esmerando en especial con las ventanas, ¿cierto?

Hasta hace poco, Mog Berry se había alojado en casa de su hermana mayor durante la temporada en la que se llevaban a cabo remodelaciones en la suya. Como vivía cerca de Penny, solían encontrarse a veces de camino al trabajo, pero varios días atrás su compañera le comentó que ya había quedado lista la redecoración.

—Qué bien te acuerdas, Penny. Pues sí, me encanta como dejaron las ventanas. Me costó decidirme a ampliarlas, pero ahora se puede ver hasta la "Pendiente vertiginosa" del oeste. Tengo unas vistas espectaculares, sobre todo cuando hace buen tiempo.

—Entonces, ¿también se ve el tren que va a la zona empresarial?

—Así es, ése era mi objetivo. Cuando en mis días libres me acueste en el sofá, voy a disfrutar el doble descansando mientras veo a los que se dirigen allí a trabajar —le respondió

Mog Berry entusiasmada, como si hubiera estado esperando a que le preguntara.

Aprovechando que la atención de Mog Berry estaba concentrada en otro lado, Summer se puso a ordenar las tarjetas de aquel test tan fastidioso.

Tomando como referencia la avenida principal, donde se situaban la Galería de los Sueños y muchos otros comercios, hacia el sur había un amplio barrio residencial, en el que vivía Penny; al norte, en las Eternas Montañas Nevadas, habitaba Nicolás, quien era Santa Claus, y al este había una urbanización de casas de lujo, donde vivían personalidades conocidas como Yasnooz Otra y donde los creadores como ella tenían sus talleres. Por último, se encontraba la "Pendiente vertiginosa" al oeste, la cual era literalmente una cuesta extremadamente empinada que daba nombre a toda el área que la rodeaba.

Cruzando el valle desde la pendiente y subiendo por otra cuesta empinada al oeste, se encontraba un vasto territorio que albergaba el conjunto de empresas dedicadas a la fabricación de sueños, al que los ciudadanos llamaban "la zona empresarial".

El terreno era demasiado accidentado y su disposición complicaba mucho el acceso debido a las vueltas que había que dar para llegar; por tanto, la gente que iba a trabajar allí tomaba un tren con esa finalidad. El tren transportaba pasajeros sobre los rieles que atravesaban las colinas de subida y bajada, repitiendo el trayecto varias decenas de veces en un mismo día.

—Penny y Motail, todavía no se han subido al tren de trabajadores, ¿cierto? —preguntó Mog Berry.

Motail negó con la cabeza y le respondió:

—Yo sí subí una vez. Había escuchado que a los visitantes forasteros que van en pijama los dejan ascender sin revisarles los boletos, así que para comprobarlo fui con unos amigos del barrio y nos subimos. Pero la aventura terminó pronto porque, a los diez segundos de pisar el tren, el revisor nos descubrió.

Subir al tren de trabajadores que iba a la zona empresarial no era algo que le estuviera permitido a cualquiera. Hacía falta una acreditación para ello, como la licencia de creador de sueños o una tarjeta de empleado de una compañía situada dentro del complejo, que certificara que el pasajero pertenecía a la industria de los sueños. En cuanto a los empleados de la Galería, sólo eran reconocidos como trabajadores de la industria una vez que hubieran completado un año de contrato, pudiendo recibir así un pase de acceso.

—Pero, Motail, tú llevas aquí trabajando mucho más de un año, ¿no? —preguntó Summer, algo confundida, mientras metía las tarjetas del test en su estuche.

—El verano anterior fue cuando completé un año entero, pero como supuestamente la acreditación sólo se otorga a todos por igual en el mes de marzo, he estado esperando hasta ahora. Penny, tú recién acabas de cumplir un año, ¿no?

—Justo ayer. He tenido suerte. Si me hubiera incorporado un poco más tarde, quizá me habría tocado esperar un año más —dijo Penny, soltando un suspiro en señal de alivio.

—Por fin estos novatillos se enterarán de lo que es la "Oficina de Atención al Cliente" —aprovechó Speedo para meterse en la conversación tras llevar un rato callado. Había estado hojeando a toda prisa los archiveros, a la vez que agitaba una pierna impacientemente.

—Deja de crearles miedos innecesarios y detén ya esa temblorina, Speedo —le recriminó Mog Berry.

—¿Cómo que innecesarios? Sabes tan bien como yo lo que significa que te den el pase de acceso a la zona empresarial. No es para subirse al tren y visitar las compañías de creación de sueños como si fuera una excursión.

—Sí, pero no vayas a empezar a hablar de las cosas que traen quebraderos de cabeza.

—¿El pase no era para probar a subirse al tren y darse un paseo por allí para conocer las empresas? —preguntó Motail, con cara de desconcierto a causa de la conversación entre sus dos compañeros más veteranos.

—Mira que eres ingenuo, Motail. Lo que dice Speedo es cierto, les van a expedir un pase que usarán principalmente para ir a la Oficina de Atención al Cliente que hay en la plaza central de la zona empresarial.

—¿No podremos visitar las empresas? —preguntó Motail frustrado, llevándose las manos a la cabeza.

—¿Para qué irán allí a hacer eso? Al único lugar al que tendran acceso será la Oficina de Administración y, como mucho, al Centro de Pruebas. Allí es donde tienen lugar las reuniones con las compañías creadoras de sueños cuando surgen problemas a causa de alguna denuncia.

—¿De qué se ocupa la Oficina de Administración? —preguntó Penny en un tono calmado.

—Te enterarás mejor cuando hagas una visita allí, antes que con cualquier explicación que te demos. Recuerdo la primera vez que fui acompañando a Dallergut como si fuera ayer... Todos los que nos dedicamos a la venta de sueños debemos pasar por ese sitio en algún momento, pero en la medida de lo posible intento no tener que ir por allá más. Por así decirlo, es un lugar que te hace sentir incómodo —le respondió Mog Berry con una mirada desmoralizante.

—Hasta ahora sólo conocieron a clientes que vienen aquí de buen talante. Ahora se van a enterar de los problemas que vienen de la mano de la Oficina de Administración. No saben todas las quejas que entraron por unos sueños para siestas que yo vendía el año pasado —añadió Speedo, señalando los gruesos archiveros que estaba hojeando.

—Speedo, no me digas que has traído los casos de reclamaciones resueltos para enseñárselos a Dallergut en la negociación de sueldo —dijo Mog Berry boquiabierta.

—Exacto. Imprimí los documentos y los ordené para que pudiera comprobar de un vistazo todo lo que sufrí por ellos. ¿Quieres ver la cantidad de denuncias tan ridículas que hay aquí? A ver, puedo entender que alguien reporte que por culpa de una siesta en plena lección, los compañeros se burlaran al oír que hablaba en sueños; sin embargo, hay gente que se queja de tener insomnio por la noche por haber dormido toda la tarde porque la siesta era demasiado buena para despertarse. ¿Y qué culpa tengo yo de eso? Cada vez que pienso en el dolor de cabeza que me causó durante varios días...

—Al fin y al cabo, eres el encargado de la cuarta planta porque supiste salir airoso de todo aquello. En esta tienda es un cargo que no se le da a cualquiera, sino a quien tiene una experiencia de peso en este ámbito —dijo Summer, que había estado escuchando atentamente la conversación, denotando cierta envidia.

A pesar de que Penny no se había enterado de la mitad de las cosas que Speedo había contado con tanta celeridad, intuyó que sólo un empleado como él podría haber solucionado tan rápido todos aquellos asuntos.

—Se ve que para los encargados principales de cada planta esto se trata de una negociación de salario en todo el sentido de la expresión. Yo tenía previsto no hacer más que firmar la cantidad que el señor Dallergut me propusiera sin decir nada.

Penny comenzó a sentirse algo presionada acerca de la entrevista que tendría en pocos minutos.

—No te preocupes. El señor Dallergut no será muy exigente contigo, pues entenderá que recién acabas de completar tu primer año; sólo querrá saber qué planes tienes en el que sigue —la consoló Summer.

—Pues de planes… ¿Se puede llamar plan al simple propósito de esforzarme más este año? Me refiero a que mis tareas son atender a los clientes en la recepción, llevar las cuentas del inventario y hacer los encargos que la señora Weather me manda. Nunca he pensado en hacer cosas más allá de eso.

—Eso es ya en sí un plan estupendo, pero ¿no crees que te aburrirás? Si yo me pasara los días en un mismo sitio haciendo sólo lo que me ordenan, quizás acabaría volviéndome loco —dijo Motail, dando un brinco en su asiento que le hizo erguir la postura.

—Pues a mí me parece que en la quinta planta te la pasas a lo grande, ¿eh?

Motail era conocido entre todos por el alborozo con el que cantaba las ofertas en la sección de descuentos de la quinta planta. Hasta la misma Penny reconocía que sentía impulsos de comprar alguna ganga al oír las maravillas acerca de los artículos con las que encandilaba a un cliente y otro.

—Motail, ¿tienes algún plan que te vaya a ser útil a la hora de negociar tu sueldo?

—Pues tengo una estrategia magnífica.

—¿De qué se trata?

—A mi parecer… En la quinta planta ya se va necesitando un jefe —le murmuró a Penny, inclinándose sobre el reposabrazos de la silla como temiendo que alguien pudiera escucharlo—. Fíjate en Mog Berry, con lo joven que es y ya tiene un puesto de encargada. Quizás en un futuro no muy lejano, yo también pueda ser jefe de la quinta planta. Nadie negará que como mínimo tengo un ojo clínico para la selección de productos. Aunque sé que es demasiado pronto para tener este tipo de aspiraciones, espero que algún día… —explicó Motail con la desbordante confianza de un niño que acaba de ganar un campeonato de natación.

Sus palabras no se quedaban en una mera vanidad. Motail tenía una perspicacia innata a la hora de identificar los sueños que serían éxitos de venta. Todas las novedades que él recomendaba, aunque no resultaran ser un bombazo, se vendían en tales cantidades que no quedaban saldos almacenados. Cuando a finales de año Dallergut daba la oportunidad a todo el personal de comprar cualquier sueño de la tienda canjeando un cupón, era habitual entre los empleados decidirse por el mismo que Motail conseguía para sí.

—Sí, tienes una vista de lince para los sueños —lo elogió Penny, para disimular lo impresionada que estaba al oír aquello que le acababa de decir.

Sin duda alguna, que un compañero de su misma edad tuviera tales pretensiones suponía un aliciente para que ella se diera cuenta de que podía quedarse atrás. "¿Por qué no me di cuenta antes?", se preguntó, pues se había limitado a pensar que le deparaba un año no muy diferente al que había cumplido en su puesto. Sin embargo, no estaba en situación de limitarse a hacer sólo lo que le mandara Weather. Aparte de que ya no procedía usar el comodín de novata para que los demás le resolvieran los problemas, era evidente que, de no avanzar, surgirían cada vez más diferencias entre ella y los empleados que, como Motail, tenían sus propios propósitos. Penny se quedó de piedra al recibir aquella bofetada de realidad, tras haber estado ensimismada en la fantasía del pase a la zona empresarial.

La puerta de la sala de descanso volvió a abrirse. Esta vez sí fue Vigo Mayers quien entró. El encargado de la sección de rutinas ordinarias de la segunda planta siempre portaba un serio semblante que no daba pistas de qué ánimo estaba. Por tanto, no había manera de discernir si su negociación de sueldo había sido exitosa o no.

Al anunciarle a Speedo que había llegado su turno, este último se dirigió al despacho de Dallergut con paso decidido, llevando bajo el brazo los archivos. Vigo también se disponía a salir detrás de él, pero la voz de Mog Berry lo hizo detenerse:

—¡Señor Vigo, haga usted también el test de personalidad! Se trata de saber a qué personaje de entre el Dios del Tiempo y sus discípulos se asemeja. Me intriga qué resultado le saldría.

Mog Berry se puso a sacar con ingenuidad las tarjetas del test que Summer había dejado bien ordenadas dentro del estuche.

—No me interesa. Para empezar, no creo que la personalidad de la gente se pueda dividir simplemente en tres tipos —le respondió Vigo con desgana.

—No es para que se ponga así. Se trata sólo de una diversión. A ver, ¡Penny! ¿Qué te parece si te lo hago a ti?

—¿Cómo? Ah, sí, bien —aceptó sin querer Penny, al espabilarse de repente de sus cavilaciones.

Con todo el entusiasmo del mundo, Mog Berry se desplazó enseguida hasta quedar frente a Penny y esparció el conjunto entero de tarjetas. Cada una de las veinticinco estaban hermosamente ilustradas con un dibujo distinto y unidas entre ellas por una fina parte de sus esquinas. Tras colocarlas sobre una superficie, quedaban alineadas cinco en sentido horizontal y otras cinco en vertical, y había que ir plegándolas en orden según la respuesta que se elegía hasta que quedara la última, que era la que dictaminaba el resultado.

—Pues sí que lo han hecho con un diseño muy acertado —dijo Vigo, quien se había quedado a curiosear, a pesar de haber mencionado que no tenía interés en el test.

—Bueno, empecemos. Una vez que hayas contestado a todo lo que te pregunto, quedará sólo una de estas tres —le indicó Mog Berry, usando las mismas palabras que le había oído decir antes a Summer, mientras señalaba las tres vistosas tarjetas que componían la línea inferior.

En la del extremo izquierdo, enmarcada por un borde con motivos frutales, estaba dibujada la silueta posterior de una señora mayor que señalaba con la mano hacia una luz clara. Cualquiera podía darse cuenta a simple vista de que estaba inspirada en la creadora de sueños premonitorios de embarazos, Coco Siestadebebé. En la tarjeta del centro unos cristales pequeños brillaban como estrellas sobre un oscuro fondo similar a una cueva y estaba dibujada la figura de un hombre delgado que apuntaba a ellas con su mano. En la tercera tarjeta aparecía un hombre parecidísimo a Dallergut sobre un trasfondo con la ilustración de la Galería de los Sueños.

Justo cuando Penny le iba a preguntar quién era el personaje representado en la segunda tarjeta, Mog Berry le dio la vuelta a ésta ocultando el dibujo. Enseguida, tomó la lista de preguntas y comenzó a hacérselas:

—¿Sueles quedarte atrapada en los recuerdos cuando estás sola?

—Ehm... Sí, creo que me pasa constantemente.

—¿Consideras que los acontecimientos pasados influyen mucho en ti?

A Penny le vino a la mente la sonrisa burlona de Speedo que tan molesta le resultaba últimamente.

—Sí.

—Bien. ¿Encuentras regocijo en planificar nuevas aventuras para no anclarte en la rutina diaria?

—No, creo que no hago eso.

Conforme iba contestando, las cartas se iban replegando cada vez más unas a otras. Cuando finalmente Penny respondió a la última pregunta, Mog Berry le dio la vuelta muy lentamente a la última tarjeta que quedaba.

—Eres... ¡una filósofa entrañable! ¡Te ha salido el tipo del Segundo Discípulo! Eres la primera de aquí que obtiene este resultado.

Penny se quedó contemplando la tarjeta que su compañera le había pasado. A lo largo de la parte superior de los bordes estaba escrita en letra pequeña una cita del libro *La Historia del Dios del Tiempo y el Tercer Discípulo* que Penny conocía:

El Segundo Discípulo pensaba que con los recuerdos se podía ser feliz eternamente, pues no habría nada que lamentar ni echar de menos. El Dios del Tiempo le otorgó el pasado y, al mismo tiempo, el don para recordarlo todo infinitamente.

—Por cierto, ¿quién es el descendiente del Segundo Discípulo? —aprovechó Penny para preguntar lo que le había intrigado durante todo el tiempo que hacía el test—. La historia cuenta que se escondió en una cueva, ¿es por eso por lo que nadie supo más qué fue de él después?

—No sé. En estos días nadie se interesa en ello. Además, es algo que pasó hace mucho tiempo. Acuérdate cómo tú misma no sabías hasta el año pasado que Coco Siestadebebé es descendiente del Primer Discípulo. El caso del señor Dallergut es mucho más conocido, y supongo que en eso influye que sea el heredero de la Tienda después de tantas generaciones. Se dice que el descendiente del Segundo Discípulo podría estar en algún sitio creando sueños en el anonimato; e incluso hay rumores de que ya dejó este mundo, pero, al fin y al cabo, no existe ninguna certeza.

—Atlas —dijo secamente Vigo, como poniendo punto final a lo que Mog Berry acababa de decir.

—¿Cómo dice?

—El descendiente del Segundo Discípulo se llama Atlas. Quédate con el nombre —aclaró, mientras abría vigorosamente la puerta—. Me marcho. Si terminaron ya lo que tenían que hacer, dejen de perder el tiempo aquí y váyanse a casa.

Al mismo tiempo que Vigo salía, Speedo, que había estado entrevistándose con Dallergut, entró corriendo en la sala de descanso.

Dado que había terminado su sesión de negociación en menos que canta un gallo, Motail, quien tenía el siguiente turno, se apresuró a levantarse del asiento.

Penny salió antes de la sala cuando Motail estaba más o menos por acabar su entrevista y se quedó deambulando frente al despacho de Dallergut mientras esperaba su turno.

Aparte de los clientes forasteros vestidos con ropa de dormir que había en el vestíbulo, se acercaban muchos de otras ciudades de camino a sus casas tras terminar la jornada.

El resultado del test que hizo momentos atrás seguía flotando por su cabeza como impurezas sobre la superficie del mar. Imaginó que a Motail probablemente le habría salido el tipo de personalidad del Primer Discípulo, el que simbolizaba el futuro. "Si él tiene como virtud innata el ser ambicioso y emprendedor, ¿cuáles serían mis puntos fuertes teniendo en cuenta que pertenezco al tipo del Segundo Discípulo? ¿Cómo podría beneficiarse ese personaje al que se le otorgó el poder de recordar todo eternamente?". Penny no podía pensar más allá de que esa habilidad sólo le sería útil a ella a la hora de hacer un examen que requiriera memorizar cosas. A pesar de que estaba de acuerdo con Vigo en que la personalidad de la gente no podía dividirse en sólo tres clases, esos pensamientos no dejaban de rondar de manera absurda por su mente.

Estaba tan distraída por esas ideas que no notó que la puerta se había abierto. Motail se quedó mirando con extrañeza a la chica que seguía ahí de pie totalmente absorta.

—Penny, ¿te pasa algo?

—Ah, ya terminaste, ¿no? Descuida, no es nada.

—Menos mal. Ya puedes entrar —le dijo Motail amablemente, sosteniendo la puerta unos segundos. Parecía que le había ido bien en la negociación, pues se le veía contento.

—Gracias.

Al entrar en el despacho, Dallergut la saludó con la mano, mostrando un semblante alegre desde el otro lado de su escritorio. Llevaba puesto un suéter en el que se entrelazaban hilos blancos y negros, que parecían replicar los colores de su cabello rizado.

—Perdona, tuviste que esperar mucho, ¿verdad? Siéntate.

—No se preocupe, señor Dallergut.

Él se puso unas gafas de montura delgada que no solía llevar a menudo. Le daban un aspecto aún más observador, pero, al contrario de su pulida apariencia de perfeccionista, su despacho derrochaba personalidad de arriba abajo. La caprichosa impresora vieja volvía a emitir la misma luz de aviso parpadeante de siempre y sobre la amplia mesa se encontraban en total desorden todo tipo de cosas, desde documentos por firmar, un antiguo diario y hasta alguna que otra lata de refresco.

—Hay gente que se siente más cómoda en un entorno menos organizado —le dijo con serenidad a la chica, como si le hubiera leído la mente—. Supongo que hoy no te harán falta las galletas para reconfortar el cuerpo y la mente.

—Claro que no —le respondió ella para aparentar que estaba tranquila.

—Veamos. Es tu primera negociación de sueldo como empleada de la recepción. ¿Qué te parece si hacemos un repaso de este último año?

Dallergut se puso a buscar entre los papeles del escritorio uno donde tenía anotada la información acerca de Penny. Al intentar sacarlo de debajo del bote de los lápices, le dio un codazo a una lata de refresco a medio beber y casi la derrama. Por suerte, Penny estaba atenta y fue presta a sujetarla antes de que se volcara. Con la otra mano, levantó un viejo diario que estaba justo al lado, salvándolo de que acabara mojándose.

—Gracias, Penny.

—De nada.

La chica volvió a poner el diario sobre el escritorio. Sobre la deslucida tapa estaba escrito "Diario de los sueños de 1999".

—Diario de los sueños de mil novecientos... Ésta es su letra, ¿cierto? ¿Escribe un diario sobre los sueños?

Penny había reconocido de inmediato la caligrafía de Dallergut.

—Ah, las páginas que contiene no las he escrito yo, solamente las encuaderné para hacer un diario con ellas. Quería guardar las reseñas que dejaban los clientes forasteros al despertarse tras tener los sueños. Pensaba echarles un vistazo cuando tuviera un rato, pero hoy tampoco he encontrado un momento —explicó él con una sonrisa, mientras daba unos toquecitos con el índice sobre la portada.

—¿Los clientes forasteros escriben un diario de los sueños que han tenido?

—Ya sabes que a través del Dream Pay Systems podemos leer los comentarios que dejan. Éstas serían, por así decirlo, unas reseñas mucho más exhaustivas.

—Que describan sus experiencias después de tener sueños me parece insólito, pues los clientes, por lo general, difícilmente se acuerdan de lo que soñaron.

—Al parecer, anotan sus sensaciones en el primer papel que tienen a mano en cuanto se despiertan. No obstante, son pocas personas las que lo hacen, y ésa es precisamente la razón por la que estos diarios son tan valiosos. Así es como conservamos los registros diarios de sueños archivándolos por año. Para nosotros, que trabajamos en contacto directo con los clientes, no existen datos más preciados que éstos.

Penny sintió una repentina curiosidad acerca de qué tipo de anécdotas habrían dejado por escrito los clientes en el ya distante año de mil novecientos noventa y nueve.

—Vaya, me fui por las ramas hablando de otra cosa. Hoy tenemos que hablar sobre ti, Penny.

Dallergut comenzó a leer un papel donde había hecho una gran cantidad de apuntes sobre su empleada. La chica tragó saliva, impacientándose acerca de qué observaciones habría hecho en cuanto a su desempeño.

—Veamos. Weather me comentó que deposita bastante confianza en ti. También dijo que está contenta con tu actitud en el turno de noche y le gusta la forma tan meticulosa con la que dejas hechas tus tareas. Obviamente, no hay nada más fiable que la opinión de los que trabajan a tu lado.

Sintiéndose aliviada al oír eso, Penny le dio las gracias para sus adentros a Weather.

—Ah, por cierto. Tengo una cosa que darte.

Tras rebuscar en el último cajón del escritorio, sacó algo y se lo ofreció a la chica. Se trataba de una pequeña tarjeta confeccionada a modo de colgante.

—Señor Dallergut, ¿es esto...?

Sobre la superficie de la tarjetita hecha de un material brillante estaba grabado "Penny/Empleada de la Galería de los Sueños Dallergut" en letras que se leían nítidamente.

—Vaya, quiere decir que ya me expidieron el pase para la zona empresarial. Muchas gracias por acordarse de solicitarlo para mí.

—Cómo no, ya llevas un año trabajando con nosotros. Con esto se te acredita para tener acceso a la zona empresarial, lo que significa que ahora te reconocerán como personal capacitado de la industria de los sueños.

—Escuché que una vez que se recibe este pase, hay que ir a la Oficina de Atención al Cliente.

—Oh, veo que ya estás enterada. Todos los empleados que han superado sin problemas su primer año, deben pasar por allí sin falta. Piensa que es algo así como un pequeño curso de entrenamiento que yo mismo he establecido. Acompáñame a ir allí el próximo lunes.

—En la Oficina de Administración es donde se reciben reclamaciones por escrito de parte de clientes que tienen quejas, ¿cierto? Al menos, ésa es la idea que me quedó después de oír lo que dijo Speedo.

—Pues resumiendo, así es. Si tuviéramos que escoger en qué tipo de clientes centrarnos, ¿a cuáles darías prioridad? ¿A los que todavía no han hecho ninguna compra, o a los que eran asiduos pero decidieron no venir más? ¿En qué colectivo deberíamos invertir nuestros esfuerzos si queremos mantener el éxito?

—Ehm... Es importante atraer a nueva clientela, pero también lo es que sigan viniendo los clientes habituales... No obstante, si hubiera que decantarse por un grupo de los dos...

Dallergut sabía cómo tomar por sorpresa a Penny con sus desafiantes preguntas y, cuando lo hacía, sus ojos de color grisáceo destellaban vitalidad.

—Yo tengo mucho aprecio hacia los clientes asiduos, seguramente porque les tomé cariño a sus medidores de párpados que tenemos en la recepción.

A Penny le agradaban esos pequeños artilugios que medían el grado de somnolencia de los clientes fijos, con sus vaivenes y sonidos acompasados tan particulares. Más allá de eso, sentía una alegría inmensa cuando, al poco de que las agujas indicaran que habían entrado en fase REM, esas caras familiares entraban por la puerta.

—Yo pienso igual. Me parece que es una muy mala señal que los clientes que disfrutaban con nuestros sueños dejen de venir a nuestra tienda de un día para otro. Los que no son dados a quejarse optan drásticamente por no aparecerse más. En lugar de eso, es preferible que vengan pidiendo un reembolso.

Penny recordó aquella vez en la que unos clientes llegaron en tropel reclamando un reembolso de los *Sueños para superar traumas* de Maxim. Por entonces, Dallergut los invitó a una sala oculta donde pudieron compartir sus insatisfacciones.

—La Oficina de Administración está para ayudarnos cuando se dan este tipo de situaciones. Aunque los clientes suelan olvidar los sueños, si tienen experiencias molestas repetidamente, acaban acudiendo allí. Desde el punto de vista de ellos, esa opción es mucho más conveniente que volver al sitio donde hicieron sus compras y ponerse a discutir. La función de la Oficina es abordar esa información, analizarla y reportarnos los problemas a los propietarios de comercios o a los creadores. Comprobar los fundamentos de cada queja y tomar las acciones adecuadas para resolverlas es una de las tareas más espinosas a las que nos enfrentamos los encargados de cada planta y yo.

A Penny le costaba entenderlo todo de una sola vez.

—¿Cuál es el problema si a los clientes forasteros siempre se les cobra *a posteriori*? A mí me parece que en ningún momento salen perdiendo.

—Eso es justo sobre lo que aprenderás este año. Hay muchas personas que no quieren soñar por razones que nunca podrías imaginarte. La negligencia de los clientes que hacen *No Show* quizá puede interpretarse como un descuido de parte nuestra que les ha llevado a acudir a la Oficina de Administración. Ya te irás familiarizando. Supongo que todas las cosas que experimentaste durante este tiempo aquí te habrán enseñado que mis explicaciones, al fin y al cabo, no te serán de tanta ayuda como la práctica.

—Sin duda, pero... ¿es posible recuperar a esos clientes que eran asiduos?

Penny quería tomárselo con una mentalidad abierta, pero no podía impedir sentirse insegura, pues ella misma nunca había vuelto a pisar una tienda con la que se había desilusionado una vez.

—Las circunstancias de los clientes son todas diferentes. Si tienes presente que a cada uno pueda estar pasándole una diversidad de cosas, quizá no te parezca imposible.

—Me gustaría servirles de apoyo. Me sentiría bien con que al menos uno de los habituales volviera a confiar en nosotros.

—¿Ése es tu plan para este año?

—Ah, pues... La verdad es que se me acaba de ocurrir justo ahora, pero lo digo en serio. Me gustaría que en la tienda recibiéramos a tantos clientes como ahora. No se imagina cuánto apego le tengo a este lugar.

—En ese caso, tienes el mismo plan que yo para este año.

—¿Qué planea hacer usted, señor Dallergut?

—Pues... lo cierto es que hay una cosa que tengo en mente, aunque todavía no te puedo hablar de ello porque está por confirmarse. Aún me quedan bastantes cosas por concretar.

—¡Parece que está preparando algo especial! Al menos deme alguna pista.

—Bueno, lo único que te puedo decir por seguro es que será un evento que les gustará a los clientes tanto como a mí.

—¿En serio?

—Bien, volvamos al tema central. Vaya, ya hace un buen rato que pasó la hora de salida. Será mejor que nos apresuremos a terminar con la negociación, que yo todavía no he cenado. La cena sabe aún más rica al tomarla luego de haber trabajado con ahínco; eso sí que es importante. A ver... Tengo pensado que esta cantidad sería adecuada como sueldo para ti, ¿qué te parece?

Dallergut escribió los números sobre el contrato con un bolígrafo y le acercó el papel a Penny. Como resultó ser una cantidad más generosa de lo que ella se esperaba, la chica tuvo que esforzarse por mantener cara de póker y ocultar lo contenta que estaba. Aparentemente, su jefe ya había dejado reflejadas sus expectativas acerca de ella con esas cifras.

—Penny, el dinero que obtenemos es el resultado de un trueque por las valiosas emociones de nuestros clientes. Debes tener presente siempre el peso de lo que eso significa —le aconsejó su jefe, mientras ella firmaba el contrato.

—No lo olvidaré.

Una sensación envolvente de nerviosismo y ambición se apoderó de ella y la serie de números escrita a la cabeza del documento le pareció que era la misma cantidad de clientes que había pasado por la Galería.

—Bueno, nos vemos el lunes entonces. Oh, espera, casi se me olvida. Llévate esto también. Es el horario de trenes que paran en la zona empresarial —dijo Dallergut, pasándole un papel donde aparecían unas letras diminutas—. Verás que las horas aparecen especificadas hasta con el minuto exacto. Deberás subirte al tren en la parada más cercana a tu casa a las siete en punto. Yo me subiré en la que hay cerca de la tienda.

—De acuerdo. Lo veré el lunes.

En cuanto salió del despacho de Dallergut, Penny encontró el nombre de la parada cercana a su casa de entre todas esas letras microscópicas del horario y la marcó con bolígrafo rojo dentro de un generoso círculo.

Comestibles "La Cocina de Adria". Salida: 6:55 a.m.

43

Se fijó en que había un aviso escrito en negritas al pie de página:

Este tren no es un vehículo de uso personal. Rogamos sean estrictamente puntuales.

La chica se quedó unos momentos contemplando la tarjeta de acceso y el horario de trenes que tenía en las manos. Sonriente, tocó el grabado con su nombre en la acreditación. A pesar de que no había podido cenar todavía, tenía una sensación de plenitud gratificante al albergar la ilusión de que ese año experimentaría un mundo más extenso que el año anterior, además de que ahora se sentía completamente integrada. Tras guardar con cuidado ambos objetos en su bolsa, salió de la tienda para enseguida cruzar la avenida comercial, ya sumida en una total oscuridad, con un paso más ligero y alegre que de costumbre.

2. La Oficina de Atención al Cliente

L a mañana era más pesada que la de cualquier otro día, pero hoy era peor porque el clima estaba húmedo y hacía fresco como si pronto fuera a llover.

Penny había llegado a tiempo a la parada donde se subía al tren de empleados gracias a que descartó tomar el desayuno. Tras comprobar que llevaba su acreditación colgada al cuello, volvió a meter la mano en el bolsillo de su abrigo. Como ayer se había ido a dormir tarde, no podía parar de bostezar ni un momento.

La parada estaba situada delante de la tienda de comestibles La Cocina de Adria, que coronaba la cuesta cercana a su casa. Dentro del establecimiento, abierto desde primera hora de la mañana, ya había bastantes clientes que venían para aprovechar los descuentos matutinos.

La chica se quedó esperando en un sitio algo apartado de la puerta para no estorbar a la gente que entraba y salía de allí. Había unas cinco o seis personas que habían llegado antes que ella a la parada. Todas ellas llevaban puestos auriculares o estaban cruzadas de brazos en señal de que deseaban que nadie les hablara; parecía como si quisieran tomarse unos momentos para sí solas antes de entrar al trabajo.

Penny se iba entusiasmando cada vez más al pensar que pronto se subiría a ese tren. Por el contrario, el hecho de que el lugar a donde acudiría al bajarse era la Oficina de Atención al Cliente le arrebataba la mayor parte de ese entusiasmo. Se sentía algo tensa al imaginar el ambiente burocrático que anunciaba el nombre del lugar y lo engreído que sería el personal de tal institución del gobierno.

Además, Mog Berry ya le había hecho una especie de advertencia acerca de aquel sitio: "En la medida de lo posible, es mejor no tener que ir por allá. Por así decirlo, es un lugar que hace sentir incómodo a cualquiera".

En cuestión de minutos el área de la parada se abarrotó de personas. Había algunas que estaban hablando en grupo mientras tomaban una bebida caliente que despedía un intenso olor a cereales.

—¿No oyeron ya acerca del nuevo director de la Oficina de Atención al Cliente? En cuanto llegó al puesto, llamó a su despacho a todos los empleados.

—Lo normal. Ahora que asumió la dirección habrá querido hacer borrón y cuenta nueva de lo que hacía su predecesor. Es la época en la que se va con más ganas, ¿no? ¡Caray, cómo quema! —dijo el hombre de voz más ronca, antes de toser al casi atragantarse con la bebida.

—En la Galería estarán al tope de cosas que hacer.

Penny aguzó el oído para escuchar lo que decían las personas que tenía detrás.

—Pues seguro. Con la cantidad de clientes que tienen, mayor será el número de reclamaciones con las que deben lidiar.

—Bueno, vamos a lo nuestro. Si no podemos sacar nuestra nueva línea de productos para que las venda Dallergut, estamos perdidos. No quiero amargarme en un lunes por la mañana. Vaya, ha empezado a llover.

El día ya anunciaba lluvia desde antes, y pronto le empezaron a caer unas gotas sobre la cabeza también a Penny. Los que querían evitar mojarse fueron reculando disimuladamente hacia el toldo de la tienda de comestibles. Por suerte, Penny esperaba al lado del panel para anuncios debajo de la marquesina, por lo que estaba resguardada de la lluvia y el viento.

Cátsup casera hecha por mamá de Madame Sage /
Mayonesa casera hecha por papá
Versión renovada de 2021 con un sabor y emoción más profundos (contiene un 0.1% de nostalgia).

No pasa nada por querer cocinar algo rápido. ¡Resalte sus platos con emociones!

Recupere esos recuerdos de la comida de su infancia.

La imagen del panel mostraba a unos niños conmovidos hasta las lágrimas al comer sus raciones de *omurice*. Detrás de ellos salían los padres sosteniendo los productos en una mano y alzando los pulgares de la otra. En el plato de *omurice*, la cátsup de un resaltado color rojo cubría el omelette de tal manera que no se veía

A Penny le resultó tan cómica la expresión jovial de los personajes que se quedó mirándolos, cuando de repente alguien le pisó el pie al retroceder hacia la marquesina para evitar mojarse. Sin disculparse siquiera, el sujeto se puso a mover la cabeza al ritmo que marcaba la música provista por sus auriculares. Para apartarse de él, la chica dio un paso grande hacia un lado y se topó con algo mullido y suave en lo que acabó casi envuelta.

—¡Penny! ¡¿Qué haces aquí a esta hora?!

Aquello de tacto blandito resultó ser Assam, el noctiluca. Entre sus patas delanteras llevaba una cesta gigante y otra más colgada de su cola.

—Assam, ¿viniste tan temprano a hacer las compras? Yo estoy esperando el tren porque tengo que ir a hacer algo del trabajo. Ya me han expedido el pase a la zona empresarial, ¿sabes? ¡Cumplí un año como empleada en la Galería de Dallergut!

—¡Qué rápido ha pasado el tiempo! Yo también tengo una buena noticia. Dentro de poco estaré usando este tren a menudo. Como ya tengo la experiencia necesaria y reúno las características relevantes, por fin podré hacer otro trabajo.

—¿Te cambiarás de trabajo? ¿A dónde irás?

—¡A una lavandería! Concretamente, a la lavandería de noctilucas que hay al pie de la Pendiente vertiginosa. ¡Es el sitio donde todos los noctilucas sueñan con trabajar! Ya llevo treinta años merodeando por las calles para ponerle batas de dormir a la gente. Alcancé el nivel de experiencia requerida desde hace algún tiempo, sólo he tenido que esperar bastante para reunir las demás condiciones importantes…

—¿Qué tipo de condiciones?

—Mira, ¿ves que me salieron unos pelos azules? —dijo Assam, llevando la cola con la que sujetaba la cesta hacia delante de su cuerpo. El pelaje de los noctilucas empezaba a adquirir un color azulado conforme les llegaba la vejez, pero la cola de Assam se veía tan gris como el cielo de aquel día, sin una pizca de azul.

—Pues no los veo.

—Mira bien. El color del pelaje me va cambiando desde el reverso de la cola —insistió él, agarrando su rabo para mostrarle un área del tamaño de una moneda donde le habían crecido pelos azules. Se le veía de lo más orgulloso al enseñar ese emblema de vejez, como si de una medalla de honor se tratara.

—No sabía que ya eras tan mayor, Assam —le dijo ella acariciando con tristeza su cola. Un manojo de cebollines que sobresalían de la cesta del noctiluca no dejaba de punzarle el costado a Penny.

—Perdona por decirte esto, amiga mía. Seré más viejo que tú, pero seguro que viviré por más tiempo.

—¿Cómo dices? —preguntó la chica, apartando con la mano la verdura que le molestaba.

—Haces mal en pensar que la esperanza de vida de los noctilucas se mide igual que la de los humanos. No sabes lo ansioso que estaba por hacerme viejo para trabajar en la lavandería. Bueno, yo ya me marcho. Voy a casa a desayunar antes de ir a cumplir mis obligaciones. El tren va a llegar pronto, Penny, puedo notar bajo mis patas cómo el suelo vibra.

El noctiluca volvió a colgarse la cesta en la cola y se alejó meneándola de un lado a otro. La chica comprendía que Assam estuviera tan ilusionado por trabajar en la lavandería, pues por mucho que los de su especie poseyeran mayor fuerza física que los humanos, ir por los callejones cada día cargando sacos llenos de batas y calcetines de dormir debía ser extremadamente agotador. Tal y como le había avisado, a lo lejos el tren venía acercándose hacia la parada. Las personas que andaban dispersas empezaron a formar una fila y Penny se unió a ellas saliendo de la marquesina y poniéndose las manos por encima de la cabeza para no mojarse el pelo.

El tren redujo su velocidad bruscamente, deteniéndose con precisión exacta en los límites del andén. Era un vehículo sin techo que se asemejaba a la montaña rusa de un parque de atracciones. Detrás de la conductora, los asientos estaban ubicados en filas, de manera que en cada uno de ellos podían sentarse dos pasajeros. Cuando la conductora tiró de la palanca que había al lado de su asiento, las puertas, que llegaban a la altura de la cintura, se abrieron de par en par.

"Tren con salida a las seis y cincuenta y cinco minutos desde la Cocina de Adria. Este vehículo se detiene en todas las paradas del recorrido hasta la zona empresarial. Los pasajeros que deseen dirigirse a la Plaza Central, pueden tomar el tren directo, que llegará ocho minutos después", anunció en voz alta la conductora, quien aparentaba más o menos la edad de Penny. Como si hubiera recibido clases de dicción, su voz penetró poderosamente en la encapotada atmósfera, difundiéndose con total claridad.

Los pasajeros subieron al vehículo tras haberle mostrado sus pases de acceso a la conductora y eligieron a placer el sitio donde sentarse. Al comprobar la acreditación de Penny, levantó su sombrero para mirar a la chica a la cara y luego asintió con la cabeza.

Entre los asientos, había algunos notablemente más grandes que los otros, con respaldos que llevaban un forro donde se leía "Asiento exclusivo para noctilucas". Tras vacilar unos instantes, la chica se sentó en el que estaba justo detrás del de la conductora.

"¡Ay, está húmedo!", exclamó Penny al notar que la parte trasera de su abrigo se le había mojado. Al ser un tren con el techo al descubierto, la lluvia había empapado el asiento. Aunque sí había una especie de toldo plegable para resguardarse de la lluvia, todavía no había sido desplegado. Fue cuando los pasajeros comenzaron a refunfuñar diciendo que se habían mojado el trasero, que la conductora levantó con un aire indiferente una vara de hierro terminada en garfio y enganchó con ella un extremo del toldo, desenrollándolo hábilmente.

Excepto algunos que parecían haberse quedado en la parada esperando a tomar el tren expreso, los demás se subieron y consiguieron un asiento. Al asegurarse de que nadie se sentaba a su lado, todos adquirieron una postura cómoda y se sumergieron de nuevo en su mundo.

Justo cuando Penny pretendía relajarse también, notó que alguien se dejaba caer pesadamente en el asiento contiguo, cubriendo con su trasero parcialmente la orilla del abrigo de Penny.

—¡Motail! ¿Qué haces aquí?

—Pues ¿qué voy a hacer? Igual que a ti, Dallergut me dio el pase a la zona empresarial y me dijo que fuera a la Oficina de Atención al Cliente.

—Ah, se me olvidó que mencionaste que a ti también te lo expedían este año.

—Salí pronto de casa y, como me sobraba algo de tiempo, vine caminando desde la parada de mi casa hasta aquí. Poco más y no llego a subirme al tren en ninguno de los dos sitios —explicó Motail, levantando ligeramente su trasero para facilitar a Penny que retirara su abrigo. El tren arrancó justo cuando volvió a sentarse.

—¿Qué apariencia tendrá la Oficina de Atención al Cliente? No se alcanza a ver de lejos y me tiene intrigadísima.

—Dicen que la fachada es muy peculiar vista de cerca. Tengo ganas de llegar y verla ya. A mí me da aún más curiosidad el Centro de Pruebas que está justo arriba de ella. Dicen que allí tienen todo tipo de materiales empleados en la creación de sueños y elaboran desde cero las sensaciones táctiles y los olores que aparecen en ellos, además de realizar pruebas de cuán eficientes son. Ojalá nos dejen hacer una visita.

Se notaba que su compañero estaba enterado de muchas cosas. Mientras estaban hablando, Dallergut se subió en la siguiente parada. Llevaba puesta una gabardina de un material brillante y traía un paraguas morado. Como si su propio rostro sirviera de acreditación, la conductora le permitió acceder al vehículo sin revisar su pase y, en cuanto entró, hubo un hombre que se levantó a saludarlo desde los asientos traseros.

—Cuánto tiempo, Aber. Oí que desde el año pasado trabajas en la empresa manufacturera de Celine Clock —dijo Dallergut, dándole un apretón de manos antes de sentarse detrás de sus empleados.

—Veo que fueron diligentes y se subieron a tiempo. Bien hecho, chicos —los saludó amistosamente, mientras sacudía su paraguas sacando el brazo fuera del tren.

Justo en el momento en que Dallergut iba a sentarse, el tren arrancó y volvió a pararse de inmediato, haciéndole tambalear bruscamente. Cuatro inmensos noctilucas venían acercándose al vehículo corriendo a trompicones. Sus cuerpos estaban recubiertos en su totalidad con un pelaje azul y cada uno venía cargando una cesta de ropa de casi sus mismas dimensiones.

—Tienen que ser más puntuales —los regañó la conductora.

A ellos tampoco les revisó ninguna acreditación. Tras acceder al vagón, sacaron la ropa de las cestas y empezaron a apilarlas en los asientos vacíos; luego ordenaron las canastas encajándolas una encima de otra y las colgaron del revés encima del respaldo del último asiento. El volumen de ropa que traían se veía bastante pesado. Penny tuvo la impresión de que el trabajo en la lavandería no sería tan fácil como había imaginado y empezó a dudar de si Assam estaría al tanto de ello. Un noctiluca de pelaje de un azul muy intenso (probablemente bien entrado en años) sacudió hacia fuera del vagón la ropa para quitarle las arrugas como si ondeara una bandera al viento.

El tren siguió raudo su camino sin más pausas. Motail, de lo más ilusionado por encontrarse donde estaba, no paraba de charlar y moverse en su asiento, arrinconando a Penny. Ésta se estaba mojando el hombro con las gotas de lluvia que se desprendían del toldo.

Pasado un tiempo, cuando ya se habían alejado de la ciudad lo bastante como para no avistar otros vehículos aparte del tren, los rieles que se extendían hasta donde alcanzaba la vista desaparecieron al arribar a la Pendiente vertiginosa, que hasta entonces sólo habían observado desde la lejanía. Tan escarpada era que no permitía ver la inclinación de descenso que había por delante.

Al ir acercándose cada vez más al pico, a Penny le comenzaron a sudar las manos. Parecía que las pilas de ropa de los noctilucas se iban a derrumbar y que aquel tren, el cual se asemejaba a una vieja montaña rusa sin manijas ni barras de seguridad, iba a traicionarles.

—No va a pasar nada, ¿verdad? —inquirió Motail con voz dudosa, haciendo aumentar la tensión ya presente.

Penny vio cómo la conductora levantaba un frasco del suelo y abría la tapa oxidada situada junto al volante para verter ahí la mitad del líquido que contenía. Al hacerlo, el tren frenó con estrépito, reduciendo bruscamente la velocidad justo antes del descenso. Ya bajando la pendiente, las ruedas del vehículo avanzaron lentamente como si algo las estuviera sujetando. La chica advirtió en que en aquel frasco se podía leer "resistencia" y pensó que la conductora había hecho un excelente trabajo usando la cantidad óptima.

El tren se detuvo al final de aquella larga cuesta y ahora se encontraban en un angosto valle flanqueado por rocas gigantescas.

"Son las siete y trece minutos. Hemos llegado a la parada Lavandería Noctiluca. Permanezcan en el vehículo los pasajeros con destino a la zona empresarial. El tren partirá en breves momentos".

—¿Hay una lavandería aquí? ¿Y dónde está? —preguntó Penny, intentando vislumbrarla.

Dallergut le dio unos toquecitos en el hombro para llamar su atención:

—Penny, mira hacia la parte de atrás.

Al lado del camino por el que habían descendido, se observaba la entrada a una enorme cueva. Los noctilucas cargados con ropa que se acababan de bajar del vehículo fueron caminando hacia ella. Encima de la roca había un cartel de madera colgado de manera descuidada, en el que unas letras torcidas decían "Lavandería Noctiluca".

—Motail, ¿crees que en un sitio así se secará bien la ropa?

—Bueno, se puede secar sin ponerla al sol. Supongo que tendrán secadoras potentes —le respondió su compañero, sin darle mucha importancia. Él tenía poco interés en lavanderías y, por el contrario, no despegaba la vista de un orificio del tamaño de una ventana abierto en la roca un poco más adelante, entrecerrando los ojos para ver de qué se trataba en concreto.

—Parece que hay gente al otro lado de ese agujero.

Una vez que los noctilucas dejaron atrás el tren y la conductora avanzó unos treinta metros, descubrieron qué era aquella perforación en la roca: un pequeño quiosco. Era difícil de discernir si lo habían construido aprovechando un hueco ya existente en la cueva o si había sido abierto expresamente. Se podía leer a ambos lados de la apertura el menú del quiosco y estaba escrito sobre una madera parecida a la del cartel de la Lavandería Noctiluca.

La conductora se tomó unos instantes para distraerse mientras esperaba a que los pasajeros echaran un vistazo a los productos que vendía el local.

—¡Tenemos periódicos, huevos cocidos y otras cositas para picar! —pregonó el dueño a los pasajeros, que enseguida intentaron ponerse al principio de la fila para comprar algo.

—Póngame dos huevos cocidos y un periódico.

El dueño colgó una cesta con los huevos y el periódico en un largo palo y se la acercó al cliente. Éste colocó el dinero en el recipiente y la compra terminó en un santiamén.

—Mira eso, es un "remedio vitamínico para los lunes". Parece que han sacado un nuevo tónico nutritivo —dijo Motail, interesado en aquella bebida que había descubierto en la lista.

—¿Quieren probar uno? —sugirió Dallergut, sacando con presteza su billetera.

—¿Nos invita?

—Por supuesto. Dos remedios vitamínicos para los lunes por aquí, y a mí deme un periódico.

Todas las demás personas también compraron un periódico, pero lo más curioso era que dejaban de hojearlo una vez que comprobaban el interior de la última página. El propietario de la gran tienda no fue la excepción.

—Señor Dallergut, ¿me permite que lea ese periódico? —preguntó Penny a su jefe.

Tras recibirlo, la chica lo abrió por el final para darse cuenta de que había un anuncio publicitario entre las dos últimas páginas. La hoja estaba repleta de letras diminutas que detallaban los menús semanales de todos los restaurantes de la zona empresarial.

—Parece que la gente compra el periódico para saber de antemano qué hay para almorzar. Qué genial idea la de vender el periódico con el menú como suplemento —le dijo la chica a Motail, acercándole el periódico.

—Ya veo la genial idea. Han sido más astutos que un zorro. Fíjate, sabiendo que la gente sólo lo compra para ver el menú, dan un periódico bien pasado de fecha. Se ve que así es como reciclan los que no han vendido —opinó Motail con el ceño fruncido.

Sin prestarle mayor atención al periódico, lo plegó, se lo devolvió a Dallergut y agarró su suplemento vitamínico para los lunes. Aquella botellita oscura con apariencia de tónico convencional contenía un líquido espeso.

—Mira, en la tapa hay algo escrito. Dice: "Tómeselo pensando que, tras trabajar hoy, disfrutará de un puente de tres días".

Inmediatamente después de haber leído eso, el chico se lo bebió de un trago. Penny también desenroscó la tapa de su botella y vio que en la suya decía: "Tómeselo pensando que el jefe de su departamento no vino hoy a trabajar". Según la etiqueta de ingredientes, la bebida contenía unas dosis mínimas de emociones, como un 0.01% de "sensación de libertad" o un 0.005% de "alivio". Penny estimó que seguramente todas llevaban la misma proporción y en lo único que variaban era en el mensaje de la tapa. Siguiéndole la corriente a la indicación, se esforzó por beber un generoso trago pensando en la ausencia de un inexistente jefe de departamento, lo cual no le era fácil de imaginar. Por un instante experimentó una ínfima sensación de liberación, que enseguida se esfumó como la niebla.

—A mí me da la impresión de que cualquier efecto que tenga esto será más bien placebo —opinó ella.

—Está claro que no existe ningún remedio para los lunes —declaró solemnemente Motail, como si hubiera abierto los ojos a una gran verdad.

El tren se puso en marcha de nuevo. Para llegar a la zona empresarial que se encontraba en lo alto y al otro lado del peñasco, tenían que ascender por una abrupta cuesta. La vía férrea construida sobre la pendiente rocosa se veía como una escalera apoyada contra la cama superior de unas literas. El vehículo flaqueó en fuerza cuando llegó al tramo que se empinaba de golpe y acabó estancado sin poder avanzar. Por segunda vez, la conductora sacó un pequeño frasco, volvió a verter su contenido hasta la última gota en el mismo lugar que antes y después lo tiró a una lata que tenía a sus pies. Fue entonces cuando el tren emitió un impetuoso sonido y empezó a subir la cuesta sin trabarse. Penny apostó a que el líquido que contenía aquel frasco se trataba probablemente de "valor".

—Chicos, miren enfrente de ustedes, ya hemos llegado.

Poco a poco se divisaba el vasto paisaje que se extendía sobre el escarpado precipicio de aquel macizo rocoso. La llovizna se había detenido y el toldo había sido enrollado. Los rayos del sol que atravesaban la exuberante arboleda acariciaron sus caras con la intensidad de una luz agradable y un ligero olor a tierra mojada cosquilleó en sus narices.

—¡Cielos, es mucho más grande de lo que imaginaba! ¿Tanta gente trabaja aquí en la zona empresarial?

Frente a ellos apareció la Plaza Central, la cual poseía unas dimensiones superiores a las de un campo de futbol. Había muchos otros trenes que transitaban la zona empresarial detenidos en la terminal y el personal de seguridad estaba revisando las acreditaciones de los pasajeros que llegaban.

La entrada estaba flanqueada por dos estatuas de bronce en actitud de realizar un solemne juramento, como si protegieran el lugar, y a lo largo del pavimento que conducía los trenes a la cochera estaba grabado en letras majestuosas el texto de ese juramento:

IMBUIDOS EN EL DEBER DE VELAR POR EL SUEÑO DE TODO SER VIVO, JURAMOS SOLEMNEMENTE TRABAJAR CON LA MAYOR REVERENCIA Y RESPETO MIENTRAS TODOS DUERMEN.

Al llegar el tren a la terminal, se detuvo lentamente dando paso a un anuncio por megáfono: "Queridos pasajeros, acaban de llegar a la meca industrial de los sueños, la zona empresarial. Bájense aquí para ir a pie a la Oficina de Atención al Cliente, el Centro de Pruebas o la zona de restaurantes. Los empleados de las compañías creadoras de sueños deberán trasbordar a los trenes de las afueras que los llevarán a sus correspondientes empresas. Asegúrense de descender del tren con todas sus pertenencias".

Los pasajeros tomaron sus abrigos y maletas y comenzaron a bajarse, entre ellos Penny, Motail y Dallergut. Desde el instante en que la chica pisó la Plaza Central, no pudo despegar los ojos de aquel paisaje que la rodeaba, y lo mismo le pasó a su compañero.

Incluyendo la propia entrada y la terminal, ninguno de los edificios del lugar tenía una fachada convencional. Sus diseños eran muy diferentes al estilo clásico de la Galería, que armonizaba adecuadamente con la avenida en que se ubicaba. En cambio, la arquitectura de éstos alardeaba de una originalidad exclusiva para cada construcción.

A lo largo del camino hacia el centro había unos edificios bajos que parecían ser restaurantes. En mitad de la plaza, una gigantesca obra arquitectónica captaba todas las miradas con su peculiar y llamativa apariencia exterior.

—Bueno, ése es el sitio al que tenemos que ir —anunció Dallergut, señalándolo con el dedo, a unos pasos delante de sus empleados.

—¿A ese lugar que parece un tocón de árbol? ¿Eso es la Oficina de Atención al Cliente?

—Así es.

Si hubieran llegado allí sin saber que acudirían a aquella institución, no habrían sido capaces de adivinar qué función tenía aquel edificio. Para Penny, suponía algo muy diferente a la idea que ella tenía de cualquier establecimiento gubernamental.

La Oficina de Atención al Cliente se veía desde afuera como el tocón que habría quedado en el suelo al talar con un hacha el árbol más grande del planeta. Si no fuera por la gente que entraba y salía de allí, nadie podría decir que se trataba de un edificio, sobre todo porque encima de él había apilados varios contenedores coloridos del tamaño de viviendas. Era de lo más extraño; parecía como si los contenedores hubieran caído encima de ese tocón de casualidad, arrastrados por un huracán.

—Señor Dallergut, ¿los contenedores que hay encima forman parte del edificio? —preguntó Penny, mientras lo seguía a paso rápido.

—Ahí se encuentra el Centro de Pruebas. Son unas instalaciones donde las empresas de creación de sueños hacen diversos experimentos antes de lanzar oficialmente sus productos. También se hace uso de ellas cuando los artículos presentan algún problema. Los comerciantes como nosotros y los creadores de sueños solemos reunirnos a menudo en el Centro de Pruebas. Comparte puerta de acceso con la Oficina, pero, una vez dentro, el espacio está claramente separado. Se puede acceder a él por ascensor y, aunque desde afuera no lo parezca, el interior luce muy decente.

La chica puso cara de querer visitar el Centro, pero Dallergut quebró sus esperanzas diciendo:

—Hoy debemos acudir a la Oficina de Atención al Cliente. Por cierto, ¿a dónde ha ido Motail? —cuestionó el dueño de la tienda, mirando a su alrededor en busca del muchacho.

Apartándose del camino en dirección a la Oficina, Motail se había metido entre el gentío que estaba haciendo fila. Aquellas personas estaban esperando los trenes de transbordo con destino a las diferentes manufactureras de sueños.

A la cabeza de la fila estaban las señales indicadoras de a qué empresa llevaba cada vehículo, tales como Film Celine Clock, Studio Chuck Dale o Kiss Grower Loveworks, entre otras. También se veían desde la plaza los carriles que se alejaban hacia las afueras y, al fondo de todo, la variedad de edificios de distinto color y forma que rodeaban una mitad de la explanada.

—Esos edificios de la periferia son todos empresas donde se fabrican los sueños, ¿verdad? Llama la atención lo diferentes que son unos de otros —dijo Penny con los ojos muy abiertos.

Ciertamente, desde lejos se podía observar que todas aquellas construcciones eran singulares en cuanto a su arquitectura y materiales.

—Exacto. Dado que cada firma tiene una personalidad muy marcada, fue imposible que mantuvieran un diseño único en sus edificios. Pero ¿no les resulta más atractivo el paisaje con estas fachadas tan atrevidas?

Aquellas estructuras arquitectónicas desbordantes de originalidad hacían sentir al observador como si estuviera viendo a la vez varias películas estrafalarias. Rodeada de esos edificios donde se producían sueños de tan diversa índole, Penny era ahora aún más consciente de que estaba en un enclave extremadamente ilustre.

—¡Mira ese edificio! Tiene escrito en grande "Studio Chuck Dale". ¡Parece que es ahí donde se crean los tan famosos sueños sensuales de Chuck Dale! —exclamó Motail.

Dallergut y la chica miraron en la dirección hacia donde él apuntaba. Aquello parecía una obra de arte de otra galaxia. El edificio presentaba unas fluidas y exageradas líneas curvas; las plantas de su base irradiaban una luz rojiza de baja intensidad, mientras que los pisos intermedios y superiores permitían el paso de los brillantes rayos de sol. A Penny le recordó a una copa de cristal a la que le queda un poco de vino al fondo.

—Señor Dallergut, ¿a qué firma pertenece ése de ahí? Me refiero al que parece que se le ha roto una esquina, llevándosela el viento.

—Es de Film Celine Clock. Conoces a esta creadora, ¿no es así?

—Por supuesto. Es quien provee nuestra tercera planta con sueños que se asemejan a películas de fantasía o éxitos de taquilla.

—Ajá, conque ésa es la empresa de Celine Clock —dijo Motail mostrando interés—. En la sección de gangas de la quinta planta hay un montón de sueños apocalípticos suyos. Personalmente, pienso que los artículos acerca del fin de la Tierra están pasados de moda.

El edificio tenía diez pisos y le faltaba una esquina superior, lo cual daba la sensación de que había salido volando en un ataque aéreo. Aunado a eso, su fachada estaba coloreada a la manera de cañonazos de pintura de varios colores, lo que hacía imaginar que los empleados de ese sitio estaban desde la primera hora de la jornada con la tensión propia de un videojuego de supervivencia, donde habían apostado que invitarían el almuerzo si perdían.

En la fila de espera para ir a Film Celine Clock había dos personas que se veían muy cansadas. La que estaba a la izquierda tenía ambas manos cargadas de películas y un buen montón de papeles.

—He visto todas estas telenovelas y películas en una semana para la reunión acerca de las nuevas producciones.

—¿Has intentado verlas a una velocidad séxtuple? Es increíble, pero cuando te acostumbras, te enteras de todos los diálogos —le aconsejaba con toda autenticidad su colega de al lado.

—Gracias, lo intentaré la próxima vez. Uf, como yo proponga hacer otra de zombis, la directora no se va a quedar con los brazos cruzados. No hago nada más que tener sueños donde salen zombis. ¿No habrá algo original en materia de historias apocalípticas sobre la Tierra?

—A mí tampoco se me ocurre nada aparte de invasiones de alienígenas. Introduje algunos cambios para esta ocasión, pero no sé si los aprobarán. Oí que Aber del departamento contiguo está preparando un sueño donde el planeta va camino de la extinción porque un desierto de sal se extiende sobre la faz de la tierra y deja a todos los seres vivos curados en salmuera. Honestamente, creo que a ese chico le espera un futuro muy negro.

En la productora de sueños dirigida por Celine Clock se creaban principalmente obras en las que se podían vivir catástrofes de película o convertirse en superhéroes que luchan contra ataques extraterrestres. Los empleados eran objeto de envidia porque se pasaban la jornada viendo filmografías de manera gratuita mientras cobraban un salario. No obstante, ver a aquellos dos trabajadores de la firma tan exhaustos dejaba claro que su trabajo no era tan sencillo como parecía.

Ambos se subieron al tren que justo acababa de llegar. Éste era mucho más pequeño que el que Penny había tomado y estaba decorado con explosiones de color idénticas al edificio de la compañía de Celine Clock, como si formaran parte de un mismo lote.

Embelesada por la charla de los empleados, poco más y se sube al vehículo tras ellos.

—Nosotros no necesitamos tomar más trenes, así que pongámonos ya en marcha —dijo Dallergut, tirando discretamente de las mangas de los abrigos de Penny y Motail.

Motail se había puesto con disimulo en la fila de trasbordo hacia la empresa de Chuck Dale. Él y su compañera se dirigieron a la Oficina de Atención al Cliente sin poder despegar la vista del edificio Studio Chuck Dale.

Cuando ya estaban próximos a llegar a la Oficina de Atención al Cliente, pudieron darse cuenta de que no se trataba de un tocón de árbol natural, sino de una réplica artificial que emulaba una madera veteada. En la entrada, una puerta giratoria, cuyo color recordaba a la corteza de un abeto, giraba sin cesar. Tan pronto como dos visitantes forasteros en pijama entraron por aquella puerta a la vez que Penny, los recibió un hombre vestido como para ir a un retiro espiritual donde se practica yoga. Llevaba puesta una vestimenta verde de dos piezas, ajustada y con buena caída, hecha de un tejido suave y por el dorso de su mano se deslizaba un pequeño insecto.

—Para reclamaciones, deben ir por este lado. ¿Les fue difícil encontrar la Oficina? —preguntó amablemente el empleado, atendiendo primero a los dos clientes.

Sus gesticulaciones eran modestas y respetuosas, y su cálido tono de voz prometía calmar hasta la peor de las furias. Después de asegurarse de que aquellos visitantes fueran atendidos por otro miembro del personal, se dirigió al propietario de la Galería y sus acompañantes.

—Buenos días, señor Dallergut. Me llamo Pallak y me ocuparé de atenderlo.

El tono del empleado era ahora algo más frío que hacía unos momentos. A Penny le molestó en cierto modo ese cambio de actitud; por el contrario, Motail estaba tan despistado mirando el interior del edificio que pareció no captarlo.

Dentro de la Oficina sonaba una placentera melodía de música clásica y había muchas macetas de gran tamaño, como las que decoran un negocio que acaba de abrir. Otros sencillos ornamentos de color verde también parecían estar ideados para relajar la vista. Penny empezó a pensar que la ropa que llevaba Pallak quizá fuera el uniforme estipulado para el personal de la institución. La temperatura y el nivel de humedad tan bien regulados y todo ese verdor del entorno rompieron la preconcepción de formalidad rígida que ella tenía sobre el sitio. Era sin duda un lugar que proporcionaba una profunda paz interior.

—Acompáñenme por acá. El despacho del director se encuentra al final del recorrido.

—Parece un retiro de yoga propio de una isla paradisiaca. A mí me gusta. Me pregunto por qué Speedo, Mog Berry y los demás son tan reticentes a venir acá —susurró Motail al oído de su compañera.

Pallak caminó delante de ellos hasta llegar al lado derecho del ascensor central. En la puerta de cristal que daba paso a un corredor había pegado un cartel grande.

Recepción de reclamaciones nivel 1
Clientes con sueños inquietantes

—¿Eso quiere decir que hay más niveles de quejas? ¿Cuanto más alto es el número, más graves son? —preguntó Motail frente a la puerta, señalando el cartel.

—Exactamente. Mientras que una reclamación de nivel 1 se hace al no poder disfrutar de un sueño reparador, una de nivel 2 correspondería a una perturbación de la vida diaria y las quejas de nivel 3 ya suponen un sufrimiento a la hora de tener sueños. Estas últimas son procesadas personalmente por el director, pues los empleados sólo estamos capacitados para solucionar las de los dos primeros niveles

—le respondió Pallak con soltura, a la vez que abría la puerta de cristal.

El interior de la Oficina de Atención al Cliente estaba dispuesto a modo de un amplio pasillo que se torcía en dirección opuesta a las agujas del reloj y llevaba de vuelta al ascensor central. Ventanillas como las de los bancos o instituciones gubernamentales estaban alineadas a lo largo de ambos flancos del corredor. Lo que se destacaba del lugar era que no había un mostrador que separara de un lado y otro a reclamantes y funcionarios, sino que ambos se sentaban juntos como dos buenos compañeros de pupitre en la escuela. Los trabajadores llevaban todos la misma vestimenta de color verde que Pallak.

"Ay, qué mal... Lo entiendo, debió serle verdaderamente duro", se le escuchó decir al empleado más cercano, que consolaba con empatía a un cliente. A su lado, una mujer vestida con un camisón de un llamativo patrón floral estaba despotricando sobre su experiencia.

—¿Y sabe otra cosa? En el sueño de anoche, un rufián me agarró del cuello intentando asfixiarme. No sabe lo que forcejeé y grité pidiendo socorro. ¡Menos mal que fue ahí cuando me desperté y me di cuenta de que tenía a mi gato subido encima del pecho!

—Ah, eso le ha ocurrido porque el sueño ha mutado adaptándose a la situación en la que usted se encontraba...—le explicaba el empleado, seriamente inmerso como si hubiera sido él el sujeto del sueño—. Probablemente, desde un principio, no se trataba de una pesadilla donde la asfixiaban, sino de un fenómeno muy común por el que el inconsciente pone en marcha un mecanismo de defensa para despertarla y, como consecuencia, le estropea el sueño. Sé que podrá resultarle difícil, pero ¿y si procurara mantener a su gato en un lugar separado cuando duerme?

Las siguientes ventanillas estaban ocupadas igualmente por clientes que manifestaban su insatisfacción sobre lo que habían soñado. Uno de ellos estaba armando tal escándalo que atrajo las miradas de alrededor con sus gritos.

—¡Me voy a volver loco uno de estos días! Después de levantarme por la mañana, me ducho, me visto, me pongo los zapatos y salgo por la puerta con tiempo de sobra, pero cuando me doy cuenta, ¡todavía sigo en la cama! Con la preocupación de que llego tarde, me apresuro a bañarme de nuevo y, al abrir el grifo, no siento que el agua me despierte. Extrañado, me lavo con brío y, mientras estoy en ello, llego a la conclusión de que se trata de otro sueño. Cuando ya llevo soñando unas diez veces que me preparo para salir…

El empleado que lo atendía estaba apuntando lo más rápido que podía los detalles que describía el cliente, a la vez que consultaba con una expresión agobiada un manual. Por su semblante estresado, cualquiera que lo viera sabría al momento que era novato.

—Estando aquí, me siento como un delincuente —murmuró Motail, cabizbajo, en un tono impregnado de culpabilidad.

Pallak caminaba delante de ellos a paso de tortuga, tanto que Penny estaba pendiente de su propio caminar para evitar pisarle los talones por descuido. Dallergut los seguía al final, completamente taciturno y sin la más mínima intención de apresurarlos.

Después de pasar delante de varias decenas de ventanillas, apareció una puerta que daba paso al área donde se procesaban las quejas de segundo grado.

Recepción de reclamaciones nivel 2
Clientes con pesadillas

La disposición del lugar era similar al tramo que acababan de atravesar, con la excepción de que había carteles por doquier con indicaciones de cómo controlar la respiración para calmar la ira, y en cada ventanilla tenían colocada una botella de tamaño industrial de "jarabe calmante". Parecía que sin una taza de té caliente con unas gotas de ese jarabe, las consultas no se podían llevar a cabo civilizadamente. Gracias a sus efectos, allí los reclamantes hablaban en un tono más sereno que los que vieron presentando quejas de nivel 1.

—Cuando sueño, hay cambios de una escena a otra sin parar, pero la forma en la que paso de un espacio a otro es absurda. Para salir del edificio, tengo que saltar desde un tercer piso; cuando intento huir de alguien a quien tengo miedo, me toca sumergirme en el mar, y hasta se me ha hecho pasar por encima de una hoguera con los pies descalzos. Después de tener sueños así, estoy tan falto de energías que no doy pie con bola en el trabajo. De tanta tensión, me levanto con el cuerpo dolorido como si me hubieran dado una paliza —contaba con tranquilidad un cliente que llevaba una pijama camisera holgada y de manga larga.

—La culpa de esto la tienen los creadores poco experimentados y los comerciantes que venden sus artículos indiscriminadamente. Usted es una víctima, señor cliente. Por mucho que se trate de un sueño, al despertarse quedan secuelas en forma de extrañeza o sensación de peligro que son respuestas instintivas a ese tipo de productos. Claro, como descartan otros desarrollos verosímiles de la trama y meten a la fuerza todo tipo de situaciones... Tanto los que los hacen como los que los venden a lo loco, son cada cual peor de irresponsables.

A Penny, que pasaba al lado, le chirriaron los oídos al escuchar la palabra *irresponsables*.

—Creo que ese señor se está propasando con lo que dice. Que somos irresponsables... Cuando ni siquiera cobramos por los sueños que no han producido ninguna emoción —se animó a protestar.

Al instante, Pallak detuvo sus pasos y se giró para mirar a la chica, espetándole:

—Hablas como si estuvieran haciendo actos de caridad.

A diferencia de Penny, a quien se le habían trabado las palabras ante la vehemente reacción de Pallak, Motail le devolvió el comentario con osadía:

—No se trata de eso. Los creadores y vendedores ponen a elección de los clientes una variedad de sueños, y es un hecho que ellos tienen un diverso rango de opciones durante las horas que están dormidos.

—¿Estás diciendo que no tienen derecho a quejarse porque sin ustedes la gente no podría comprar sueños? ¿Aun cuando hay personas que sufren efectos secundarios a causa de ellos? ¡Cómo se nota que en su tienda están siempre en el paraíso, trabajando sin tener que aguantar malas caras! —remarcó Pallak con agudeza, aunque conservando la misma expresión serena.

Fue entonces cuando Penny empezó a tener una idea de por qué aquel empleado estuvo algo impertinente con ellos desde un principio. El personal de la Oficina debía estar cansado a más no poder al lidiar con todas aquellas quejas que llegaban día tras día y, consecuentemente, arrojaban su resentimiento contra el colectivo al que consideraban el origen de sus problemas: los creadores y vendedores de sueños.

—Es la primera vez en mi vida que me encuentro en un sitio tan hostil —refunfuñó Motail.

Penny se sentía sumamente confusa al ser testigo de aquellos casos, pues hasta ahora sólo había visto clientes que acudían a la tienda por voluntad propia en busca de sueños que deseaban consumir.

Era una sensación parecida a tener una tienda de caramelos como negocio y a unos niños bien dispuestos a comprar golosinas como clientes, para luego asistir a una reunión de dentistas y salir reprendido. La chica comprendía ahora bien por qué Mog Berry no quería tener que ir a la Oficina de Atención al Cliente.

Cuando por fin dejaron atrás las salas de recepción de quejas, llegaron frente al despacho del director. La puerta estaba cerrada, pero había un hombre que parecía acabar de salir por ella, pues llevaba un sobre con documentos y enseguida saludó a Dallergut. Era una cara que Penny también había visto muchas veces.

—¡Chef Grandbon, luces muy bien! —dijo Dallergut, dándole un apretón de manos al corpulento hombre de cejas espesas.

—Ya sabes, yo siempre me alimento bien, tanto en los sueños como en la vida real.

Él era un creador al que todos llamaban "Chef Grandbon". En su negocio vendía tanto comida como sueños en los que la gente degustaba platos deliciosos. Penny había estado allí, pues su compañera Mog Berry era una cliente asidua. Aunque sus sueños se vendían a un precio mucho mayor que su comida, cuando tocaba hacer dieta, no había nada mejor que los sueños hechos por él.

—¿Te han puesto una reclamación a ti también? —le preguntó Dallergut, señalando el sobre con documentos.

—Sí. Gente que ha fracasado en hacer dieta porque un sueño les ha abierto más el apetito o que no puede controlarse con la comida porque ha redescubierto la alegría que trae el comer. Siempre son cosas parecidas —le respondió Grandbon con una sonora risa.

Tras despedirse de él, los tres tuvieron que esperar unos momentos antes de pasar.

—Bueno, ya me marcho. Deberán esperar un poco hasta que la persona que vino primero salga —les anunció Pallak antes de irse a atender a otras personas.

Al poco tiempo, se abrió la puerta del despacho y del interior salió un enjambre de duendecillos aleteantes. Eran los leprechauns, creadores del sueño *Volar por los cielos*. Los documentos de quejas para ellos se confeccionaban en tamaño minúsculo para que pudieran leerlos. Se habían repartido una hoja para cada uno y estaban ojeándolas suspendidos en el aire. Rezongaban protestando acerca de algo mientras revoloteaban tan desordenadamente que por poco chocaban contra Dallergut. De la sorpresa, dieron una vuelta de campana y, acto seguido, se dispersaron a toda velocidad.

El dueño de la Galería de los Sueños y sus empleados se adentraron por fin en el despacho. Olía a aceite aromático entremezclado con olor a bosque tras pasar una tormenta. Tenía una amplitud aproximadamente tres veces superior al de Dallergut.

—Adelante. Soy Olive, directora de la Oficina de Atención al Cliente.

Una mujer vestida con un regio atuendo de color verde botella se levantó de su asiento para ofrecerle un apretón de manos a Dallergut. Llevaba las uñas pintadas de un color oliva tierno que concordaba bien con su nombre.

—Me llamo Dallergut. Soy el propietario de la Galería de los Sueños. Ellos son empleados que llevan trabajando conmigo un año.

—Mucho gusto. Me llamo Motail.

—Hola, soy Penny. La felicito por su nombramiento como directora.

—Gracias. Siéntense, por favor. Veo que tuvieron que recorrer una buena distancia desde temprano por la mañana. Supongo que fue la primera vez que ustedes dos se subieron al tren de empleados. ¿Qué les pareció el viaje? —les preguntó la directora con una expresión afable.

—Fue bastante bueno, aunque bajar la pendiente nos dio algo de miedo —respondió la chica, mientras recorría con la vista el escritorio de Olive y lo que lo rodeaba.

Detrás de donde la directora estaba sentada había una placa enmarcada que mostraba el sumario de sus logros. En la última línea podía leerse "30 años de dedicación en la Recepción de Reclamaciones Nivel 2".

—He venido a visitarla por si hubiera alguna reclamación acerca de los negocios en la vecindad de mi tienda para reportárselo a los dueños. Como imaginará, todos están tan ocupados que no tienen tiempo para pasarse por aquí.

—Oh, vaya. ¿Sería tan amable de hacerme ese favor? —dijo Olive con una expresión de amabilidad exagerada, similar a la de una maestra que intenta disuadir a un niño encaprichado.

—Bueno, deme primero las reclamaciones que llegaron para mi tienda. Supongo que habrá más de una. Ya me estoy poniendo nervioso —añadió Dallergut.

—No hay tantas como cree. La mayoría de insatisfacciones pudimos solucionarlas en la Oficina. Las clasifiqué según la planta a la que van dirigidas para que le resulte más cómodo visualizarlas. Aquí tiene.

Dallergut recibió de la directora un sobre en cuyo dorso estaba escrito "Galería de los Sueños Dallergut".

—Vaya, veo que hay reclamaciones para Mog Berry en el tercer piso y para Speedo en el cuarto. Parece que esta vez no hay ninguna para el segundo. Las de la quinta planta son en su mayoría quejas acerca de la calidad de los productos.

—Pero, a cambio, son muy baratos. No se puede esperar que sean artículos perfectos cuando llevan un ochenta por ciento de descuento. Además, yo no incito a los clientes forasteros a que compren los sueños en rebaja. ¿Quién es capaz de disuadir las compras compulsivas en épocas de promociones a precio de ganga? —dijo Motail, encogiéndose de hombros.

Olive le dirigió al muchacho una mirada de desaprobación.

—En fin, las más serias son estas dos —añadió Dallergut alzando dos hojas.

Un resplandor de interés iluminó los ojos de Penny cuando alcanzó a ver de refilón que en una de ellas estaba escrito "Cliente asiduo número 1".

—Será mejor que yo me encargue de resolver ésta —dijo Dallergut, doblando el papel y metiéndoselo en el bolsillo de su gabardina—. Y esta otra de aquí... Vaya, ésta también parece bastante fastidiosa —cuando iba a meterse la otra hoja en el bolsillo, recapacitó unos instantes, desdobló el papel y se lo tendió a Penny—. ¿Qué te parece si te ocupas tú de esta reclamación? Va dirigida a la primera planta, o sea, a la recepción. Como ya sabes, yo tengo muchas cosas que hacer.

—¿Se refiere a ese evento que está preparando?

—Así es. Si te encargas de resolver esto, me quitarías un peso de encima.

—Pero... ¿por qué me lo confía a mí en vez de a la señora Weather?

—Dijiste que tu objetivo a cumplir este año era hacer que volviera un cliente asiduo, ¿verdad? Entonces, ¿qué mejor que intentarlo ahora que se ha presentado la ocasión?

Nivel de reclamación: 3
Cuando soñar se vuelve un infierno

Destinatario: La Galería de los Sueños Dallergut
Reclamante: Cliente asiduo 792

"¿Por qué quieren arrebatarme hasta los sueños?"

Este informe se confeccionó con base en el testimonio de un recla-
mante que se siente inseguro al dormir y contiene parcialmente la
opinión del personal responsable de atenderlo.

La reclamación que Dallergut le estaba encargando a Penny era nada más y nada menos que del nivel 3.

—La descripción de la queja es muy escueta —le dijo Dallergut a la directora, mientras la chica miraba el texto con perplejidad.

—Suele pasar con las reclamaciones de nivel 3. Si yo hubiera estado en este puesto de dirección cuando se recibió, la habría redactado con más detalle, pero al director que teníamos antes no parecía gustarle elaborarlas a profundidad. No obstante, supongo que usted es el que sabrá mejor todo lo que sucedió, señor Dallergut, así como que en la Oficina no hay nada que podamos hacer por este cliente.

—Supongo que tiene razón.

—¿Alguien intentó arrebatarle los sueños a este cliente? —preguntó Motail, sin poder reprimir su curiosidad, una vez que había visto el documento junto a Penny.

—No, nadie hizo tal cosa.

Era algo muy extraño. Tratándose de una queja de tercer nivel, tener sueños suponía un sufrimiento para el reclamante, pero en la descripción estaba pidiendo que no se los arrebataran. Sonaba completamente contradictorio. La paradoja que presentaba la reclamación sumergió a la chica en profundas cavilaciones.

Al tren de vuelta al centro de la ciudad sólo se subieron Penny y Motail. Dallergut se despidió de ellos diciéndoles que él se tenía que quedar más tiempo en la zona empresarial para resolver otros asuntos.

—No se me ocurre ninguna razón por la que esta persona pide que no le quiten los sueños. Me pregunto si de verdad hay alguna respuesta para esto —comentó la chica a su compañero tras suspirar. Había estado un buen rato concentrada en el papel con la reclamación que le había dado su jefe.

—Yo tampoco lo entiendo. Pensemos en todas las posibilidades. Al fin y al cabo, comprar sueños es como adquirir cualquier otro producto, al igual que cuando elegimos algo rico que comer o vamos a la tienda a conseguir un videojuego para entretenernos durante el fin de semana.

—Cierto.

—Penny, tal vez eso de que le hayan quitado los sueños quiera decir que, a pesar de que desea soñar, no hay ningún sueño que quiera comprar. Piensa en las veces en las que fuiste a alguna tienda y saliste sin llevarte nada. ¿Cuándo sucede eso?

—Cuando no encuentro lo que busco. Pero en nuestra tienda hay un montón de sueños diferentes para elegir.

—En eso tienes razón, no nos falta variedad. Si lo trasladamos a las comidas… sería algo así como cuando una persona con alergias o vegetariana no encuentra nada que le vaya bien, aun habiendo una multitud de cosas que comer, ¿no? —razonó Motail, detallando lo que pensaba.

—En vez de estar conjeturando, sería mejor que me encuentre con el cliente 792 en persona —concluyó Penny.

En aquel agitado viaje de regreso, ambos se esforzaron por exprimirse la cabeza en busca de ideas, pero no consiguieron dar con una respuesta definitiva.

3. Wawa Sleepland y el autor del diario de los sueños

Decidió irse a dormir temprano. Con la luz ya apagada, él se sujetó de la cabecera, subió despacio a la cama y extendió el edredón para taparse. Los pasos de su perro se detuvieron a cierta distancia de la cama. Dejando caer su cuerpo en un cojín, el animal se puso cómodo y soltó un largo suspiro, un sonido familiar que actuaba a modo de relajante para su dueño.

"Cuando estoy en mi habitación, siento que todo es seguro", pensó.

Cada noche, cuando se acostaba, se hacía ilusiones acerca de la clase de sueños que tendría. Le encantaba soñar, y aquel día, tal y como hacía siempre, empezó a imaginarse el sueño que le gustaría tener al cerrar los ojos. Aunque estaba algo extrañado de que últimamente casi no conseguía soñar lo que quería, esa noche deseó con todas sus fuerzas ser tocado por la suerte. En cuestión de pocos minutos se quedó ligeramente dormido. Voces de personas comenzaron a sonar como el zumbido de un mosquito alrededor de sus orejas. Al no haber entrado en un sueño profundo, su consciencia, todavía parcialmente activa, advirtió de inmediato que fracasaría de nuevo en atraer la experiencia que anhelaba.

Parado frente a una tienda enorme en la que notaba el ajetreo de mucha gente, empezó a alejarse del establecimiento. Una empleada que lo había visto a través del escaparate, salió tras él llamándolo desesperadamente, pero su voz se ahogó entre los transeúntes de la calle sin llegar a alcanzarlo. Él, por su parte, fue cayendo en un estado de somnolencia cada vez más pesado y acabó amaneciendo al día siguiente sin haber soñado nada.

Cuando Penny descubrió al cliente 792 frente a la tienda, salió apresuradamente y lo llamó en voz alta. Sin embargo, el hombre desapareció al momento entre la muchedumbre sin alcanzar a oírla. Aunque ella no era partidaria de esa forma de atraer clientela, no podía quedarse de brazos cruzados. Había pasado una semana desde que leyó la reclamación del cliente 792 en la Oficina de Atención al Cliente y llevaba tres veces viendo cómo él se había acercado hasta la tienda para a continuación irse sin más.

Según la reclamación que decía "¿Por qué quieren arrebatarme hasta los sueños?", cualquiera pensaría que cada vez que el cliente 792 visitaba la Galería, había alguien que le quitaba a la fuerza el sueño que venía a comprar cuando, en realidad, él ni siquiera se adentraba en el comercio, sino que se daba la vuelta tras vacilar unos instantes. Penny no podía comprenderlo en absoluto. No obstante, era incapaz de quedarse sin hacer nada. Comprobaba a cada rato si el medidor de párpados de ese cliente habitual indicaba que estaba en fase REM, y se asomaba por la puerta de entrada cuando presentía que era una hora en la que él podría visitar la tienda.

Después de haber fracasado una vez más en retenerlo, la chica volvió a entrar y se detuvo frente a uno de los aparadores de la primera planta. Al haber dejado a medias la reposición de productos para salir a alcanzar al hombre, las cajas colocadas de cualquier manera estaban estorbando el paso a la clientela.

—Disculpen, las quitaré de en medio ahora mismo.

Como aquel día bastaba con Weather para atender las tareas de la recepción, Penny se había puesto a ordenar los mostradores de artículos. Aunque lo estaba haciendo con presteza, su mente no dejaba de darle vueltas al asunto de aquel cliente habitual. "¿Por qué se va sin siquiera pasar a la tienda? ¿Será que no hay ningún sueño que quiera tener, como dice Motail? Si el problema yaciera en nuestro catálogo de artículos, no tendríamos tal cantidad de clientes tan ávidos por probar nuestras mercancías. ¿Habrán cambiado repentinamente sus gustos?"

Sin embargo, Penny tenía demasiado trabajo atrasado como para quedarse pensando en el cliente 792. Para empezar, debía terminar de reponer los estantes que estaban vacíos.

En la primera planta, donde principalmente se encontraban los artículos más valiosos, se estaban vendiendo como rosquillas los sueños que habían sido galardonados en la Gala de Premios celebrada a finales de año. Éstos llevaban añadidos en sus etiquetas los elogios de los críticos, que funcionaban para incentivar la compra por parte de los clientes. Los que llevaban una fajilla vistosa con menciones como "Ganador del Grand Prix" o "Nominado 3 años consecutivos como *best seller*" hacían notorias las cifras de venta. Además de éstos, los que llevaban etiquetas de "Recomendado por los laureados" o "Elogiado unánimemente por la crítica" también atraían un considerable interés. Era algo entendible, pues no todos los clientes podían ponerse a rebuscar y probar todos los sueños disponibles; por tanto, a la hora de elegir solían guiarse por los títulos, la recomendación de un conocido o los premios que había recibido el producto.

—Señora Weather, sería mejor que tuviéramos otro mostrador aparte para *Una jungla llena de vitalidad* de Wawa Sleepland. Cada vez son más los clientes que vienen a comprarlo —sugirió Penny.

—No importa, déjalos tal cual. Ya no pueden producirlo al ritmo al que se vende, así que dentro de poco los mostradores se van a quedar vacíos —le respondió la encargada de la primera planta, al tiempo que recogía su crespo cabello pelirrojo en un moño.

No obstante, había excepciones entre aquellos sueños tan populares de la primera planta, y *Un mes en los zapatos de la persona a quien hostigué* de Yasnooz Otra era una de ellas. La obra había sido nominada al Grand Prix en la pasada Gala de los Premios, pero sus cifras de ventas eran bajas. Penny pensaba que se trataba de algo extraño considerando que su autora era uno de los creadores legendarios de sueños. Tras colocar los ejemplares del sueño de Otra en la fila delantera del aparador donde mejor se vieran, se sacudió el delantal y volvió a la recepción.

—Buen trabajo, Penny.

—Para mí esto ya es pan comido —le dijo en respuesta a su supervisora, mostrándose energética, mientras que por dentro seguía angustiada por haber dejado escapar al cliente 792.

Weather estaba lubricando con aceite los medidores de párpados. Como buena profesional, durante los ratos de ocio de la recepción se ocupaba en buscar medidores cuyas agujas oscilaran de forma anormal y, poniendo gran esmero, los frotaba con aceite. Al untarles aquel líquido que olía a heno, las agujas con forma de párpados oscilaban de arriba abajo con fluidez.

—Penny, ¿te importa abrirme esa botellita de ahí? —le pidió a su asistente, señalando con la barbilla un recipiente pequeño que contenía aceite, ubicado encima del mostrador.

La chica le quitó el tapón a la botellita nueva y la vertió lentamente en un cuenco amplio.

—Gracias. Dime, ¿has averiguado algo acerca del cliente 792? —le preguntó Weather discretamente mientras mojaba un delgado pincel en el aceite.

—Nada en absoluto. Todavía no hay ningún avance. Planeaba hablar con él si entraba a la tienda, pero todas las veces acaba dándose la vuelta y alejándose.

—Vaya, ya veo...

—Me pregunto por qué pensará que le quitan sus sueños. Ni que acá ocurrieran hurtos o algo así —dijo Penny, llena de dudas, mientras devolvía uno a uno los medidores ya lubricados a su lugar—. Y en el caso de que le hubiera ocurrido eso, ¿por qué no nos informó a nosotros en vez de acudir a la Oficina de Administración? Este asunto me ha dejado con muchas interrogantes.

—Los clientes piensan de una forma mucho más intuitiva cuando están dormidos y actúan al momento guiándose por sus impulsos. Seguro que habrá sabido instintivamente que se trata de un problema que no puede resolverse en este establecimiento. Como pista, te diré que este hombre tal vez ya sepa que la causa radica en él mismo —dijo Weather seriamente, envolviendo en un paño blanco el pincel mojado en aceite.

Parecía que su supervisora estaba enterada acerca de ese cliente y probablemente le estaba dando la oportunidad de reflexionar sobre el caso. A pesar de que Penny se sentía agradecida, la pista que acababa de obtener le suponía un enigma adicional.

—Si la raíz del problema está en sí mismo, tendré que averiguar más sobre este cliente, pero... ¿cómo? ¿Debería salir corriendo a hablar con él cuando lo vea la próxima vez? Creo que sería una falta de modales...

—Lo que se puede hacer por ahora es consultar la información que tenemos de él; por algo fue nuestro cliente asiduo —dijo Weather como remate, cerrando a presión la botellita de aceite.

—Sólo nos quedan los registros de sus compras anteriores... ¡Ajá, eso es! ¿Por qué no se me ocurrió antes? Tendré que mirar la relación de artículos que compró en el pasado. Quizás haya habido algún defecto en alguno de ellos.

Weather le confió la recepción a Penny y salió para llevar a reparar un medidor de párpados que se movía de forma anómala. Por su parte, la chica aprovechó que era una hora de poco flujo de clientes y encendió el programa Dream Pay Systems, mediante el cual se podían consultar el inventario, las reseñas de los productos y sus precios, entre otras cosas. Mirando de vez en cuando por encima del mostrador para ver si algún cliente la necesitaba, se puso a estudiar detenidamente el historial de compras del cliente 792.

Había comenzado a tener muchos sueños desde hacía varios años y su registro como cliente asiduo también databa de esa época. Lo único destacable de su patrón de compras era que le gustaban en particular los sueños de Wawa Sleepland.

El último que había comprado era el ganador en la categoría de Bellas Artes de la pasada Gala de Premios, *Una jungla llena de vitalidad*, un sueño que tenía bellos paisajes naturales como escenario.

Cuanto más observaba el historial, más envidia sentía del cliente. ¡Había tenido tantos sueños de Wawa Sleepland! Era normal sentir celos, pues los clientes forasteros podían pagar por los productos *a posteriori* con sus emociones. Para permitirse comprar un sueño de esta creadora, ella debería dejar de comer al menos durante tres meses, puesto que las obras de los creadores legendarios valían varias veces más que los sueños de otros creadores. Sin embargo, para la tienda no supuso en absoluto una pérdida, pues las emociones con las que retribuyó el cliente 792 fueron más variadas y cuantiosas que las de cualquier otra persona que se llevó el mismo artículo. Curiosamente, no sólo había abonado con "agrado", "sorpresa" y "admiración" como otros clientes después de soñar con *Una jungla llena de vitalidad*, sino también con una pequeña cantidad de "sentimiento de pérdida" de su parte.

"¡Qué extraño! Esa emoción no concuerda aquí. ¿Cuál es la razón por la que él habría tenido emociones tan complejas?", pensó la chica antes de leer su reseña, sintiéndose como si estuviera buscando una aguja en un pajar.

Normalmente, los clientes solían dejar un par de líneas en forma de comentario acerca del sueño que habían consumido. Eran frases simples del tipo: "¿Ya es de mañana? ¡Pero si parecía que acababa de quedarme dormido"; "Creo que he tenido un sueño maravilloso, pero no me acuerdo de nada"; "¿Qué sueño es éste? ¿Significa que debo comprar un billete de la lotería?", etcétera. En su mayoría no decían nada importante, de modo que no merecían la pena leerlas con mucha atención.

Penny hizo clic en la reseña que el cliente 792 dejó sobre el último sueño que adquirió. Para su sorpresa, vio que la había escrito a modo de una larga página de diario. Tenía suerte, pues recordaba que Dallergut le había dicho que ya casi nadie escribía un diario acerca de sus sueños.

15 de enero de 2021

Quiero dejar constancia de las emociones y sensaciones que siento en estos momentos.

Antes solía pensar que el cielo es azul y las praderas son verdes. No obstante, ahora dudo acerca de la diferencia entre esos colores.

La jungla que vi en mi sueño cambiaba a cada instante, como si estuviera viva. Era un espectáculo que no me aburriría aunque me pasara el día entero viéndolo. El cielo era de un color celeste intenso, las hojas de la vegetación verdes, algunas con destellos amarillentos y otras cetrinos, y la hierba mojada se veía de un verde radiante. Me resultó impresionante el poder distinguir todas aquellas tonalidades verdosas al momento en que entraban en mi campo de visión.

¿Tan bello era el mundo cuando podía ver?

Desde hace un tiempo, hay ocasiones en las que no puedo ver ni siquiera en sueños. Esto me aterra. Estoy sufriendo de tal manera que incluso tengo miedo a quedarme dormido. Me quitaron ya muchas cosas, pero no me habría imaginado que me arrebatarían también los sueños.

No estoy preparado para esto. Incluso si lo estuviera, se trata de algo muy duro de sobrellevar.

Si de verdad existieran personas que fabrican sueños, tal y como aparecen en películas y novelas de fantasía, me gustaría pedirles que me permitan seguir soñando. Por favor, se lo suplico. Al menos, no me quiten los sueños.

El diario del cliente 792 terminaba mencionando lo mismo que había visto en la hoja de reclamaciones. Penny tuvo una ligera idea de cuál era su situación.

Tan pronto como él se despertó, se incorporó y alcanzó con la mano el interruptor para encender la luz. Se pudo dar cuenta de que en la habitación ya había bastante claridad. Su vista no le permitía distinguir objetos, pero sí podía diferenciar, aunque vagamente, lo oscuro de lo claro. Tras desperezarse un poco, acarició a su perro lazarillo que estaba tumbado bajo su cama y se dirigió a la cocina. Allí sacó del refrigerador una botella de agua que siempre ocupaba el mismo sitio y bebió de ella. La destreza y familiaridad con las que realizó esa secuencia de acciones sin ayuda de nadie le sirvieron como consuelo a la desilusión vivida la pasada noche. Mientras bebía el agua fría, intentó traer a su memoria los recuerdos de la noche anterior. Estaba bastante seguro de que tampoco había visto nada en sueños esa vez. Si estaba en lo cierto, últimamente eran más los días en los que no veía ni cuando soñaba.

Había perdido la mayor parte de su visión hacía seis años debido a una enfermedad que avanzó a pasos agigantados. Antes de ocurrirle eso, desconocía que en la mayoría de los casos la ceguera no es congénita. Suponía que los que la padecían eran ciegos desde el momento de nacer. Como la mayoría de la gente que podía ver, no incluía la vista entre sus capacidades personales, sino que la daba por hecho como algo natural y básico. Por lo tanto, cuando le diagnosticaron la enfermedad, pensó que sería pasajera y que se curaría al cabo de una semana sin tener que recibir ningún tratamiento. No obstante, una vez que el médico le explicó las razones por las que no podía ver y por qué seguiría sin poder hacerlo, no le quedó más alternativa que aceptar la realidad que se le presentaba.

Sus allegados elogiaron su resiliencia mental y hasta él mismo se extrañaba de lo fría y racionalmente que había asimilado aquella impredecible circunstancia. Algunos acontecimientos inusitados suelen hacer que las personas piensen con más claridad y se centren en lo que deben hacer, y ése fue su caso. En vez de él, fue su familia la que vivió el sufrimiento y la angustia por partida doble.

Visto en retrospectiva, quizás había cortado de manera drástica con todos los elementos innecesarios para su subsistencia con el fin de protegerse a sí mismo. Probablemente infirió que sus propias emociones podían llegar a ser la peor amenaza para su supervivencia.

Para que la impotencia y la desesperación no se apoderaran de él, el instinto lo impulsó a tomar los pasos necesarios para adaptarse de inmediato a la nueva situación y aprender a navegar por ella. Para empezar, tenía que dominar una nueva forma de caminar. Se entrenó para ir evitando obstáculos mediante el uso de un bastón y guiándose por las paredes. Le llevó mucho menos tiempo de lo habitual acostumbrarse a pasear por su barrio gracias a la ayuda de sus familiares y muchas otras personas. Quizá fue el resultado de invertir en ello todos los sentidos que le quedaban activos. Era difícil de explicar, pero las cosas a su alrededor se volvieron tangiblemente más nítidas y concretas al comenzar la rehabilitación. El número de pasos que le llevaba a la avenida frente a su casa, los altibajos del suelo y los lugares donde terminaban las baldosas, los diferentes olores que emanaban de los restaurantes dependiendo de la hora del día; todas esas cosas constituían una abrumadora fuente de información a las que no había prestado atención en el pasado.

A pesar de que reconstruir una rutina fue un lento proceso, tanto como lo fue aprender a leer braille, cada día que pasaba era mayor la claridad que adquiría su vida, y eso lo recompensaba con una innegable sensación de superación. Esa actitud iba mucho mejor con él, que el resignarse a pasar sus días tumbado en la cama.

Cierto día, cuando ya iba ampliando poco a poco el conjunto de cosas en las que se podía desenvolver solo, sin la ayuda de familiares y compañeros, entró por su cuenta en la tienda de conveniencia de la facultad. Era una de las rutas que había practicado decenas de veces. Dentro de aquel local de unos treinta metros cuadrados, se escuchaba el sonido constante del escaneo de los códigos de barras. Conforme caminaba haciendo sonar su bastón contra el suelo, percibía —como un elemento auditivo nítido— el desconcierto de las personas a su alrededor. Éstas le despejaban el paso de buen grado, arrimándose a las paredes para que él pudiera transitar por los pasillos de la tienda. El agradecimiento, simultáneo al reparo que sentía hacia ellos, permitía que se desplazara con presteza y sin titubeos.

Se dirigía a la zona de refrigeradores de bebidas y, pasando la mano por las latas, alcanzaba a leer que en la parte superior estaba escrito "refresco" en braille, aunque no podía diferenciar el tipo o la marca del producto. La mayoría de esas latas no le proporcionaban información más allá de dejarle saber que no eran bebidas alcohólicas. Esto era algo a lo que ya se había acostumbrado. Como ya había memorizado dónde se encontraban sus refrescos favoritos, iba directo al segundo refrigerador y sacaba una lata de las que estaban en el costado izquierdo a la altura de su pecho. De todas formas, si le pedía al tendero que le confirmara que era la bebida que quería, sin duda alguna éste lo haría con toda amabilidad.

Sin embargo, lo que él necesitaba aquel día más que nada era comprar lo que buscaba sin la ayuda de otros. Además, no quería suponer una molestia para el único empleado que había en la tienda atendiendo a todos esos clientes en la caja, acompañado del incesante pitar del escaneo de productos. En otras palabras, quería actuar con normalidad, como cuando todavía poseía el sentido de la vista.

Antes solía ser alguien que no le gustaba perturbar el ritmo de trabajo de los demás, pero al mismo tiempo se sentía inclinado a prestar ayuda cuando veía que los otros la necesitaban. A menudo la gente lo elogiaba por lo atento y cortés que era. No quería deshacerse de esa personalidad que tenía antes de perder la visión.

Quizás aquel día esa fuerte determinación jugó en su contra. Tras abrir la lata ya fuera de la tienda y tomar un sorbo, se dio cuenta de que no era el tipo de bebida que siempre tomaba e inmediatamente la resiliencia que le había permitido estar a flote durante ese tiempo quedó hecha un terrible desastre. Que la ubicación de los refrescos hubiera cambiado inesperadamente era algo de lo que él no podía darse cuenta. En un día cualquiera, se habría dicho que la próxima vez le preguntaría al dependiente sin darle más importancia al problema, puesto que era un hecho aislado, que no revestía ninguna importancia. Sin embargo, aquel día, al pensar que quizá nunca volvería a ser el de antes y que, aparte de la visión, había perdido su individualidad, se quedó embebido en una sensación de inexorabilidad. Además, se puso a rumiar acerca de todas las veces que la gente de su barrio le había expresado lástima por su ceguera, todas esas personas que antes lo habían estimado por amable y de buen corazón, y eso terminó por desmoralizarlo. Así fue como, inconscientemente, su psique comenzó a malograrse. "El primero en saber que doy pena soy yo mismo. ¡Y aun así, estoy aquí afuera al pie del cañón!", pensaba.

Se sentó en los pies de una escalera cerca de la tienda por donde casi no pasaba gente y soltó el bastón como arrojándolo. Justo cuando estaba conteniendo las ganas de gritar y llorar, una mujer se acercó a él.

—¿Quieres que te ayude? —le dijo la dueña de aquella voz, mientras ponía el bastón al alcance de él.

—Gracias.

—Trabajo como asesora psicológica en esta universidad. Si quieres, puedes venir un día a visitarme a mi consultorio. Dejaré grabada la dirección y el número de teléfono en un archivo de voz en tu teléfono celular.

Él no se sentía capaz de contestarle.

—Lo digo porque preferiría verte sonriendo. Cualquiera que te vea poniendo esa cara, no va a evitar preguntarte si te pasa algo —añadió ella, auxiliándolo cuando él se dispuso a levantarse.

Tras despedirse de ella y ponerse en marcha de vuelta a casa, se puso a reflexionar acerca de qué significaría para él pasar el resto de su vida sin poder hacer otra cosa que estar agradecido por la ayuda que le prestaban otras personas.

"¿Qué podría hacer yo por los demás? ¿Cómo me verán ellos? ¿Como alguien que tiene por objetivo último valerse por sí mismo y así fundirse con el resto de la sociedad sin causar inconvenientes? ¿Como alguien que se esfuerza por no convertirse en una carga para su familia? ¿Esto es todo lo que podré hacer en la vida?". Nunca hubiera imaginado que el objetivo máximo a alcanzar en la vida pudiera descender a un nivel tan básico.

Luego de llegar a casa, se pasó dos días enteros durmiendo. Se alegraba de que dormir fuera una acción que podía hacer cualquiera simplemente cerrando los ojos. No le llevó tiempo darse cuenta de que únicamente al soñar era capaz de ver, y eso fue para él una especie de salvación. Por si fuera poco, podía ver cosas aún más bellas que las que existían en la realidad. Que pudiera irse a dormir y soñar una vez que acababa el día consistía para él en la única fuerza de apoyo para sostenerse en pie cuando estaba despierto.

Sin embargo, empezaron a llegar días en los que no podía ver ni en sueños. No quería resignarse a pensar que todavía le quedaban cosas que perder. Escuchó a alguien decir que, dado que los sueños estaban basados en recuerdos, conforme aumentaban los recuerdos de los días de ceguera, se iba perdiendo la capacidad de ver en sueños. Él rezaba para que existieran excepciones a esa afirmación.

Había pasado ya la medianoche, dejando muy atrás la hora en la que normalmente se quedaba dormido. Al día siguiente, además de hacer la misma ruta desde la universidad a su casa, debía pasar por el consultorio al que acudía regularmente. Su perro Bandi, aparentemente al tanto de ello, empezó a quejarse a los pies de su cama. "Debería dormirme, ¿verdad? Pues sí, eso me toca ya. Buenas noches, Bandi".

Pronto, casi al mismo tiempo que su perro empezó a respirar profundamente, él acabó rindiéndose ante el sueño.

Aquella noche soñó que estaba con Bandi. El can le dejaba saber que estaba a su lado rozando su cuerpo contra la pierna de su amo. Por desgracia, esta vez tampoco vislumbraba nada ante sus ojos, tal y como en la vida real. Decepcionado, se disponía a darse la vuelta como otras noches cuando el llamado repentino de alguien lo hizo detenerse.

—¡Espere, señor cliente!

—¿Se refiere a mí? ¿Quién es usted?

La chica que lo había hecho girarse, se acercó jadeando por haber corrido hasta él.

—Soy Penny, una empleada de la Galería de los Sueños Dallergut.

—¿La Galería de los Sueños? ¿Por qué se ha acercado a mí? Hoy me encuentro indispuesto como para comprar algún producto.

—No es por eso. Hay unas personas que lo esperan en la tienda porque les gustaría hablar con usted. ¿Podría pasar a encontrarse con ellas? Le aseguro que le encantará conocerlas.

—No sé a quiénes se refiere. De todas formas, ni siquiera podré verlos.

—Eso no tiene importancia. Ellos quieren hablar con usted como sea. Para ser más exactos, le diré que no se trata de gente desconocida para usted. Si está de acuerdo, déjeme que lo guíe tomándole del brazo.

Su perro lazarillo no se resistió en absoluto; en vez de eso, se puso a mover la cola azotándole las rodillas a su dueño en señal de estar de acuerdo.

"Espero que esto no sea ningún engaño", pensó.

—Veo que lo acompaña su mascota. ¿Cómo se llama?

—Es Bandi, mi perro lazarillo. Se lo puse como apócope de la palabra *luciérnaga* en coreano, "bandippul".

Quizá gracias a la ayuda de Penny o simplemente porque sus pies recordaban el trayecto hacia el interior del establecimiento, no tuvo problemas en entrar en la Galería.

Una vez dentro, pudo discernir que había bastantes personas concentradas en un rincón dentro de aquel espacio, que estaban susurrando.

—¿Has visto a Wawa Sleepland hace un momento? Acaba de entrar en la sala de descanso para empleados. Es mucho más guapa en persona.

—¿Y qué hay de Kick Slumber? Seguro que de los nervios no voy a poder pronunciar ni una palabra delante de él. Hacen una pareja maravillosa.

Todos parecían compartir la emoción de haber visto a unos famosos.

—Ahora vamos a entrar en la sala de descanso. Ahí se encuentran dos personas esperándolo —le informó Penny. La chica abrió una puerta chirriante y al instante una calidez acogedora acarició la piel del cliente. Él percibió la presencia de otros en aquella sala; sin duda alguna, los que deseaban encontrarse con él ya estaban ahí. Permaneció de pie junto a su perro, sobrecogido por los nervios. Sin embargo, Bandi seguía igual de sosegado y, sin parar de mover su cola, se tumbó cómodamente a los pies de su amo.

—Bueno, los dejo. Me aseguraré de que nadie los interrumpa, así que tómense el tiempo que quieran para conversar. Ah, y esto… —dijo Penny, soltando el brazo del cliente para pulverizar un líquido en el interior de la sala. Unas diminutas gotas se posaron sobre el brazo del hombre y un aroma forestal llegó hasta su olfato—. Es una fragancia que propicia que nuestros pensamientos se organicen. Dallergut me lo ha prestado para esta ocasión. Espero que les sirva de ayuda.

Después de asistir al cliente para que se sentara en una silla con reposabrazos, Penny abandonó la sala, cerrando la puerta tras ella. Fue entonces cuando aquellos dos desconocidos comenzaron a hablarle.

—Encantada de conocerle. Soy Wawa Sleepland y me dedico a crear sueños en los que aparecen paisajes hermosos.

—Yo me llamo Kick Slumber y fabrico sueños en los que uno puede convertirse en animales, tales como ballenas o águilas. Supongo que se habrá sorprendido al escuchar que unos extraños quieren encontrarse con usted. Disculpe la brusquedad.

—Mucho gusto. Me llamo Park Tae-gyeong. Suena admirable eso a lo que se dedican. Pero ¿por qué razón me buscaban? ¿De qué me conocen?

—Leímos el diario de sueños que nos mandó, así es como llegamos a saber de usted. Fui yo quien creó el sueño que tuvo, *Una jungla llena de vitalidad*. ¿Lo recuerda? Es uno donde se puede observar cómo cambia una selva a cada hora del día dependiendo de la luz.

La fragancia que Penny había pulverizado hizo su efecto, y el hombre rememoró la escena de la jungla.

—¡Sí, ahora lo recuerdo! Es un sueño que me encanta. Tiene razón, escribí ese diario después de experimentarlo. ¿Me dice que lo leyó? Vaya, qué sorpresa... Lo cierto es que es un poco embarazoso...

—No tiene por qué sentirse así. Cuando se deja constancia de un sueño por escrito, como lo hizo, el texto llega a esta tienda. Penny me enseñó lo que escribió. Me sentí igual de contenta que si hubiera recibido una carta de mis fans —le dijo Wawa Sleepland.

—Estamos al tanto de que perdió la vista. ¿Cuándo le ocurrió? ¿Le causa muchas dificultades en su vida diaria? —le preguntó sin rodeos el hombre que decía llamarse Kick Slumber.

—Ya estoy bastante acostumbrado, pues llevo seis años así.

—Seis años es un corto tiempo para adaptarse del todo. En mi caso, nací sin una pierna de la rodilla hacia abajo, así que tardé muchos años hasta acostumbrarme a hacer una vida normal. Quizá se podría decir que en ese sentido tuve suerte —explicó abiertamente Kick Slumber. El creador poseía tacto para hablar sobre temas que podían resultar incómodos.

—Veo que habla con toda naturalidad de estas cosas aun siendo la primera vez que me ve. Francamente, esta situación me parece un poco rara —se sinceró el cliente.

—Es porque temo que se despierte en mitad de este encuentro. Si eso ocurriera, tal vez lo olvidaría todo. Ésa es la razón por la que me estoy permitiendo hablarle con franqueza. Esto puede resultar algo embarazoso, pero en este lugar nos conocen todos y es difícil encontrar a alguien con quien hablar en confianza y con libertad. Quizá le suene algo egoísta, pero tanto a ella como a mí nos hace falta tener amigos como usted, por eso insistimos tanto en conocerlo. De la misma manera que nos es de ayuda, ¿qué le parece aprovechar en su beneficio que nos tiene a nosotros? —explicó Kick Slumber, cambiando de postura, lo cual provocó un crujido de la silla.

—Su mundo y el nuestro están conectados a través del sueño, tal vez por voluntad divina. Eso nos permite ser buenos amigos, sea cual sea el tema de nuestras charlas, ¿no le parece? Así podremos construir una relación de amistad ensoñada mediante la cual charlaremos acerca de cualquier asunto —dijo Wawa Sleepland con un poder de convicción desbordante.

—Personas a las que se olvida al despertarse del sueño… La verdad es que no suena mal —respondió el cliente, mostrándose ahora abierto a conversar.

A continuación, Kick y Wawa empezaron a contar sin pausa todo tipo de vivencias suyas, de la misma manera que lo harían amigos que no tuvieron ocasión de charlar en varios meses.

—A los diez años me prometí a mí mismo convertirme en creador. Como al principio estaba empeñado en correr aunque fuera en sueños, creé uno en el que lo hacía libremente por extensas llanuras. Aún lejos de ser un creador calificado, la inmadurez propia de un niño me hizo pavonearme delante de mis compañeros de clase e invitarlos a probarlo. Les aseguraba que para ser mi primer invento me había salido muy bien. Pero ¿saben qué me dijo uno de mis amigos? —contaba Kick, ahora con una actitud y tono mucho más relajados que cuando se presentó.

—¿Qué?

—Literalmente esto: "Oye, tú ni siquiera has podido caminar correctamente ni una vez en tu vida. Seguro que, en el sueño que has hecho, la gente corre de una manera ridícula, como intentando avanzar rápido con muletas". ¿Verdad que fue de lo más cruel? Así que le respondí: "Pues, entonces, voy a crear uno en el que se puede nadar o volar como los animales. ¿Acaso eso lo has podido hacer tú?"; a lo que aquel mocoso me respondió con sarcasmo que jamás lo lograría.

En ciertos instantes, el hombre no sabía bien qué cara poner mientras escuchaba al creador. En lo posible, no quería que se le notara que sentía lástima por él. Sin embargo, su interlocutor pareció percatarse de ello.

—Debería ver la cara tan curiosa que acaba de poner. Veo que está esforzándose para no mostrar pena por mí, ¿no es así? —dijo entre unas risas generosas.

—Es que yo detesto cuando la gente hace eso. Entonces, ¿qué pasó? ¿En serio creó esa clase de sueño donde se puede nadar y volar como algunos animales?

—Tres años más tarde obtuve el Grand Prix en la Gala de los Premios por el mejor sueño del año con *Atravesando el Pacífico convertido en orca*. Por aquel entonces sólo tenía trece años.

—¿Cómo lo hizo? ¿De dónde sacó las fuerzas y la determinación necesarias? No sé mucho sobre temas de la creación de sueños, pero supongo que le fue más difícil que a otros.

—La fuerza me nació de la felicidad que llevo conmigo; y la determinación, del deseo de llegar a ser más feliz. Aquí suelen decirme que soy un ejemplo de esperanza para los que tienen alguna discapacidad física. Eso me trae mucha alegría. Sin embargo, la mayoría de las cosas que hago son para ser feliz yo mismo. Al fin y al cabo, uno no puede vivir todo el tiempo con la única finalidad de convertirse en la esperanza de los demás. Lo mismo se aplica al primer sueño que creé. Éste empieza con una orca que se va alejando de la costa, lo cual simbolizaba mi propia persona, pues yo deseaba romper con las muchas limitaciones que me imponía este mundo. Quería dejar de ser una persona a la que le faltaba una pierna y convertirme en una orca que pudiera alcanzar a ver un mundo mayor sin necesidad alguna de extremidades. Y así fue. Pensé que podría morir ahogado en el mar si me hundía, pero me di cuenta de que en el fondo me esperaba una realidad mucho más vasta. Y ahora lo considero un alivio porque si yo hubiera sido alguien que podía correr por la orilla, nunca se me habría ocurrido intentar saltar a los océanos —contó Kick, sin trabarse en ningún momento.

—Lo admiro, pues yo todavía la paso mal hasta con las cosas más banales, pensando en cómo me verán los demás. Me cuesta centrarme en mí mismo cuando me preocupo por si le doy pena a otros o surgen situaciones en las que las personas no saben cómo actuar cuando me tienen cerca.

—Es imposible saber cómo nos ven los demás en realidad. Sólo podemos hacer conjeturas basándonos en la expresión o la voz de las personas al tiempo de interactuar. Por el contrario, cuando es demasiada la información, no nos deja ver la realidad, lo que quiere decir que las apariencias no lo son todo. Tratándose de algo que al fin y al cabo no se puede saber, le recomiendo que imagine las caras de la gente que lo apoya. Eso es lo que estamos haciendo ahora mismo con usted.

—Los que me apoyan... Tiene razón, son numerosas las personas que me han ayudado: mis familiares, mis amigos y también la psicóloga en la que tanto confío —reflexionó el cliente, y enseguida añadió—: Si fuera alguien libre de discapacidades, querría hacer eso en la vida, es decir, retribuir la ayuda que recibo de la gente, brindándole apoyo y consideración.

—Pero ¿sabe una cosa? Ya está siendo de ayuda para otras personas. Sin darse cuenta, me ha permitido salir de la tristeza en la que había caído —dijo Wawa Sleepland—. Yo era una simple estudiante apasionada por las bellas artes. Cuando decidí que quería crear sueños, sólo pensaba en capturar en ellos las escenas que siempre había dibujado. Tengo confianza en manejar los colores mejor que nadie, pero me faltan las técnicas complejas en las que los creadores como Kick son tan diestros y usan para dar dinamismo a las escenas. A pesar de ello, quería dar con la razón por la que deseaba crear sueños que me resultaran tan laboriosos y a la vez poco consistentes. Llevo en esta profesión más de diez años, y últimamente estaba completamente agotada. Sin embargo, me di cuenta de algo al leer el diario que escribió: que había estado haciendo esta labor para servir a personas como usted. No sabe cuán grande fue el impulso que supuso para mí ese descubrimiento —dijo la creadora con la voz rebosante de sinceridad.

—Puede ser que sus dificultades estén sacando a la luz una versión mucho más auténtica de usted mismo —intervino Kick abruptamente.

—¿Qué quiere decir con eso?

—Ahora comprende incluso mejor lo importante que es la ayuda de alguien. Habrá personas que, aun pasando por lo mismo, sentirán cosas remotamente diferentes. Sin embargo, usted es alguien que cree que debe ayudar a otros tanto como lo han ayudado. ¿Qué me dice? ¿No le parece que ahora se manifiesta con más claridad su verdadera forma de ser? Párese a observar sus sentimientos, dejando de lado el qué dirán las personas a las que ni siquiera puede ver.

—¿De verdad sería eso posible? Tengo la sensación de que el mero hecho de no poder ver está afectando todas mis otras facetas haciéndolas desaparecer y eso me aterra. Yo... no quiero ser un simple invidente. Quiero seguir siendo Park Tae-gyeong —manifestó, sacando el coraje para decir lo que desde hacía mucho había querido expresar delante de otros.

—A mí me pasaba lo mismo; no quería que se refirieran a mí como "ése al que le falta una pierna". Al menos quería reducir ese aspecto hasta el punto de que, al presentarme, sólo tuviera que aclarar que tenía dificultades para caminar. Eso supone una gran diferencia y siempre quise conocer a alguien que verdaderamente lo supiera. Y con ese alguien me refiero a usted —dijo Kick, poniendo esmero en cada una de sus palabras.

Su interlocutor se había dado cuenta de que el creador estaba sincerándose tras reunir un inmenso valor para ello, justo de la misma forma en que él lo había hecho.

—Señor Tae-gyeong, ninguna etiqueta que nos califique vale más que lo que somos. Aparte de esto, mientras haya creadores de sueños y haya quien esté dispuesto a comprarlos, nadie podrá quitarle ni su tiempo de dormir ni de soñar. A nosotros los creadores nos corresponde decidir qué sueños ofrecerle y usted sólo tiene que ponerse cómodo y cerrar los ojos sin preocuparse por nada más —le aseguró Wawa Sleepland con un tono de voz confortante.

Tan pronto como los creadores abandonaron la sala, Penny, que había estado esperando afuera, se acercó a Park Tae-gyeong y a su perro.

—Si le parece bien, me gustaría mostrarle las plantas que integran nuestra tienda —propuso con amabilidad.

—¿Todas?

—Ya sabe, visitar esta tienda forma parte de su rutina diaria y queremos ayudarlo a reinstaurarla.

—Me aflige mucho que se tomen tantas molestias únicamente por mí…

—Mi deber como empleada de la recepción es ofrecer un servicio personalizado a cada cliente.

Llegaron a la quinta planta tras subirse al ascensor. Allí los empleados alzaban la voz para anunciar los productos que estaban en oferta y se notaba el vaivén de los clientes que estaban a la caza de artículos rebajados.

—Me parece que es imposible conseguir un buen sueño aquí —le dijo el hombre a Penny con una risa tímida, tras haberse percatado del ambiente de esa planta.

—No se preocupe, Motail le ayudará con eso. ¿Verdad, Motail?

—Le voy a proponer algo que no hago con otros clientes. Cada vez que venga a visitarnos a la sección de rebajas, le daré uno de los sueños especiales que tengo escondidos de la vista de los demás. ¿Qué le parece? —le preguntó lleno de energía aquel empleado de voz animada, pero Bandi empezó a ladrar al escuchar hablar a Motail—. ¿Por qué me ladras, perrito? ¡No soy nadie sospechoso! Puede confiar en mí, señor cliente. ¡Lo estaré esperando en esta planta!

A continuación, Penny procedió a guiar al hombre hacia la planta inferior:

—Estoy segura de que a Bandi le va a encantar la cuarta planta.

El hombre y el perro bajaron con Penny por el ascensor. En cuanto llegaron, Bandi dejó claro con gimoteos que quería echar un vistazo por allí.

—Mira, aquí tienes un montón de sueños geniales para ti. Ve a elegir alguno, que yo me quedo ocupando tu lugar —le dijo Penny al perro lazarillo, pero éste vaciló unos instantes.

—Vamos, no pasa nada, ve a curiosear un poco —lo animó su dueño, y enseguida Bandi comenzó a corretear entre los singulares mostradores bajos de la cuarta planta—. ¡Bandi, no corras!

—No se preocupe, aquí puede estar a sus anchas. Tenemos muchos más visitantes que son tan enérgicos como Bandi.

—¡Oye, chico, párate ahí! —dijo con voz aguda un hombre que se desplazaba en patín hacia el perro.

—Él es Speedo, el encargado general de la cuarta planta. Ahora mismo tiene una cara de regocijo increíble. Se ve que está contento de tener una excusa para correr.

De camino a la tercera planta, el hombre se dio cuenta de que la Galería era un espacio familiar para él.

—Creo que ya lo sé. ¿Es cierto que en la tercera planta se venden unos sueños muy dinámicos y divertidos? Me da la sensación de que vine aquí muchas veces.

—Así es. Estaba en lo cierto cuando supuse que lo reconocería. Me alegra estar mostrándole este lugar de nuevo. En esta planta siempre suenan las canciones de moda y las paredes están llenas de carteles promocionando artículos de lo más variado. Aquí los empleados van vestidos cada uno con su propio estilo. Le presentaré a la encargada principal de la tercera planta.

—Bienvenido, señor cliente —lo saludó Mog Berry, que había estado esperándolos—. En nuestra sección tenemos sueños que se centran en los sonidos en particular. Suelen ser una buena alternativa en muchas ocasiones, así que visítenos cuando le apetezca. Dicen que si recibimos una variedad de estímulos al dormir, nuestros sentidos pueden llegar a desarrollarse incluso más. En esa línea, este sueño de aquí... —empezó a explicar la encargada, agarrándolos a ambos por el brazo con intención de mostrarles todos los productos.

No obstante, Penny y el cliente se apresuraron a bajar a la segunda planta.

Dado que los mostradores del nuevo espacio al que habían llegado estaban matemáticamente ubicados, era muy cómodo caminar entre ellos. Había exactamente tres pasos entre vitrina y vitrina y en cada esquina había un cartel a la misma altura con información escrita en braille.

—También puede pulsar aquí si necesita información auditiva —le explicó Vigo Mayers, mientras lo guiaba silenciosamente—. Me gustaría recomendarle los sueños de la "Sección de recuerdos". Aunque quizá le hagan falta varios intentos hasta dar en el clavo, con un poco de suerte podrá ver los recuerdos de cuando conservaba la vista. Según estoy informado, es poseedor de una considerable cantidad de remembranzas, con lo cual desearía que no se precipitara a dar por hecho que no volverá a ver en el futuro —lo animó el encargado.

Penny pensó que al oír a Mayers sin ver la cara tan arrogante que siempre llevaba, el cliente podría llegar a creer que él era el encargado más amable de todos.

—Veo que le gustan los sueños de la segunda planta.

—Sí, es una suerte que aún conserve mis recuerdos. Ahora sólo queda la primera planta.

—Ahí es donde trabajo yo. Tenemos preparados sueños muy populares o algunos que son muy particulares —le informó Penny, mientras lo guiaba a la sección que habían instalado recientemente—. He reunido aquí sueños muy especiales

que andaban desperdigados. Entre ellos hay algunos con sub-
títulos para clientes que no pueden oír, y otros con lenguaje
de señas. Me da un poco de vergüenza reconocerlo, pero yo
también me enteré hace poco de que existían productos así.

—Es de agradecer, y mucho, que haya personas creando
artículos para las minorías.

—No importa que quien venga a comprar pertenezca o no
a una minoría, pues cada cliente busca un sueño diferente.
Sólo llevo un año trabajando aquí, pero es una de las cosas
que sin duda he aprendido durante este tiempo. Hay quienes
detestan los sueños premonitorios, mientras que otros, aun
gustándoles soñar a la hora de la siesta, siempre acaban arre-
pentidos. Y ahora mismo, lo que necesita usted es uno de los
sueños especiales, sólo eso. Lo cual quiere decir que lo único
que debe hacer de su parte es entrar a la tienda y nada más.

De lo mucho que su amo había hablado en sueños aquella
noche, Bandi estaba ya despierto, esperándolo. Cuando por
fin él también despertó, el perro se acercó a lamerle la mano.
Las personas con las que se había encontrado en aquel sueño
todavía permanecían en su memoria y sus voces se le habían
quedado en el oído. Estaba seguro de que había tenido una
charla amistosa con ellos y se esforzó por recordar de qué ha-
blaron. Sin embargo, las oraciones que flotaban por su mente
se fragmentaron en palabras y éstas en sílabas hasta acabar
desapareciendo, sin dejar el mínimo rastro.

"¿Quiénes eran esas personas? ¿Será gente de mi entorno
que conozco? Imposible, seguro que eran desconocidos", se
convenció a sí mismo.

Tenía la sensación de que lo habían tratado como si lo conocieran bien, pero también la certeza de que él no sabía quiénes eran. Sin duda alguna, se trataba de voces que había escuchado por primera vez. Pero esto tampoco era plausible. Probablemente, las conversaciones que había tenido eran reconfiguraciones de cosas que había oído decir a la gente en la vida real. De todas maneras, sí había algo que le impedía atribuirlas a una actividad cerebral fortuita, pero no le quedaba más alternativa que hacerlo, pues era imposible que hubiera ido a visitar a alguien durante el tiempo en el que estuvo dormido.

Sentado en su cama, siguió pensando un rato más acerca del sueño que había tenido la pasada noche. "Me parece que había una cosa que no quería olvidar por nada del mundo…". De repente consiguió recordarla y la pronunció en voz alta:

—*Yo no quiero ser un simple invidente. Quiero seguir siendo Park Tae-gyeong.*

Aunque él no era consciente de ello, esto lo había repetido una y otra vez durante la noche. Bandi, quien lo había estado observando, soltó un pequeño ladrido como si le dijera algo. Su dueño se levantó y, acariciándolo, le susurró: "Un día más deposito mi confianza en ti". Esas palabras no iban dirigidas solamente a su perro, sino que eran algo que también se decía a sí mismo.

Al terminar sus clases, se dirigió hacia el consultorio. Sus pasos y los de Bandi estaban rítmicamente compenetrados. En cuanto llegó, la psicóloga Yoon, sujetó la puerta y lo saludó:

—Hola, Tae-gyeong, pasa. ¿Qué tal estás? Entra tú también, Bandi.

—Bien, ¿qué hay de usted?

Bandi se tumbó sigilosamente en un rincón de la sala y, al hacerlo, se escuchó cómo su correa tocó el suelo.

—A Bandi se le ve muy contento hoy —comentó la psicóloga y su voz cariñosa resonó agradablemente en sus oídos.

—A él le encanta venir a este lugar. Detrás del edificio hay un jardín muy amplio y, después de que acabamos la sesión, siempre lo llevo allí a que dé una buena carrera a sus anchas.

—Qué suerte tienes de ir siempre con tu dueño, ¿verdad, Bandi?

—Sí, ojalá que él también piense lo mismo.

—Bueno, ¿qué te parece si hoy hablamos de tus sueños?

Ése era el tema que trataban últimamente... A ella le gustaba averiguar el estado de ánimo de las personas a través de sus sueños y construir la charla con base en ello.

—Anoche soñé con algo increíble. Me reunía con varias personas y, aunque no podía verlas, me sentía cómodo y familiarizado, como si las conociera desde siempre. Así es. Creo recordar que Bandi también estaba conmigo. Era como si las personas con las que hablaba existieran realmente. La situación en la que estábamos y las cosas que me contaban eran demasiado concretas para considerarlas fruto de mi inconsciente. ¿Verdad que es muy extraño?

—Para nada. Hay muchísimas personas que experimentan algo semejante.

—¿Sí? Entonces, eso quiere decir que tal vez exista un mundo del que no nos acordamos al despertar —dijo él con entusiasmo.

—Efectivamente. Puede que así sea.

Aunque él no podía descifrar la expresión de Yoon, sí captó una profunda nostalgia en la forma con la que acababa de expresarse.

—¿No te acuerdas de nada más? Me gustaría que me contaras más cosas sobre ese sueño.

Al escucharla decir eso, se dio cuenta de que estaba mucho más interesada en el tema que otras veces.

—Me gustaría, pero cuanto más intento recordar, más rápido se disuelven las imágenes que me quedaron. Si lo hubiera sabido, habría procurado dejar por escrito lo que experimenté. Cuando se hace un diario de los sueños, éstos se pueden rememorar durante mucho más tiempo. Ya sabe, los apuntes hacen que recordemos las cosas. Por cierto, ¿usted también suele soñar a menudo? Me gustaría que me contara con qué cosas ha soñado.

—Pues sí, sueño con bastante frecuencia.

—¿También ha intentado escribir un diario de sueños?

—Por supuesto. Gracias a ello, hay algunos de los que me acuerdo como si fuera ayer, a pesar de haberlos tenido hace muchísimo tiempo. Hubo uno fantástico en el que me convertía en orca y atravesaba el Pacífico nadando.

—¿Y de cuándo es ese sueño?

—Pues… ya pasaron veinte años desde que lo tuve. Fue un sueño del año 1999.

4. El sueño que sólo Otra podía crear

—Veo que hoy también llegaste temprano, Penny —la saludó con voz lánguida Mood, quien trabajaba en la recepción durante el turno de noche.

—Buenos días, Mood.

Últimamente la chica llegaba pronto al trabajo y comenzaba a hacer las tareas que tenía asignadas. Después de que Mood le comunicara si en la noche había habido algún incidente que destacar, apuntaba los sueños que debían reponerse y se dirigía al almacén con un manojo de llaves. Luego, tras apilar a un lado las cajas de sueños que más tarde colocaría en los estantes, cortaba el papel y los lazos para envolver los nuevos artículos que llegaban al mediodía. Finalmente, terminaba sus obligaciones de la mañana sacando del almacén las botellas repletas con los pagos de sueños y dejándolas frente a la entrada, listas para ser llevadas al banco.

Ese día Penny colocó cuidadosamente sobre el suelo unas botellas que estaban llenas de "remordimiento", un líquido de color granate, junto con otras que contenían uno plateado, que correspondía al "arrepentimiento". A continuación, sacó un cojín que había dejado escondido en un rincón y se sentó sobre él para ponerse a leer la revista *Cuestión de Interpretación* que traía bajo el brazo.

En días recientes había tomado interés en ampliar sus conocimientos de cultura general o acerca de asuntos externos a la tienda. Después del encuentro con el cliente 792, tenía más ganas de aprender, pues pensaba que, tarde o temprano, podría toparse con un nuevo caso de reclamación de nivel 3.

Dado que ponerse a estudiar tras terminar la jornada sería demasiado agotador, optó por llegar un poco antes al trabajo y procurarse así un tiempo para hacerlo. Aunque había gruesos libros que trataban los temas más a fondo, Penny prefirió empezar con una lectura más liviana. A pesar de que muchos la criticarían por basar su aprendizaje en una revista, al ser su objetivo obtener información diaria de lo que ocurría fuera de la tienda, ésta le servía más que de sobra. En *Cuestión de Interpretación* se publicaban desde anécdotas y chismes del mundillo de los creadores hasta glosarios de vocablos relevantes en la industria de los sueños, información sobre legislaciones y artículos sobre productos que eran rentables o bien, una apuesta segura. La mayoría de las secciones estaban escritas en un lenguaje accesible, excepto la del *Estudio del mes*.

Como ya había finalizado sus tareas primordiales, tenía unos treinta minutos de lectura para ella sola. En un comienzo se había puesto a leer en la sala de descanso para empleados, pero el ruido que hacían los que desayunaban allí le resultaba un tanto molesto; en cambio, en el almacén, el sonido del goteo de las emociones que iban rellenando las botellas favorecía su concentración.

Cuando pasaba lentamente las páginas, avistó el nombre de uno de los creadores legendarios de sueños. Irguió su postura y comenzó a leer esa parte con atención.

Hoy se cumplen siete años desde que el sueño tan exclusivo de Yasnooz Otra, *Vivir como mis padres durante una semana*, fue lanzado a la venta. A grandes rasgos, los sueños suelen dividirse en dos clases dependiendo de los métodos empleados en su creación: los que han sido desarrollados con base en los recuerdos del soñador en particular, o los que han sido hechos de principio a fin con las ideas e intenciones del creador y proporcionan experiencias surrealistas. Sorprendentemente, esta prometedora obra de la entonces jovencísima Yasnooz Otra pertenece a la primera categoría.

Crear sueños basados en recuerdos es una tarea que requiere de una gran complejidad. A la vez que se controlan apropiadamente las memorias, aun siendo tan inexactas, de la persona que sueña, hay que integrar las intenciones del creador, lo cual es un desafío que demanda un alto ejercicio mental. No son pocos los que aspiran a convertirse en creadores, pero la mayor traba a la hora de obtener la licencia para ejercer como tal reside precisamente en esa dificultad.

Yasnooz Otra dio un paso más y creó un sueño con un giro de perspectiva. En vez de usar las memorias del soñador, el sueño se desarrolla desde el punto de vista de un tercero que posee recuerdos acerca del sujeto, es decir, sus padres. Este audaz intento y la idea revolucionaria que supone en sí son, sin duda, dignos de considerarse una genialidad.

Vale la pena mencionar la opinión del primer crítico que entró en contacto con la obra.

Comprobó que efectivamente su perspectiva había cambiado a la de su padre durante el sueño. Narró cómo le conmovió verse a sí mismo bajo la mirada cargada de aprecio de su progenitor cuando éste se levantó enseguida al sonar la alarma en la habitación de su hijo, la apagó permitiéndole dormir cinco minutos más y luego regresó para despertarlo con tacto.

En cambio, otros habrán tenido que revivir ciertos recuerdos, desde el punto de vista de sus progenitores, en el que los padres manifestaban su agotamiento delante de los hijos y clamaban que criarlos era un castigo que tenían que sufrir en vida. Seguramente, les resultaría una experiencia que les dejaría con los ánimos por el suelo al comprobar que en aquellos momentos hablaban muy en serio.

En cuanto a la variedad de emociones con las que sería posible pagar por tal sueño, se puede decir que esta producción debería calificarse muy favorablemente en términos de comerciabilidad.

Dejando de lado su talento e ingenio, uno se atrevería a decir que la razón por la que a Yasnooz Otra no se le otorgó el Gran Prix ese año por *Vivir como mis padres durante una semana* es que no hay tantos buenos padres en el mundo como se piensa...

Penny había puesto toda su atención en el artículo. Quería seguir leyéndolo, pero era hora de que se dirigiera a la recepción.

—¿No tienen el sueño *Una jungla llena de vitalidad* de Wawa Sleepland? —le preguntó un cliente en cuanto ella salió del almacén.

—Buenos días. Está agotado y esta semana no nos van a llegar más ejemplares.

La chica estuvo a punto de recomendarle como alternativa el sueño de Yasnooz Otra, cuyos ejemplares acaparaban un mostrador entero, pero decidió no hacerlo. Sugerirle al cliente que comprara *Un mes en los zapatos de la persona a quien hostigué* podría enfadarlo, pues tal vez pensaría que le estaba insinuando que había hecho sufrir a alguien.

Todas aquellas cajas con los carísimos sueños de Otra no hacían más que seguir acumulando polvo. Hasta las etiquetas en las que aparecían las cinco estrellas que le habían dado los críticos estaban ya medio descoloridas. A la chica le dio por pensar que, a pesar de su excelente calidad, quizá quedaría como una obra que no obtendría la merecida atención del público, tal y como pasó con el sueño *Vivir como mis padres durante una semana*, del que se hablaba en el artículo que acababa de leer. Como no se sentía capaz de recomendarlo, decidió empujar el mostrador que contenía esos ejemplares hasta el pasillo más cercano a la entrada, para que estuvieran más a la vista de los clientes.

—Penny, ¡cuánta energía tienes desde tan temprano! —le dijo Weather, que acababa de llegar junto a Vigo Mayers, cuando la vio haciendo fuerza para desplazar la vitrina. Su compañera, al adivinar al instante las intenciones de la chica, se unió a ella para empujar el mueble.

Vigo, ataviado como de costumbre con un traje impecablemente planchado, se dispuso a subir de inmediato a la segunda planta, pero algo lo hizo detenerse en seco. Con una expresión de desaprobación, señaló varios mostradores diciendo:

—¿Has desatendido estas vitrinas que se quedaron vacías? En ésta y aquellas tampoco hay un solo artículo.

Su voz atrajo las miradas de los clientes. La chica se apresuró a traer las cajas de sueños que había dejado debajo del mueble de la recepción. Sintiendo en su nuca la punzante mirada de Vigo, rellenó los estantes con el sueño *Soledad entre una muchedumbre* de Hawthorne Demona, el cual había ganado los premios al "Creador Novel del Año" y "Mejor Guion" en la Gala del año pasado. En su obra uno se convertía en un individuo invisible que no podía ser reconocido por nadie.

—Vaya plan. No se venden más que los sueños premiados el año pasado. Miren todas esas etiquetas con elogios rimbombantes de la crítica. ¿Quién no es capaz de recomendar un producto galardonado? Lo que hay que tener es ojo para reconocer su valor antes del premio —dijo Vigo sarcásticamente, mirando las producciones de Demona.

Aparte de *Soledad entre una muchedumbre*, dentro de la caja que sostenía Penny también había ejemplares de *El rey desnudo*, la nueva obra de la misma autora. Tras debatir unos segundos acerca de cuál sería el lugar adecuado para colocarlos, les hizo un espacio al lado del producto precedente.

—*El rey desnudo*... El título lo dice todo. Seguro que es un sueño que es sobre caminar en cueros por ahí. Pero al final los clientes dirán: "¡Vaya, he deambulado desnudo! ¿Será que mi inconsciente refleja mis deseos por mostrarme tal y como soy?" y pagarán con toda clase de emociones. Pretende hacer negocio fácil con mucha puesta en escena para un contenido que en realidad es tan superficial. ¿Se creerá esa tipa que no me voy a dar cuenta? —comentó Vigo, añadiendo un extraño dramatismo a sus palabras con un marcado sarcasmo. Desde la Gala del año pasado, no había parado de mostrarse en desacuerdo con las obras que creaba Demona.

—Mayers, de verdad, cuando se te atraganta una cosa... ¿Acaso jamás escuchaste que la interpretación es más importante que la trama? Pues por eso mismo, hay que dejar la interpretación de cada sueño a libertad de los clientes —lo regañó una voz valiente.

Penny se volvió a mirar varias veces a su alrededor para descubrir quién había dicho eso. Finalmente, se percató del leprechaun que estaba sentado con las alas plegadas sobre el estante de un mostrador que le llegaba a ella a la altura de la cadera. Era el regordete jefe de los leprechauns y llevaba un chaleco muy pequeño en relación con el tamaño de su cuerpo.

—¿Qué haces tú aquí?

Al intentar Vigo atraparlo con sus dedos a modo de pinza, el duendecillo huyó volando para evitarlo.

—He llegado temprano para averiguar cuáles son los sueños que están alcanzando buenas cifras. No hay lugar mejor que la Galería de Dallergut para hacer sondeos de mercado —dijo el leprechaun, con toda la dignidad del mundo, a pesar de estar espiando el local de otro comerciante—. ¿Y sabes qué? Los clientes se están llevando a puñados los sueños de Demona que tú tanto criticas. Para más información, en mayores cantidades que los productos de la tan admirada Yasnooz Otra —añadió, señalando hacia los de Otra, por los que los clientes no se interesaban.

—La calidad de un artículo no siempre se mide por las cifras de las ventas —replicó Vigo, sin dar su brazo a torcer.

—Pero ¿quién sigue fabricando sueños que no venden nada? Corren rumores de que Yasnooz Otra todavía no ha sacado ninguno nuevo este año porque no puede hacer frente a los costos de producción. Viendo cómo sigue este mostrador lleno, pienso que pronto va a tener que deshacerse de esa magnífica mansión en la que vive.

—Ocúpate de tu propia mercancía, amiguito.

—Pero si en la tercera planta *Volar por los cielos* no para de venderse —intervino Penny como por inercia.

Más envalentonado aún, el jefe de los leprechauns aleteó hasta suspenderse por encima de una vitrina repleta de ejemplares de *Sobrevolar los fiordos convertido en águila* de Kick Slumber, y a continuación dijo:

—Este producto es otro desperdicio de capital. Si por mí fuera, habría creado un sueño donde se le hace caer a uno por un acantilado y ya. ¿Pues no hay mucha gente que cree que soñar con caer por un precipicio significa que crecerá en altura? ¡Con un poco de suerte, los clientes nos pagarían con "esperanza"!

A Vigo Mayers le tembló el labio superior junto con su bien recortado bigote. Penny, con la caja ya vacía, dio un paso atrás temiendo salir regañada ella también. Por su parte, el encargado se dirigió irritado hacia las escaleras que llevaban a la segunda planta, haciendo resonar sus zapatos contra el suelo.

—Se desquita con los demás porque no ha llegado a ser creador. No hay nadie que no esté enterado de que a Mayers lo expulsaron de la universidad. Y ahora lo que le fastidia es ver triunfar a una creadora debutante como Demona —dijo con renovado sarcasmo el duendecillo, tras un par de chasquidos.

Vigo se detuvo y le dirigió una mirada asesina al leprechaun. Si en ese momento Dallergut no hubiera salido de su despacho, probablemente el duendecillo no podría haber evitado caer en las garras del furioso encargado.

—¡Me acabo de enterar de que llegaste por el sonido que hacen tus zapatos! Pásate un momento por mi despacho antes de subir a tu planta. Tengo que hablarte sobre aquella queja de tercer nivel que te mencioné... —le dijo en tono desenfadado el propietario a Vigo.

La chica se acordaba de aquella reclamación. Cuando visitaron a la directora de la Oficina de Atención al Cliente, Dallergut se trajo dos informes de quejas; la del cliente 792 se la encargó a Penny, y la otra era con total seguridad la del cliente 1, pues ella recordaba claramente el número escrito en la esquina del papel.

Su jefe y Vigo entraron en el despacho y no salieron de allí en un buen rato.

Echando de vez en cuando un vistazo para asegurarse de que no había clientes que necesitaran su asistencia, Penny se puso a hurgar en busca de datos en el programa Dream Pay Systems. No le llevó ni treinta segundos encontrar el historial más reciente de las compras que había hecho el cliente 1. Al echarle un vistazo, se acordó de quién era enseguida. Si la memoria no le fallaba, se trataba de una mujer de unos cuarenta años que visitaba la tienda siempre a la misma hora y solía llevarse sueños de todas las plantas por igual. No había nada que llamara la atención en la relación de artículos que había adquirido, pero sí causaba extrañeza los pagos que había abonado. En los últimos días, la única emoción que había llegado de su parte era "nostalgia". Ya soñara con algo divertido o con algo triste, o incluso tras haber tenido algún sueño de los que fueron lanzados hace tiempo, que compró en la quinta planta, la emoción retribuida era la misma. Al continuar mirando los datos, la chica se percató de que las primeras compras que había hecho esa señora databan nada más y nada menos que del año 1999.

—Señora Weather, ¿cuándo se empezó a usar aquí el Dream Pay Systems?

—En el año 1999, con toda certeza. Comenzamos a usarlo a la vez que trajimos los medidores de párpados.

Penny configuró los parámetros para visualizar cronológicamente los datos desde los registros más antiguos. Pronto se dio cuenta de algo bastante curioso.

Creador: Kick Slumber
Título: Cruzar el Pacífico convertido en orca
Fecha de adquisición: 20/08/1999
Reseña

La cliente había probado el sueño con el que Kick Slumber debutó y ganó el Grand Prix ese año. De lo más impaciente, la chica dio clic con determinación para acceder a la reseña.

20 de agosto de 1999

Acabo de despertarme tras un sueño y siento la necesidad de dejar constancia de esta sensación tan vívida antes de que desaparezca.

En mi sueño, yo era una orca gigantesca que avanzaba mar adentro desde las aguas de la costa. En ningún momento temí que fuera a tragar agua por falta de aire, ni que necesitara que me socorrieran si era arrastrada por las olas. Lo más asombroso del sueño fue la abrumadora sensación de estar inmersa en la escena.

El sueño de Kick Slumber no presenta una libertad con peligros en la que uno no se atrevería a poner un pie, sino una libertad segura, la que todos anhelamos. Por esta razón, conforme me adentraba en las profundidades, más me sentía como en mi propio hogar. Sentí que tenía un músculo que me recorría el lomo desde la aleta a la cola, lo cual me permitió acelerar en un instante mediante un potente coletazo. Allí, la superficie del mar es el techo y debajo de mi vientre blanco se extiende un mundo más profundo que el cielo.

La vista no sirve de nada, pues todo se percibe al mismo tiempo con todos los sentidos. Experimenté el impulso de subir a la superficie y en ningún momento dudé de mi capacidad para hacerlo. Mi cuerpo perfectamente aerodinámico rozó la superficie del agua y surcó el aire con audacia. Entonces un cosquilleo, que no sabría decir de dónde procedía, me atravesó entera. Me acordé de mi cuerpo que dejé en la orilla, pero me esforcé por seguir avanzando y guardar esa sensación dentro de las olas que iba doblegando.

"Ése no es el sitio que me corresponde".

A medida que me acostumbraba a estas sensaciones intensificadas, me dio por pensar que había sido una orca desde siempre. Al mismo tiempo que iba cayendo en ese delirio, también iba volviendo en mí. Los dos mundos, los de orca y ser humano, se superpusieron para luego diferenciarse y desembocar en mi despertar.

Creo que fue el destino el que quiso que yo tuviera este sueño concebido por Kick Slumber a la edad de trece años, un niño dotado de genialidad que tal vez se convierta en el ganador más joven del Grand Prix a final de año. Pero no creo que yo pueda llegar a presenciar tal cosa...

Ir más allá de esto sería demasiado peligroso... Lo que observé y oí durante ese tiempo fue una maravilla en toda regla, al igual que las personas que conocí...

Me pregunto cómo habría sido todo si yo también hubiera nacido en ese mundo.

Adiós, Vigo Mayers. Siento no poder asistir a tu presentación de graduación.

"¿Vigo Mayers?", se extrañó Penny. Jamás habría imaginado descubrir aquel nombre en el diario de la clienta. Al parecer, ella sabía quién era Vigo. Dado que lo había mencionado en el registro sobre su sueño, no había duda de que lo conocía; y, además, desde hacía ya más de veinte años…

La clienta número 1 se llamaba Yoon Sehwa, pero en la facultad en la que trabajaba como asesora psicológica la nombraban "doctora Yoon". En esos momentos estaba dándole vueltas a la conversación que había tenido en su consulta con el estudiante Park Tae-gyeong mientras conducía de regreso a casa.

—*Era como si las personas con las que hablaba existieran realmente. La situación en la que estábamos y las cosas que me contaban eran demasiado concretas para considerarlas fruto de mi inconsciente. ¿Verdad que es muy extraño?*

—*Para nada. Hay muchísimas personas que experimentan algo semejante.*

—*¿Sí? Entonces, eso quiere decir que tal vez exista un mundo del que no nos acordamos al despertar* —*dijo él con entusiasmo.*

—*Efectivamente. Puede que así sea.*

Tras la sesión de aquel día, no podía dejar de pensar en aquellos recuerdos suyos tan especiales. Poseía la capacidad de tener sueños lúcidos desde que tenía uso de razón hasta el año 1999, cuando la perdió a los veinte. Los sueños le proporcionaban tal regocijo que no le importaba quedarse el día entero durmiendo en su pequeña habitación cuando no tenía que ir a la escuela. Para ella, quien había llevado una vida escolar de lo más ordinaria, ésa era la única habilidad especial con la que contaba. "Este poder es un regalo divino. Quién sabe, tal vez sea yo una persona elegida para algún fin", pensaba.

Era el verano de mil novecientos noventa y nueve. Al ser ya universitaria, era la primera vez que disfrutaba de unas vacaciones escolares tan largas, y durante ellas se había entregado en cuerpo y alma a soñar. En el mundo con el que soñaba era una clienta forastera y los lugareños de aquella ciudad soñada eran especialmente amables y generosos con los visitantes del exterior. Podía elegir a su antojo dónde quería ir y los sueños que quería tener. Familiarizarse con aquel lugar fue una experiencia apacible y muy amena.

Allí existía desde hacía muchísimo tiempo un relato mitológico llamado *El Dios del Tiempo y sus Tres Discípulos*. Narraba la historia de un Primer Discípulo que, inmerso en las cosas relacionadas con el futuro, olvidó los recuerdos preciados; de un Segundo Discípulo quien, incapaz de abandonar las vivencias pasadas, acabó sumido en una profunda tristeza, y de cómo el Tercer Discípulo les otorgó los sueños a las personas que estaban en esas situaciones.

A Sehwa le encantaba la Galería de los Sueños de Dallergut, cuyo propietario era descendiente del Tercer Discípulo. Cada vez que la visitaba, observaba detenidamente a los clientes que pasaban por allí, y también compraba con frecuencia sueños interesantes para probarlos. Con toda la curiosidad propia de una muchacha extrovertida de veinte años, se pasaba el día a la caza de sueños únicos y divertidos en la sección de ofertas de la quinta planta, y a veces hasta se daba una vuelta por la cuarta para quedarse mirando durante largos ratos a los bebés y animalitos que hacían sus compras allí. Algunos días, al intentar curiosear qué había en el almacén de emociones abonadas como pagos, tuvo que salir huyendo cuando el personal la descubrió.

Aquel día también se las había arreglado para evitar que la vieran los empleados de la recepción y llevaba ya varias horas escondida en el almacén cuando uno de ellos la encontró.

—¡Oiga! Ya le dijimos que no puede estar aquí. A este lugar sólo pueden acceder miembros del personal —le llamó la atención una empleada pelirroja y con bucles que tendría unos treinta años.

El propietario de la tienda, que aparentaba más edad que la empleada, se interpuso entre ambas y, con un aire preocupado, dijo:

—Weather, es suficiente, ya se ha enterado. Vayámonos ya, tenemos que tomar una decisión acerca de los medidores de párpados. ¿Se te ha ocurrido alguna idea de cómo podríamos convertir la pared de mármol de la recepción en un exhibidor? Probablemente conllevará una obra bastante grande y, por tanto, quizá tengamos que cerrar la tienda durante varios días. Tenemos que fijar las fechas para avisar a la clientela con antelación…

—Tienes razón, el tiempo nos apremia.

Antes de seguir hablando con el dueño, Weather le dirigió una mirada furibunda a la muchacha para indicarle que se fuera de allí, a lo que ésta obedeció resignada.

—Pero tenemos un problema, Dallergut. Todavía es muy pronto para considerar como absolutos esos medidores. Ya he sido testigo muchas veces de cómo se han ido al traste inventos en su última fase de desarrollo, a pesar de que en el Centro de Investigación de Nuevas Tecnologías se mostraban tan confiados acerca de su funcionamiento. Nos hace falta alguien que haga una última prueba definitiva. Alguien capaz de verificar que eso marcha correctamente... Además, debe poder acordarse de todo y reportárnoslo.

Sehwa sintió una inmensa curiosidad cuando les escuchó mencionar el misterioso "medidor de párpados". No paró de seguirles los pasos incluso cuando llegaron al vestíbulo.

—¿Tiene algo que decirnos? Veo que no deja de perseguirnos disimuladamente.

—Es que me intriga saber qué es un medidor de párpados.

—Ay, de verdad, es usted una clienta que no se da por vencida, ¿eh? Bien, le explicaré de qué se tratan esos aparatitos. Son un invento especialmente diseñado para saber con antelación la hora a la que nos visitarán los clientes. Tienen una aguja con forma de párpados que indica si están "despiertos", "amodorrados", "en fase REM", etcétera...

—Un momento, Weather —la interrumpió Dallergut en plena explicación—. Dijiste que hace falta una persona que compruebe en última instancia que los medidores de párpados funcionan bien, ¿verdad? Alguien que sea capaz de recordarlo todo e informarnos de ello... En otras palabras, nos haría falta un soñador lúcido con óptimas facultades.

—Exacto. No obstante, encontrar a una persona así no es fácil.

—La tenemos justo enfrente —dijo el propietario sonriendo, mientras miraba a Sehwa.

—¿Cómo sabe que puedo tener sueños lúcidos?

—Se nota que se desenvuelve sin vacilar, a diferencia de otros visitantes forasteros, y recuerda perfectamente cómo se llega hasta nuestro almacén sin que nadie se lo indique. Por eso supuse que probablemente tuviera ese don.

—Vaya, veo que han desvelado mi secreto. ¿Hay más gente como yo?

—De vez en cuando tenemos clientes así, pero normalmente no nos visitan a menudo y, cuando lo hacen, tampoco se quedan por aquí mucho tiempo.

—En este lugar hay una multitud de cosas por aprender. Es, con creces, más interesante y atractivo que el mundo donde vivo. Pero… ¿por casualidad estoy haciendo algo malo viniendo y merodeando por aquí a mi antojo?

—No tiene nada de malo. Puede hacer lo que quiera durante sus horas de sueño.

—Me alivia escuchar eso. Con lo magnífico que es este sitio, me parece una pena que se olvide por completo una vez que se despierta uno. ¡Menos mal que yo tengo el don de los sueños lúcidos! Me imagino lo maravilloso que habría sido nacer en este mundo. Al menos me consolaría un poco si pudiera dejar mi huella en él.

A pesar de que el rostro de Weather irradiaba alegría por haber dado con la candidata perfecta, en el de Dallergut se dibujó un trazo de preocupación tras escuchar lo que dijo Sehwa.

—¿Ocurre algo?

—No es nada. Bien, la ayudaremos a que aporte su granito de arena a este lugar. Será oficialmente la primera clienta que tenga un medidor de párpados en nuestra tienda.

—¿De verdad? ¡Le tomo la palabra!

La revisión del aparato finalizó satisfactoriamente y Sehwa esperaba día y noche deambulando alrededor de la Galería impaciente por saber cuándo podría ver su medidor de párpados ya acabado. Fue justo en esa época cuando conoció a Vigo Mayers. Él llevaba un mes preguntando desesperadamente a personas de entre la muchedumbre que circulaba frente al local si querían colaborar con él en su proyecto de graduación. Sin embargo, nadie se detuvo para hacerle caso.

Vestida con un camisón color marfil, Sehwa se acercó a Vigo y le dijo:

—¿Qué tal si te ayudo yo?

—¿De veras lo harías? —le respondió Vigo, que buscaba concretamente un visitante forastero con quien realizar su trabajo.

Con la excusa del proyecto para la universidad, los dos quedaban a menudo para hablar en una cafetería. Tenían más o menos la misma edad y congeniaron enseguida. Mientras se veían, el medidor de Sehwa terminó de fabricarse y llegó a la vitrina de la tienda. El artefacto grabado con el número de serie "0001" no podía funcionar mejor.

"Ahora en este lugar se queda una parte de mí", pensó ella.

Los empleados empezaron a referirse a ella como la cliente asidua número uno y, a continuación del suyo, la vitrina de la recepción empezó a llenarse con medidores de otros clientes. La chica pasaba cada vez más tiempo de sus días haciendo uso de su capacidad como soñadora lúcida.

—Vigo, en el mundo de donde vengo hay muchas personas que tienen sueños cargados de significado, ¿por qué ocurre eso? Sueños extraños en los que van por la calle desnudos o se convierten en seres invisibles a los que nadie puede reconocer. La gente se interesa por interpretar su significado cuando se despierta.

—¡Ésos son muy fáciles de crear! Siempre han existido sueños cuya interpretación corre por cuenta de quienes los sueñan, sólo que con otros títulos. Yo, personalmente, creo que son bastante mediocres.

—¿Sí? No tenía ni idea. ¿Crees que es posible que dentro de veinte años dos personas puedan tener el mismo sueño a la vez? Vigo, a mí me gustaría que tú crearas algo así.

—¡Eso es una idea genial! Pero ¿de verdad llegará algún día el año 2020? Todavía no creo que dentro de poco sea el 2000. ¿Qué estaremos haciendo nosotros dentro de veinte años? A mí me gustaría estar convertido para entonces en un creador de sueños de gran renombre y ser premiado en la Gala de los Sueños anual.

El tiempo volaba para ambos cuando charlaban. La chica siempre iba vestida con un camisón parecido para que Vigo la reconociera fácilmente. Un día él la invitó a la presentación de su proyecto en la universidad.

—Me gustaría que me vieras presentando mi trabajo de graduación. Quiero que seas testigo de la obra que he preparado para ti. Deberás llevar ropa normal ese día antes de quedarte dormida. Como al evento asistirá mucha gente, será mejor que te vistas con un atuendo discreto para no llamar la atención.

Ella aceptó la invitación sin pensarlo dos veces, pero esas palabras de Vigo empezaron a causar confusión en su interior. Intentando ignorar el creciente decaimiento que sentía, visitó una vez más la tienda como había hecho hasta entonces. Allí estaba atendiendo la recepción Dallergut, quien limpiaba con esmero el medidor de párpados de la chica.

—Buenas noches, señor Dallergut.

—Vaya, veo que aquí la tenemos de nuevo. Por cierto, ¿le ocurre algo? —le preguntó él, examinando su rostro.

—Me preguntaba si no existiría la posibilidad de que me

convirtiera en alguien que pertenece a este mundo si me visto con ropa común y corriente.

Dallergut la miró con una expresión de preocupación, como si hubiera previsto hacía tiempo la situación. Enseguida, le acercó a Sehwa el medidor para que lo viera.

—Mire. ¿Ve cómo los párpados de su medidor están continuamente cerrados? —la aguja del aparato señalaba la "fase REM" sin presentar la más mínima oscilación—. Siempre que le echo un vistazo está así —añadió el propietario.

—Sí… Es que últimamente no hago más que dormir para tener sueños lúcidos.

—¿No le preocupa su yo del mundo real? —le preguntó él con un deliberado tono de seriedad.

Ella había ignorado a propósito el hecho de que estaba pasando las vacaciones enteramente durmiendo, como si hubiera dejado de existir, algo que sabía que no era justificable a pesar de la libertad y el entretenimiento que estaba experimentando en sus sueños. La pregunta de Dallergut la tomó desprevenida, haciéndola quedarse en blanco.

—¿Qué debería hacer? Estoy confundida. No sé si estaría bien asentarme aquí o, por el contrario, si sería mejor regresar a mi mundo cuanto antes. ¿Y si de repente perdiera la habilidad de tener sueños lúcidos? ¿Quizá sería eso lo conveniente? No me siento preparada para ninguna de estas cosas. Tengo miedo.

—Cálmese, es normal. Todavía hay tiempo para solucionarlo. Espere, que tengo aquí un sueño que sin duda le vendrá bien. Sólo adquirí un ejemplar e hice bien en guardarlo en vez de dárselo a otra persona.

Dallergut se apresuró a entrar en su despacho y volvió con una caja que le tendió a la clienta.

—Es un artículo recién salido del horno, y le puedo garantizar yo mismo su calidad.

El envoltorio azul marino, de un material traslúcido que dejaba a ver a medias la caja, evocaba la imagen del océano.

—¿De qué sueño se trata?

—Se titula *Atravesando el Pacífico convertido en orca* y, si estoy en lo cierto, resultará ser el que le venga como anillo al dedo en su situación.

Así fue como Sehwa tuvo aquel sueño de Kick Slumber y, al despertarse, dejó sus sensaciones descritas en su diario. Tras ello, volvió a visitar la Galería.

—Este lugar es para usted como el océano de sus sueños. Sé que ahora mismo se sentirá insegura, pero conforme se aleje de este océano, su mundo real irá alcanzando más y más profundidad. Es una suerte que se haya dado cuenta al tener ese sueño —le dijo Dallergut, quien había leído lo que ella escribió en el diario.

—Sí, realmente lo necesitaba. Gracias a ello, ahora sé qué decisión debo tomar. Creo que será mejor dejar de relacionarme con las personas pertenecientes a este mundo; y en vez de venir aquí todo el tiempo, procuraré disfrutar de un sueño reparador. Sobre todo, intentaré vivir dando lo más que pueda de mí en la realidad.

—Estoy de acuerdo. En cierto modo lamento que sea así, pero pienso que ha optado por lo correcto. También me gustaría pedirle una cosa.

—¿Qué?

—Probablemente desaparezca pronto su capacidad de tener sueños lúcidos.

—¿De verdad me ocurrirá eso?

—La mayoría de personas que tienen esa habilidad a un nivel tan alto como el suyo suelen perderla antes de llegar a los veinte. Parece que en su caso ha perdurado, pero será mejor que se mentalice.

—No lo sabía... Tal vez ni siquiera pueda despedirme como es debido... Por favor, cuide bien de mi medidor aunque no vuelva a aparecerme por aquí.

—Que deje de ser soñadora lúcida no significa que no pueda visitar nuestra tienda cuando quiera —la consoló Dallergut.

—Pero ya no podré acordarme... Visto de esa forma, es una despedida para siempre por mi parte.

—Nosotros estaremos aquí en todo momento, no se ponga triste.

Tal y como le había anunciado Dallergut, ella dejó pronto de tener sueños lúcidos. Durante un tiempo siguió pensando que todo lo que le ocurría mientras soñaba formaba parte de la realidad. Sin embargo, con el paso de los días empezó a albergar sospechas sobre las cosas que recordaba. Finalmente, llegó a un punto en el que percibía que todos esos recuerdos eran producto de su imaginación, y así parecían corroborarlo las personas cercanas a ella.

—Ayer soñé con alguien desconocido. Ni siquiera recuerdo si era hombre o mujer, pero sí que me miraba con unos ojos llenos de amor y desaliento. Cuando le pregunté qué le pasaba, me respondió: "Aunque te lo cuente, acabarás olvidándolo". ¡Qué raro, ¿verdad?! Creo que me dijo más cosas, pero no me acuerdo. Lo que sí recuerdo es la ternura con la que me miraba. ¿Qué clase de sueño sería?

—¿Pues qué va ser? ¡Una tontería de sueño!

Cuando alguien relataba algo inexplicable con lo que había soñado, los demás no solían darle mucha importancia a esas experiencias y las calificaban de nimiedades.

—¿Nunca les ha pasado algo así?

—¿Cosas como volar o algo por el estilo? Lo que sí me ha ocurrido es darme cuenta de que estaba en un sueño mientras soñaba. ¿A esto es lo que llaman un sueño lúcido? Sehwa, ¿tú has tenido alguno así?

—No. Hace mucho tiempo que no sueño con nada.

Como siempre que le hacían este tipo de preguntas, a pesar de que deseaba confesar lo que había vivido, esquivaba el tema diciendo que no soñaba con nada porque anticipaba que nadie le creería.

No obstante, después de tener aquella charla con el estudiante que frecuentaba su consultorio, le surgieron de nuevo las ganas de comprobar si lo que experimentó fue real o no. Extrañaba enormemente a las personas que había conocido en aquel mundo onírico.

Dentro de su coche parado frente a un paso de cebra por el que cruzaba una multitud de transeúntes, se puso a pensar mientras los observaba: "¿Se habrán encontrado ellos también con una situación como la mía? ¿Me habrá pasado solamente a mí?".

Luego de leer la reseña, Penny estuvo totalmente resuelta a tocar a la puerta de la oficina de su jefe. Estaba tan ansiosa por hablar con él que ni siquiera esperó una respuesta antes de abrirla de par en par.

Vigo y Dallergut se quedaron mirándola. Entre ambos se encontraba el documento con la reclamación.

—Vengo a hablarle justo sobre esa queja. Es de la clienta número 1, ¿cierto?

—Así es. ¿Qué ocurre? —le respondió Vigo.

—¿De qué conoce a la clienta número 1, señor Mayers? —le preguntó Penny sin pensarlo dos veces, llevada por la curiosidad. La chica se dio cuenta de cómo él y su jefe se intercambiaban miradas con una expresión de franca incomodidad.

—Quizá le parezca que estoy metiéndome donde no me llaman, pero… ¿tiene alguna relación con el hecho de que lo expulsaran de la universidad?

—Veo que, llegados a este punto, voy a tener que explicártelo todo —le respondió Vigo en tono de resignación.

Juzgando por la reacción de ambos, estaban sopesando hasta dónde sería adecuado contarle, pero Penny había sido tan directa con su pregunta que los había dejado entre la espada y la pared.

—Será mejor que dejemos esa historia para otra ocasión en la que tengamos más tiempo —interrumpió Dallergut.

—No importa. Ya no soy el joven ignorante de entonces y creo que, pasado ya tanto tiempo, es hora de sacar el secreto a la luz —Vigo se puso a relatar con detenimiento lo que pasó para que lo echaran de la universidad. Parecía una persona totalmente diferente ahora que hablaba de esa época—. Y así fue como acabé expulsado. Entregué mi trabajo de graduación sin tener la menor idea de que existían normas estrictas que prohíben a uno aparecer en los sueños de los visitantes forasteros. El señor Dallergut me contrató a pesar de hacérselo saber y, aunque de esto me enteré más tarde, él se dio cuenta de que se trataba de la clienta número 1 en cuanto me escuchó hablar de lo sucedido, ¿verdad?

—¡Cómo no darse cuenta! Aquella clienta llamaba mucho la atención. Su comportamiento hacía que uno se fijara en ella y supongo que eso fue lo que te atrajo, además de que ambos tenían una edad semejante.

—¿Y cuándo se reencontraron? —inquirió Penny, totalmente embebida en la historia.

—Fue poco tiempo después de que yo empezara a trabajar en la segunda planta. No me imaginaba que la vería tan pronto; en aquel momento pensé que era una suerte. Sin embargo, actuó como si no me conociera, como si fuera otra persona. De repente ya no sabía quién era yo.

—Supongo que eso fue un duro golpe.

—Evidentemente, aunque ahora ya lo tengo superado. En estos veinte años comprendí que los sueños lúcidos no son un fenómeno permanente, y tuve la ocasión de observar a varios clientes más a quienes les pasó lo mismo. Y tampoco es que no haya podido encontrar el amor en más ocasiones... Bueno, eso no tiene importancia. Me alegro de poder verla a menudo aunque sea así. Nuestra relación como dependiente y clienta no es mala y me deja saber que concilia bien el sueño. Es mucho mejor que si viviéramos como dos absolutos desconocidos.

Penny sintió lástima de Vigo, pero él parecía contento de poder hablar de su viejo amor con alguien.

—Cada vez que lo mencionas sin darle más importancia, me siento mal, porque lo que hice interfirió entre los dos.

—Si usted no hubiera intermediado, podría haber acabado en un problema más difícil de solucionar. Además, ¿qué otro remedio había? Hay casos peores en los que la gente queda atrapada en el soñar y se olvida de vivir, desperdiciando así muchos años de su vida. Usted fue un salvador tanto para mí como para ella.

—Desde hace un tiempo esta clienta sólo envía "nostalgia" como pago por sus sueños. ¿Cuál es el motivo por el que ha presentado una reclamación? —preguntó la chica.

—Léelo aquí —le dijo Dallergut pasándole el papel que estaba encima de la mesa.

Nivel de reclamación: 3
Cuando soñar se vuelve un infierno

Destinatario: La Galería de los Sueños Dallergut
Reclamante: Clienta asidua 1

"Me siento confundida, como si algo estuviera mal en mi memoria. Me provoca temor y tristeza que las cosas que ocurrieron en mis sueños pasados sean sólo un producto de mi imaginación. Me angustia no tener ningún modo de comprobarlo. Cada vez que sueño, siento confusión".

Este informe se confeccionó con base en el testimonio de una recla-
mante que se siente insegura al dormir y contiene parcialmente la
opinión del personal responsable de atenderla.

—Ahora lo entiendo. ¡Por eso siempre mandaba "nostalgia" independientemente del tipo de sueño que tuviera! Parece que la clienta echa de menos la época en la que tenía sueños lúcidos.

—Así es, al parecer. Aunque no se me ocurre el motivo por el que de pronto haya empezado a rememorar esa etapa... —dijo Vigo antes de encerrarse en sus pensamientos.

—¿No existe ninguna solución? Me da mucha pena. Si pudiéramos explicárselo... No me parece justo que se le deje pensando que son cosas que se imagina. La pobre debe estar de lo más angustiada.

—Sé que es una lástima. Aun así, no podemos crearle un sueño en el que aparezcamos nosotros. Eso sería romper las reglas una vez más.

Al oír decir eso a Dallergut, Vigo agachó la cabeza.

—Tendríamos que darle muestras de que existimos, pero está prohibido presentarnos ante ella. Es toda una paradoja —añadió la chica.

Sin poder encontrar una solución acertada, los tres salieron del despacho y volvieron a sus puestos. Una pesadumbre embargó a Penny durante toda la jornada.

Durante el camino de vuelta a casa, no podía pensar en otra cosa que en aquella clienta. Yendo a propósito por un trayecto que le llevaba más tiempo, se paró delante del tablero de anuncios que había frente a la tienda La Cocina de Adria.

Cátsup casera hecha por mamá de Madame Sage/
Mayonesa casera hecha por papá
Versión renovada de 2021 con un sabor y emoción más profundos (contiene un 0.1% de nostalgia).

No pasa nada por querer cocinar algo rápido. ¡Resalte sus platos con emociones!

Recupere esos recuerdos de la comida de su infancia.

Con sólo ver aquel anuncio que decía "nostalgia", Penny se acordó de la clienta número 1. Como llevada por una fuerza superior, entró en el establecimiento y, tras agarrar una botella de cátsup de Madame Sage, se quedó meditando. "¿Cómo sería posible hacerle entender a esta clienta que sus recuerdos no están equivocados sin quebrantar las normas?" Le daban ganas de parar al primero que pasara por su lado y contarle la historia de Vigo y la clienta para que le ayudara a dar con alguna posible solución. Como si le hubiera leído la mente, reparó en que el bueno de Assam, a quien se encontraba cuando menos se lo esperaba, estaba en la sección de salsas en tamaño industrial. Que su amigo fuera tan grandote tenía la ventaja de que podía reconocerlo desde lejos. Tras acercarse sigilosamente a él, empezó a hablarle:

—Assam, ¿qué es lo que miras tanto?

—Échale un vistazo a esto, Penny. Madame Sage ha sacado otra salsa nueva. Dice que es una mostaza que te quita el agobio —le contestó el noctiluca en tono reflexivo, sin sorprenderse ni despegar la vista de los envases.

En el cartel que él señalaba se podía leer "Mostaza para desatorar su alma o su nariz atascadas" y, debajo de él, se encontraban colocados en línea los botes del aderezo. Después de haberlo pensado un poco más, dejó en su sitio la mostaza que había tomado y le dio unos golpecitos a la botella de cátsup que Penny llevaba en la mano.

—Pero yo siempre seré más de cátsup. Cuando se la pones a cualquier comida que lleva huevo, te recuerda a los platos que te hacía tu madre.

—Una cátsup aderezada con nostalgia... ¿Con esto sería difícil recuperar recuerdos totalmente perdidos acerca de alguien?

Aunque la chica deseaba contarle de qué se trataba el asunto, no convenía revelar sin más la historia que Vigo había mantenido tanto tiempo en secreto.

—Es obvio que sería imposible. No esperes tanto de un condimento que no vale más que treinta seals. Por cierto, ¿escuchaste esa noticia?

—¿Cuál?

—Dicen que quizá Yasnooz Otra se jubile.

—¿Cómo te has enterado?

—Tengo mis fuentes. Al parecer, Otra lo está considerando seriamente.

—Qué cosas. Eso no puede ser, sobre todo cuando todavía no se ha lanzado oficialmente *Otra vida*. Tienen que salir ese ejemplar y los sucesivos volúmenes de la serie. Yo me opongo a ello. Sería un desperdicio de talento.

—Yo opino lo mismo. Hay muchos sueños por venir que no los puede crear nadie más aparte de ella —dijo Assam, a la vez que añadía a su cesta las versiones tamaño industrial de la "Cátsup casera de mamá" y la "Mayonesa casera de papá".

—Un sueño que nadie más que Otra puede crear… —murmuró Penny distraída. De pronto, su mente se despejó como si se hubiera tomado un frasco entero de esa mostaza al dar con una extraordinaria idea—. ¡Exacto! Éste es justo un sueño que nadie aparte de Otra podría concebir. ¡Gracias, Assam!

La chica miró su reloj como si tuviera que encontrarse con alguien cuanto antes y salió corriendo por la puerta de la tienda.

**

—¿Me dices que fuiste tú sola a buscar a Yasnooz Otra a su mansión? —le preguntó Dallergut.

Él y Penny estaban colocando en las vitrinas de la primera planta el artículo de edición limitada para el verano *Un sueño espeluznante*. El escalofriante envoltorio hizo que un niño que iba de la mano con su madre pasara a toda velocidad evitando mirar en esa dirección.

—¡Veo que ya lo sabe! Estaba por contárselo. Se me ocurrió un sueño que le vendría bien a la clienta número 1, y la señora Otra era la única a quien podía pedirle ayuda. Acudí a ella por ese impulso.

—También oí qué tipo de sueño le encargaste. Tuviste una idea sensacional.

—¿Cree que saldrá bien con lo que propuse?

—¡Por supuesto! Estoy seguro de que la clienta estará encantada. Además, te puedo decir que no había visto a Otra tan apasionada acerca de una nueva creación en mucho tiempo. Y todo ha sido gracias a ti. Ahora sólo nos queda esperar a que el sueño se termine de hacer.

Una semana más tarde, la misma Otra se apareció por el despacho de Dallergut. Se notaba que estaba ojerosa del sobreesfuerzo realizado, pero su peinado y su atuendo lucían tan sofisticados como siempre.

La creadora sacó de su bolsa la caja de un sueño encapsulado en un precioso envoltorio.

—Te puedo asegurar que ésta es la mejor obra de mi vida. ¡Nunca pensé que emplearía así mi habilidad especial para crear sueños desde el punto de vista de otros! Tal y como me pidió Penny, el personal de la tienda no aparece en ningún momento. En cambio, he incluido a partes iguales la manera en que ven a esta clienta cada uno de ustedes. Así no habrá ningún problema. ¿Qué opinas, Dallergut? —preguntó Otra con la voz cargada de entusiasmo, mientras tomaba al propietario de ambas manos.

—No supone en absoluto problema alguno. Con la capacidad de ver desde la mirada ajena y la posibilidad de comprimir un largo periodo, indiscutiblemente se trata de una pieza inigualable que sólo puedes crear tú.

—Penny tuvo una estupenda idea.

La chica se enrojeció ante el elogio de la creadora.

Al enterarse de la noticia, Vigo y Weather acudieron al despacho de su jefe. Weather tomó asiento con el medidor de la clienta número 1 en mano. Deseaba con tantas ansias ofrecerle el sueño que estaba debatiendo en si debía darles un suave toquecito a los párpados. Justo en ese momento la aguja del medidor empezó a moverse por sí sola.

—¡Miren, la clienta se dispone a dormir!

Penny salió rápidamente al recibidor y volvió acompañada de la clienta número 1, que acababa de entrar en la tienda.

Los que estaban reunidos en el despacho le dieron la caja con el sueño a Vigo, sugiriéndole que se la entregara él y se apartaron un poco. El encargado, sin dejar de estar nervioso, caminó hasta pararse enfrente de ella.

—¿Por qué me han traído aquí...? —preguntó la visitante totalmente ajena a lo que pasaba, al tiempo que inspeccionaba el lugar.

De los nervios, Vigo tendió la caja hacia ella con una cara seria y sin pronunciar palabra.

—No seas soso. Debes decirle algo —le instó Otra tras darle un golpecito en el hombro.

Durante unos cinco segundos, él buscó como un robot una expresión que hacía mucho que no dibujaba en su rostro, y tras probar arrugando las facciones varias veces, dio por fin con una sonrisa cálida.

—Espero que éste sea el sueño que necesitas.

Aquella noche Sehwa estaba dentro del sueño que Otra había creado. Se trataba de un sueño sumamente especial, uno en el que era posible experimentar el punto de vista de otros, algo que sólo Yasnooz Otra podía concebir.

En él, se había convertido en la empleada pelirroja de una tienda de sueños. Sentada al frente de la recepción, se encontraba reflexionando acerca de un aparato llamado "medidor de párpados" que había sido inventado hacía pocos meses. No sólo había reencarnado en otra persona, sino que también había retrocedido veinte años en el tiempo. A pesar de ello, todo lo que percibía ante sus ojos era tan nítido y natural que en ningún momento parecía que estaba viéndolo desde la perspectiva de alguien diferente.

Así pudo divisar pronto a una joven clienta al otro lado del mostrador que caminaba sigilosamente con el torso inclinado hacia delante. Parecía que se estaba dirigiendo a alguna parte a escondidas. Se notaba que no era la primera vez que entraba para asomarse a ciertos rincones de la tienda sin que Weather la viera. Convertida en la recepcionista, se levantó discretamente y siguió a la muchacha. Ésta pasó por delante del despacho de Dallergut y se dirigió hacia el almacén.

"La muy pícara va a curiosear otra vez al almacén de pagos. De verdad que no tiene remedio", pensó. Siguió a esa clienta, que llevaba puesto un camisón de color marfil, con los ojos clavados en su espalda. Todavía no se había dado cuenta de que en realidad se trataba de ella misma hacía veinte años.

De un momento a otro, su perspectiva cambió y pasó a ser Dallergut, el propietario del establecimiento. Sin canas en el pelo aún, estaba observando con una sonrisa de satisfacción el primer medidor de párpados que acababa de colocar en el mostrador de la recepción. No obstante, pronto se paró a pensar con preocupación en el hecho de que últimamente los párpados estaban cerrados casi todo el tiempo y de que la dueña del aparato no paraba de merodear a sus anchas dentro y fuera de la tienda.

Tras entrar en su despacho, se puso a comprobar una vez más los escritos que tenía apilados sobre su mesa, unos estudios acerca de los soñadores lúcidos. Con la capacidad que le proporcionaba el sueño de ver perfectamente todo reencarnada como Dallergut, pudo leer con total claridad lo que él había subrayado en la página de un libro:

No existe persona que pueda tener sueños lúcidos durante toda su vida. Sólo se observa esta habilidad superdesarrollada en niños y adolescentes, quienes más tarde, al llegar a la edad adulta, acabarán perdiéndola de forma repentina.

A continuación, los pensamientos del propietario se formaron nítidamente en la mente de ella: "Si la clienta dejara de tener sueños lúcidos seguramente caería en un profundo estado de tristeza. Me pregunto cómo hacerle entender que podrá disfrutar de una realidad más amplia en el lugar donde pertenece, y que este mundo siempre estará aquí para ella, a pesar de que se marche... Creo que lo único que puedo hacer por ella es encontrarle un sueño adecuado a su situación".

Por último, adoptó la perspectiva de Vigo Mayers. Bajo su mirada, ella era una muchacha de lo más adorable.

—¿*Crees que es posible que dentro de veinte años dos personas puedan tener el mismo sueño a la vez? Vigo, a mí me gustaría que tú crearas algo así* —le decía ella.

—¡*Ésa es una idea genial! Pero ¿de verdad llegará algún día el año 2020? Todavía no creo que dentro de poco sea el 2000. ¿Qué estaremos haciendo nosotros dentro de veinte años? A mí me gustaría para entonces estar ya convertido en un creador de sueños de gran renombre y ser premiado en la Gala de los Sueños anual.*

La escena en la que ambos charlaban pasó a ser otra, y ahora Vigo se encontraba en el despacho de Dallergut. Experimentó cómo cruzaban su mente a toda velocidad los pensamientos que tuvo Vigo desde cuando ella desapareció y a él lo echaron de la universidad hasta el momento en que se presentó a una entrevista para trabajar en la Galería.

—Creo que fue una imprudencia por mi parte pedirle que viniera aquí con ropa normal en vez de ropa de dormir.

Una vez más, el paso del tiempo se aceleró y llegó el día en que Vigo cumplió una semana trabajando allí. Ahora estaba observando desde su punto de vista a la muchacha que visitaba en ese momento la tienda en calidad de cliente. Ella parecía no reconocer en absoluto al empleado. Lo miraba de la misma forma en la que lo haría cualquiera de los otros clientes. Dejando de lado todas las cosas que quería decirle, Vigo se acercó a ella y le preguntó: "¿Busca algún sueño en particular?".

En cuanto se despertó, Sehwa abrió la herramienta de apuntes de su teléfono celular. Sabía por instinto que no debía olvidar bajo ningún concepto el sueño que acababa de tener.

Anoche soñé que veía a mi yo del pasado a través de los ojos de gente a la que extraño. ¿Hay alguna prueba más verídica que la perspectiva de alguien que me recuerda? Estoy segura de que ese mundo existe. En el sueño, era una orca que podía volver cuando quisiera a la costa. Sin duda alguna, esas personas de la costa por las cuales siento nostalgia saben que estoy nadando con ahínco en el mundo en el que debo estar. Durante estos veinte años mi realidad se hizo más profunda y alcanzó nuevos límites, y, además de eso, tuve en mi posesión un vasto océano al cual poder volver cada noche.

"Al igual que hace veinte años, me dieron el sueño que más necesitaba", se dijo con seguridad una vez que terminó de llenar la pantalla del móvil con las sensaciones que le despertó el sueño. Después de leer con detenimiento ese diario que había escrito, pulsó "guardar" con el ánimo rebosante. Al mismo tiempo, en la Galería de Dallergut sonó el sistema que notificaba los pagos. Acababan de acreditarse cantidades extraordinarias de emociones de diversa naturaleza.

Ding-dong.
La cliente número 1 ha realizado un pago.
Se ha recibido una generosa cantidad de "cariño"
por Otra vida / versión oficial.
Se ha recibido una generosa cantidad de "agradecimiento"
por Otra vida / versión oficial.
Se ha recibido una generosa cantidad de "felicidad"
por Otra vida / versión oficial.
Se ha recibido una generosa cantidad de "ilusión"
por Otra vida / versión oficial.

5. La sección de sensaciones táctiles del Centro de Pruebas

Era un día de verano en su máximo apogeo en el que la luz del sol irradiaba intensamente y hacía un calor bochornoso. Los empleados de la Galería Dallergut estaban disfrutando del descanso para almorzar.

Penny había decidido que iría al restaurante del Chef Grandbon, el creador de *Un sueño donde comer cosas exquisitas*. Había una oferta limitada esa semana por la que el menú completo de pizza tenía descuento y, en caso de pagar por adelantado, daban además un vale para beber gratis todo el té de ciruela que se quisiera.

Dado que las mesas situadas en el interior donde estaba el aire acondicionado habían sido ocupadas, ella se sentó en la terraza, donde al menos llegaba un viento templado. Aquel día la acompañaban en la comida sus colegas Mog Berry y Motail. Eran tantos los pedidos de los comensales que la espera se les estaba haciendo eterna.

—Mog Berry, todavía quedan pilas y pilas de ejemplares de la serie de Celine Gluck *La extinción de la Tierra* en la sección de descuentos. No importa cuántos venda, siguen apareciendo. ¿No les parece que les están prestando muy poca atención en la tercera planta? Me voy a volver loco por estar el día entero vendiendo sueños apocalípticos.

—Ya me he enterado, Motail. No me des la lata con eso en la hora de la comida. Bastantes quebraderos de cabeza me dan. Por eso mismo vamos a tener una junta urgente con los creadores de la tercera planta.

—¿Se van a reunir en ese Centro de Pruebas? Me refiero al edificio hecho con contenedores que está justo encima de la Oficina de Atención al Cliente. A mí también me gustaría saber cómo es por dentro… ¿No podría ir yo también? —le preguntó Motail, acercándose a Mog Berry en actitud lisonjera.

—Hace mucho calor, ¿qué tal si te apartas un poco?

Mientras ellos dos hablaban sobre cosas de trabajo, Penny abrió la revista que no había podido terminar de leer en la mañana. El sol era tan cegador que no dejaba ver el texto, por lo que la chica elevó el ejemplar de *Las historias que nos cuentan los sueños* por encima de su cara para hacer sombra y poder leerlo.

Llegada la hora de escoger un sueño como regalo para un cumpleaños u otra ocasión especial, le dirán que hizo una elección acertadísima si éste satisface alguno de los siguientes aspectos:

1. *Tiene una trama que presenta un significado válido aun cuando se vuelva a soñar con ello en el futuro, tal y como una película que merece la pena ver más veces.*
2. *Va personalizado a la medida del consumidor que lo recibirá.*
3. *Tiene una trama irrealizable en la vida, es decir, sólo se puede vivir esa experiencia oníricamente.*

* Si se está empezando una relación sentimental, es mejor no regalar sueños relacionados con el amor. Hay que tener cuidado, pues la persona que recibe el presente podría acabar soñando con una antigua pareja y el regalo resultaría ser un desastre.

Pensando que más tarde debía anotar esos puntos, la chica dobló la esquina de la página y dejó la revista sobre la mesa, pues una camarera acalorada se había acercado con una bandeja donde traía las pizzas, los jugos y unos vasos con hielos.

—¿Para quién es la pizza de pepperoni?

—Para mí —respondió Penny, haciendo a un lado la revista para recibir el plato.

En cuanto la camarera puso el jugo sobre la mesa, ella lo sirvió entero en el vaso y empezó a beberlo a grandes sorbos.

—¿Te importa si la veo un momento? —le preguntó Motail, tomando la revista.

—En absoluto.

—¿Hay alguna noticia interesante? —preguntó Mog Berry, llevándose a la boca un trozo de su pizza con espinacas. Varios de los cabellos que le sobresalían del peinado estaban a punto de entrar en su boca junto con la comida.

—No sé. No hay nada a lo que se le pueda llamar interesante. Ya sabes, las revistas son todas parecidas. Es imposible que todos los días se escriban artículos atrayentes. ¡Oh, miren! ¡Le han dado un premio a Vigo! —exclamó Motail, abriendo la última página y acercándola a la vista de sus compañeras.

Un colectivo compuesto por diez editores ha seleccionado los artículos de la "Sección de Recuerdos" de la segunda planta de la Galería Dallergut como "los sueños con los mejores ingredientes".

El jefe de la segunda planta del establecimiento ha declarado, mostrando total convicción, que éste era un resultado más que previsible. Aduciendo que a los sueños con remembranzas del pasado no se les pone aditivos innecesarios ni efectos sobreestimulantes, aseguró que los productos de la Sección de Recuerdos son la recomendación número uno para todo el que quiera despertar al día siguiente con la mente despejada […].

Fue una sorpresa encontrar a Vigo en la foto del artículo, donde aparecía con los brazos cruzados en señal de sentirse orgulloso. La expresión que tenía parecía decir que no comprendía por qué no le habían concedido antes el galardón

—Pero ¿cuándo le hicieron esta entrevista? ¿A qué se refiere con ingredientes y aditivos? Ni que los sueños fueran cosméticos. ¿De qué se trata todo esto? —preguntó Penny atónita, mientras miraba alternadamente hacia la página y luego a Mog Berry.

—Bueno, ya saben que para elaborar un sueño hace falta una infinidad de componentes. La mayoría de ellos se necesita para obtener un buen grado de inmersión en la trama o favorecer la nitidez de las imágenes, pero en ocasiones pueden dar lugar a efectos colaterales si se abusa de ellos. Tener dificultades para despertarse o que el sueño resulte caótico son algunas de las cosas que pueden pasar. Por lo tanto, antes de que un nuevo producto sea lanzado al mercado, deben revisarse las cantidades de todos los ingredientes empleados. Pero los sueños de la Sección de Recuerdos de nuestra tienda son una excepción. Sólo se necesita una mínima cantidad de recuerdos de las personas para elaborar artículos en los que todo sea tan vívido como si hubiera ocurrido ayer. Y además, como se trata de las remembranzas de uno mismo, no hay cabida a que se produzca un choque con la realidad o a que resulten perjudiciales. Según la Ley de Divulgación de Información...

—¿Una ley? ¿De qué trata? —interrumpió Penny a su compañera.

—Es una normativa que se promulgó en el año 1995 y exige que el envoltorio exterior contenga la información relevante acerca de los productos para que los consumidores puedan estar al tanto. Deben indicarse cosas básicas como el nombre del artículo, su fecha de producción y caducidad, y también las cantidades de los ciento y un componentes potencialmente irritantes y el nombre de la empresa fabricadora. Me parece a mí que quien confeccionó la norma creyó que los envoltorios son de dos metros de largo o algo así. Por si fuera poco, en caso de tener que omitirse datos por falta de espacio, hay una cláusula extraña para esta instancia que dice que puede facilitarse la información si alguien la solicita expresamente. Debido a esto, empezaron a poner títulos larguísimos a los productos para evitar tener que especificar los componentes irritantes y de hecho es una práctica que sigue vigente hasta ahora —se explayó Mog Berry, como si les estuviera dando una clase magistral sobre el tema.

—¿Y has memorizado todo eso? —le preguntó Motail.

—Bueno, ahora sabes por qué he llegado a ser encargada principal de planta siendo tan joven.

—Uhm, tras escucharte, yo me he quedado más o menos igual. Quizá me ayudaría más ver los componentes en persona para comprenderlo —replicó Motail, frunciendo el ceño a propósito mientras prestaba atención a la reacción de Mog Berry. Penny estaba segura de que Motail se estaba haciendo el tonto intencionadamente.

—¿Ah, sí? Bien, como suele decirse, hay que ver para creer, ¿verdad? Acompáñame al Centro de Pruebas entonces. Allí también tienen existencias de muchísimos ingredientes para hacer sueños. Pero te llevo con la condición de que mantengas una actitud seria durante la junta, pues no irás allí de excursión sino para trabajar.

—¡Eso está hecho! Justo estaba esperando que me lo dijeras —respondió Motail sonriente, agarrando el tenedor y el cuchillo en cada mano.

—Una vez que termine la reunión, habrá tiempo para que puedas echar un vistazo a los materiales. De todas formas, Speedo ya me había pedido que adquiriera provisiones para usar en la cuarta planta y la lista es muy larga. Perfecto, así me podrán ayudar.

—Oí que allí tienen las sensaciones necesarias para incluir en los sueños, es decir, ingredientes visuales, auditivos, olfativos y táctiles. Ah, y los sabores. No sabes la ilusión con la que aguardaba este día —parloteó entusiasmado el chico, sin reparar en que estaba hablando con la boca llena. Hasta hubo un grano de arroz que salió disparado al lado opuesto de la mesa.

—Pero ¿tendrán tiempo? Es el miércoles de la próxima semana y debemos respetar la fecha que han fijado los representantes de las productoras. Ellos siempre tienen una agenda muy apretada y no se les puede pedir cambios a nuestro antojo.

—Como estamos a finales de año, no tengo de qué preocuparme. Ya cumplí con el objetivo de ventas de este mes. Aunque me tome una semana entera de vacaciones, acabaré haciendo los mismos números que mis otros compañeros de la quinta planta. ¿Qué tal te viene a ti, Penny?

—A mí también me gustaría ir, y el miércoles de la semana que viene... ¡Creo que si dejo todas las tareas listas en la mañana, la señora Weather me dará permiso!

—Pero tampoco te esfuerces tanto, chica.

—Por cierto, ¿de qué trata la reunión? ¿Será sobre las reclamaciones? En la tercera planta al parecer han entrado un montón —preguntó Penny, con curiosidad por enterarse de más detalles.

—Así es. Como ya han pasado por la Oficina de Atención al Cliente, entenderán bien de qué se trata —explicó Mog Berry, antes de sacar de su bolsillo un papel mal doblado—. Lo cierto es que esto nos supone un buen quebradero de cabeza últimamente.

Nivel de reclamación: 2
Clientes con pesadillas

Destinatario: Planta 3 de la Galería de los Sueños Dallergut

Referencia: Celine Gluck, Chuck Dale, Kiss Grower

- *Invasión alienígena de la Tierra* por Celine Gluck: provoca sudoración excesiva como respuesta a las escenas y fuertes jaquecas durante 15 minutos después del sueño.
- *Sueños estrafalarios que electrifican los cinco sentidos* por Chuck Dale: causa caídas de la cama por exceso de inmersión en la trama y consecuentes contusiones de carácter leve.

- *Un viaje en autobús con mariposas en el estómago* por Kiss Grower: provoca contracturas de hombro y cuello al dejar recostarse en el hombro a la persona que viaja al lado y procurar no despertarla.

  Este informe se confeccionó con base en el testimonio de un reclamante que se siente inseguro al dormir y contiene parcialmente la opinión del personal responsable de atenderlo.

—Son todos sueños que vendí yo —dijo Mog Berry, ligeramente avergonzada.

—Y yo que pensaba que sólo el de los alienígenas de Celine Gluck era problemático… Se ve que los otros también son de la misma índole —opinó Motail.

—Ni se te ocurra decir algo así en la junta. Recuerda que los creadores tienen mucho talento, pero también un gran orgullo. El sueño que más me preocupa es éste del viaje en autobús de Kiss Grower. Quizás hasta lo tengan que retirar del mercado. Ha entrado una queja a poco de su lanzamiento, lo cual nunca había sucedido antes.

Una muchacha estaba dormida profundamente. Soñaba con que iba sentada en uno de los asientos dobles de un autobús. El trayecto no le era familiar y la carretera, llena de baches, hacía que el vehículo avanzara a trompicones, lo que le estaba provocando dolor de espalda.

Sin embargo, había algo que le causaba un desasosiego aún mayor: el chico que dormitaba apoyado en su hombro.

A pesar de que no sabía cómo había llegado a esa situación, la chica pudo percatarse de que acababa de empezar una relación sentimental con él. En circunstancias reales, le habría intrigado más saber quién era su acompañante, pero en el sueño concordaba con toda naturalidad que se trataba de su pareja. No obstante, ciertos pensamientos realistas no dejaban de interrumpir el curso del sueño.

"¿Adónde se dirige este autobús? Yo no suelo usar otro medio de transporte que no sea el metro porque sufro de mareos…"

Al concentrarse sus pensamientos en cosas que no tenían que ver con la trama, una serie de ideas intrusivas empezaron enseguida a venirle a la mente. Revivió también un momento desagradable en el que se había topado con un desconocido en el metro. En el sueño, esa persona daba cabezazos mientras se apoyaba contra ella, pero de repente desapareció, no sin antes dejarle el hombro empapado de babas. La muchacha despertó súbitamente de su ensimismamiento y sacudió el hombro para hacer que el chico se despertara. Él, dormido como un tronco, ni se inmutó. Sin duda era atractivo, pero no podía entender que pudiera disfrutar así de una siesta recostado en un hombro ajeno y con aquellos fuertes traqueteos que daba el autobús. En vez de hacerle sentir mariposas en el estómago, le pareció un sinvergüenza.

Al soñar toda la noche con que alguien le acaparaba el hombro, la muchacha acabó despertándose mucho antes de lo que debía. Al hacerlo, notó un agarrotamiento muy molesto en la zona donde el chico había reposado la cabeza. No estaba segura de si había tenido ese sueño por sentir primero molestias en el hombro o si, por el contrario, soñar tal cosa la había hecho somatizar la incomodidad. Se sentía desconcertada ante cómo la compleja actividad cerebral que implicaba soñar le había provocado ese tipo de síntoma mientras dormía. Tras unos momentos más pensando en lo increíble de aquel fenómeno, volvió a caer rendida en los brazos de Morfeo.

El miércoles de la semana siguiente, Penny tuvo la suerte de terminar sus obligaciones pronto y pudo salir del trabajo con la sensación de haberse quitado un peso de encima. Pasada ya la hora pico, no había mucho tránsito de trenes hacia la zona empresarial. Los únicos que viajaban en el mismo vehículo que ella, aparte de Motail y Mog Berry, eran dos noctilucas.

—Mog Berry, ¿sueles tener con frecuencia reuniones con creadores como la de hoy? —preguntó Motail.

—Cada dos por tres. Apuesto a que soy la empleada de nuestra tienda que más frecuenta la zona empresarial. A mí me encantan los sueños tan dinámicos que tenemos en la tercera planta, pero es cierto que dan bastantes problemas. Con lo importante que es que contengan un sentido del tacto bien afinado… —respondió su compañera, rematando lo que decía con un suspiro.

—¿Qué es eso de un sentido del tacto bien afinado? —inquirió Penny, quien estaba sentada a su lado.

—Pues… para que te hagas una idea, imagínate que te alcanzó en sueños una bala que disparó tu enemigo. ¿Verdad que no comprarías un sueño sabiendo que al despertar te dolería el balazo como si fuera real? —Penny asintió con la cabeza—. En ese caso, es evidente que habrá que elaborar el dolor y las otras sensaciones táctiles de ese sueño a niveles suaves, ¿verdad? En los sueños no es necesario que las percepciones sensoriales estén amplificadas hasta el punto de ser iguales a las reales. Es más, en la mayoría de los casos, es conveniente que no sea así en cuanto a las táctiles. Lo que pasa es que a los creadores, sin que se den cuenta, se les va la mano subiendo esos niveles pensando que no surgirá ningún problema. Seguro que lo hacen llevados por la ambición de recrear sensaciones más vívidas. Pero, por eso mismo, existen leyes que limitan los niveles en los que se pueden emplear la percepción del dolor o la presión. Es una normativa especial promulgada por la Oficina de Atención al Cliente y en la actualidad cada vez se refuerza más. Probablemente, antes no habrían categorizado la queja del sueño de Kiss Grower *Un viaje en autobús con mariposas en el estómago* como una reclamación de nivel 2, sino que la habrían etiquetado directamente como una de nivel 1 —explicó Mog Berry, mientras se secaba con un pañuelo las gotas de sudor que le perlaban la nariz—. Por cierto, hoy hace un calor infernal. Ojalá el tren nos traiga un viento fresco cuando baje por la Pendiente vertiginosa —añadió.

La operaria del tren debió haber estado pensando lo mismo, pues en la bajada usó menos cantidad de "resistencia" que de costumbre. Al descender en picada, Penny y sus compañeros dieron un alarido de regocijo, pero los noctilucas se quejaron con la conductora de que por poco salían volando las cestas con la ropa que llevaban. Una vez que éstos se bajaron frente a la Lavandería Noctiluca, sólo quedaron en el vehículo los tres empleados de la Galería. El tendero del quiosco, empotrado en la roca, con manifiesta desgana intentó venderles tónicos energizantes, pero Penny le indicó con un gesto de la mano que no iban a comprarlos.

—Bueno, entonces, llévense al menos el periódico gratis —les dijo con amabilidad antes de lanzar uno hacia dentro del vehículo. La hoja del menú, que ya pasada la hora del almuerzo de poco servía, se desprendió del interior del periódico junto con otro panfleto del tamaño de la palma de una mano. Era un anuncio impreso en un papel brillante de color rojo.

Pruebe nuestro nuevo helado de treinta tipos de emociones. También tenemos galletas de la fortuna que le cambiarán la vida (existencias limitadas).

"¡No se pierda el camión rojo de comidas que aparece y desaparece a su antojo!"

—¿Qué es eso? —le preguntaron a Penny sus compañeros, al recoger ella el volante.

—Pues un anuncio como otro cualquiera. Se ve que no les basta sólo con vender el menú entre en los periódicos, sino que ahora también nos cuelan propaganda.

Pocos momentos después, los tres llegaron a la zona empresarial y se pusieron en marcha en dirección al Centro de Pruebas. El lugar al que debían acudir era ese grupo de contenedores que parecían haber sido arrastrados por un ciclón hasta quedarse anclados encima de la Oficina de Atención al Cliente, el tan conocido edificio con forma de tocón de árbol. Tanto la oficina como la Plaza Central estaban más vacías de gente que cuando visitaron la zona con Dallergut. Probablemente la mayoría de las personas se encontraba dentro trabajando durante el horario laboral.

Para ir al segundo piso, tomaron el ascensor en la primera planta de la Oficina, que alardeaba del mismo verdor de siempre con su abundante vegetación.

—Bienvenidos al Centro de Pruebas. Permítanme que verifique sus acreditaciones —les dijo el empleado que los recibió a la entrada del segundo piso.

Los tres le mostraron las tarjetas de acceso que llevaban colgadas al cuello.

—Gracias. ¿Es su primera vez aquí? Si lo necesitan, les serviré de guía.

—No se preocupe. Ya conozco el lugar —respondió Mog Berry.

—Como prefieran. De todas formas, verán que hay un empleado asignado a cada sección. Si tienen alguna duda, pueden acudir a él. Para poder usar cualquiera de los ingredientes aquí o llevárselo fuera del Centro, primero deberán realizar su pago en la caja de la entrada. Les informo también de que el taller de la sección de sensaciones auditivas no estará disponible para su uso durante toda una semana, pues todas las plazas ya han sido reservadas.

El modo en el que estaba construido el Centro de Pruebas dificultaba visualizar su interior a simple vista. Las caras yuxtapuestas de los contenedores, que desde fuera parecían estar a punto de desprenderse, poseían unas escaleras mediante las cuales estaban conectados, formando un total de tres pisos.

Mog Berry, señalando con el dedo en todas direcciones, les explicó a sus compañeros acerca de aquellos departamentos:

—Aquí se encuentran divididos por secciones los ingredientes visuales, olfativos, táctiles, gustativos, auditivos, y los demás componentes de los sueños, pues son todos de diferente naturaleza según la sensación a analizar. Cada sección tiene una sala-taller cuyo uso es sólo posible por medio de una reservación. La de la sección de pruebas auditivas es casi imposible de solicitar debido a su alta demanda.

Penny se dio cuenta de que cada uno de los contenedores de diferente color que había visto desde afuera eran espacios independientes dedicados a las respectivas sensaciones.

—Mira eso, Penny. ¿No te parece una excelente idea? Ojalá la implementaran en nuestra tienda —dijo Motail, llamándole la atención a la chica con un toquecito en el hombro y señalando hacia un rincón.

A lo que se refería él era a un montón de poleas que estaban dispuestas en línea vertical bajo las escaleras para poder cargar los objetos que iban destinados a cada uno de los pisos. Un gigantesco cubo colmado de cosas viajaba sin cesar de la primera planta a la tercera y viceversa, haciendo paradas en la segunda sin levantar el más mínimo ruido.

Otro elemento igual de sorprendente era el enorme tobogán que había en el lado opuesto de la entrada. Una mujer se trasladó en cuestión de segundos desde la tercera planta hasta la primera haciendo uso de él. Tras aterrizar sin complicaciones, se sacudió el pantalón y siguió su camino con tranquilidad.

—Mis amigos me dijeron que reservaron el taller más cercano a la sección de sensaciones táctiles. Vayamos rápido para allá —dijo Mog Berry, guiando a sus compañeros—. Llegaremos a ella una vez que pasemos por la sección de sensaciones visuales, que se encuentra después de la de las olfativas.

El olfato de Penny quedó exhausto después de captar todos aquellos aromas que se desprendían de la sección de olores. Motail fue parándose a cada rato para dar una olfateada a los kits de creación de todo tipo de aromas que había en un expositor giratorio.

—Esos kits son ideales para los creadores principiantes. Son muy efectivos a la hora de recrear trasfondos en la mente de los que sueñan cuando todavía no se tiene mucha maña en eso, pues no hay nada mejor para evocar recuerdos que un aroma familiar.

—Eso es verdad. Yo también tengo muchos recuerdos que asocio a olores particulares.

Penny escuchó la conversación entre dos creadores que parecían más jóvenes que ella. Indecisos acerca de cuál comprar, estaban comparando kits de diferentes marcas y contando el dinero que llevaban.

—Vaya, me gustaría comprar también el libro de recetas, pero me faltan treinta seals... —dijo uno, haciendo pucheros.

—Con la compra de cualquiera de estos kits, se proporcionan recetas de algunos de los olores más versátiles, como el del arroz recién cocido, el de la tinta de un periódico o el de un mercado de pescado. Debido a que los olores nostálgicos dependen enormemente de la cultura a la que pertenezcan los clientes, es importante decidir a qué público irá dirigido el sueño que se va a crear —les explicaba con entusiasmo el empleado a cargo de la sección de sensaciones olfativas que se encontraba al lado de ellos. Parecía contento de poder lucirse, transmitiendo los conocimientos que había adquirido durante su tiempo allí, pues probablemente no tendría ocasión de asesorar a creadores más veteranos.

—¿Ven esas carpas redondas, parecidas a iglús, que están por ahí en medio? —dijo Mog Berry a sus compañeros a la vez que caminaba.

—¿Son talleres?

—Exacto. Que las carpas estén cerradas significa que hay gente usándolas, así que no se puede entrar sin avisar.

Había unas pocas de ellas en las que las cremalleras que servían de puerta estaban abiertas. Aparte de esas, todas las demás estaban ocupadas, por lo cual los tres tuvieron cuidado de no hacer ruido al caminar.

—Parecen tiendas de acampar gigantescas —comentó Motail. El chico no había dicho eso fijándose simplemente en el aspecto que tenía cada carpa —de tela sedosa— en aquellos talleres. La mayoría de los usuarios que entraban y salían de ellas iban vestidos con ropa deportiva o atuendos propios para hacer actividades al aire libre como el senderismo. A Penny le dio la impresión de que aquellas personas llevaban varios días allí encerradas trabajando sin volver a casa.

Los tres estaban ahora ascendiendo hacia el espacio que había después de la sección de sensaciones olfativas. Los huecos a los lados de la escalera habían sido aprovechados al máximo y estaban decorados de una manera original para exponer ciertos objetos. Una paleta de colores de grandes dimensiones cautivó la mirada de Penny.

—¡Miren, una paleta con treinta y seis mil colores naturales!

—Sí, a partir de aquí entramos en la sección de sensaciones visuales. Dicen que con esa paleta se pueden reproducir casi todos los colores que existen, pero para el dineral que cuesta sólo pocas personas saben sacarle partido. Al parecer, no hay nadie estos días, aparte de Wawa Sleepland, que haga tal adquisición —le contó Mog Berry a la chica, que caminaba rezagada y sin poder despegar los ojos del llamativo artículo.

La siguiente cosa que atrajo su atención en la sección de sensaciones visuales fueron unos amasijos que proporcionaban imágenes de fondos para la producción de muestras.

Aquellas masas, parecidas a plastilinas de varios colores mezclados, estaban envueltas individualmente y, al lado de los productos que estaban desplegados, había una caja de acrílico transparente de generosas proporciones con algo escrito a un costado. Lo que contenía el receptáculo era únicamente un farol apagado y en el texto adyacente se leía:

Para ver el fondo antes de realizar su compra,
coloque la masa en este farol.

—Con sólo tener una fuente de luz adecuada, estas masas de fondos para la producción de muestras pueden generar una ilusión óptica en espacios reducidos. Aunque no se usan en la elaboración de sueños, son muy útiles durante los entrenamientos de aspirantes a creadores o las presentaciones que hacen las empresas fabricantes.

Mog Berry abrió la caja de acrílico y metió en el agujero que tenía el farol un amasijo que se ofrecía para probar. Tan pronto como activó el interruptor, la masa de color azul marino con trazos amarillos y rojizos empezó a encogerse. Al mismo tiempo, el aparato comenzó a emitir paulatinamente la imagen del fondo y, en pocos segundos, el interior de la caja adquirió el color de un cielo nocturno. Cuando Motail y Penny observaron que unos fuegos artificiales se unían a la escena, pegaron sus caras a la caja y estuvieron un buen rato maravillándose.

—No se acerquen demasiado, es malo para la vista —les advirtió Mog Berry.

A la chica le habría gustado dar una vuelta con detenimiento por cada una de las secciones, pero las dedicadas a los sonidos y otros componentes estaban en el lado opuesto del edificio.

En cuanto llegaron a la sección de sensaciones táctiles, situada al lado del área de efectos visuales, una mujer joven que estaba frente a la carpa saludó a Mog Berry, agitando la mano. Llevaba un moño alto hecho de cualquier manera y calzaba unas pantuflas mullidas.

—¡Conque estabas aquí afuera! —dijo con alegría Mog Berry al verla.

—¡Hola! ¡Qué contenta estoy de que hayas venido!

—Les presento a Celine Gluck. Ellos son Penny y Mog Berry, unos compañeros de trabajo.

—Mucho gusto. Soy Penny y trabajo como asistente en la recepción.

—Yo, Motail. Laboro en la quinta planta.

—Me alegro de tenerlos por aquí. ¿Qué tal si vamos entrando? Chuck Dale y Kiss Grower están por llegar en breve. Esperémoslos dentro.

De cerca, Celine se veía demacrada, como si se hubiera pasado los tres últimos días sin dormir. A cada paso que daba, sus pantuflas emitían un sonido débil como si se desinflaran.

El interior de la carpa a la que accedieron tras ella transmitía una sensación de orden y limpieza. Con la excepción de algunos dispositivos de proyección y otros artilugios de aspecto aparatoso, el lugar se destacaba por su simpleza. Era amplio como para dar cabida a diez personas con holgura y la tela blanca que lo encapsulaba era de un material liso y libre de arrugas.

—Celine, ¿te pasaste la noche en la oficina? Me preocupa que trabajes demasiado —dijo Mog Berry al percibir un patente cansancio en el semblante de su amiga.

—Últimamente estoy dándole muchas vueltas a mi nueva producción. Ah, por cierto, ¿qué te parece si me das tu opinión mientras esperamos? Me gustaría que tus compañeros también me dijeran qué piensan.

Celine sacó una masa de fondo que había dentro de una caja con candado y, enseguida, la colocó sobre el farol situado en mitad de la carpa.

—Bien, ésta es mi primera candidata a nueva creación. Creo que no les hará falta más explicaciones.

En cuanto activó el control remoto el amasijo empezó a derretirse, al tiempo que coloreaba con diversas tonalidades el interior de la carpa hasta que, de repente, el lugar se ennegreció por completo. Acto seguido, se escuchó un sonido como si alguien cargara una bala y hubo un deslumbramiento momentáneo que simulaba una linterna inspeccionando el lugar. Al momento, se escuchó una voz ronca gritando "¡Ahí está!" y una brigada equipada con armas de fuego entró en escena.

Aunque Penny sabía que todo se trataba de una proyección, se dio cuenta de que su instinto de huida se había puesto en marcha cuando se descubrió a sí misma intentando ocultarse bajo un escritorio. Por el contrario, sus dos compañeros permanecían sentados sin siquiera cambiar de expresión.

—¿Qué les parece? —les preguntó Celine, observando las caras de los tres.

A pesar de que era la primera vez que se veían, Motail procedió a dar su opinión sin rodeos.

—Se vive la tensión por la supervivencia en un pueblo en el que el enemigo ha hecho un ataque sorpresa. Sucede cuando se empieza a sudar de los nervios al ver reflejadas las sombras de los atacantes en las ventanas y nos sobresaltamos en el instante más decisivo. Esta parte es casi igual a la que salió en la primera temporada. Lo único que ha cambiado es que ahora son asaltantes militares en vez de alienígenas. Le digo que la quinta planta está llena de sueños parecidos. Por cierto, ahí es donde vendemos los que han sobrado como saldos.

Al oír los comentarios tan brutalmente honestos del chico, la creadora se quedó de piedra, limitándose a girar una y otra vez el bolígrafo que tenía en la mano. Parecía que era la primera vez que se topaba con un empleado que le mostraba tal grado de sinceridad.

—Bueno, entonces, dime qué piensas de éste.

Celine sacó otro amasijo de la caja y, tras ponerlo en el farol, volvió a pulsar el control remoto. Esta vez la carpa se oscureció como el cielo nocturno, y enseguida unos meteoritos en llamas cayeron sobre el taller. Unos estruendos de relampagueo sonaron de una manera tan realista que hicieron pensar a Penny que deberían evacuar el lugar, aunque se esforzó al máximo por guardar la calma. En mitad de aquel escándalo, Mog Berry se dedicó a hacer anotaciones en un papel mientras contemplaba la escena. En cuanto a Motail, sólo hacía falta fijarse en cómo le temblaban los labios para saber que estaba ansioso por soltar otra retahíla de mordaces observaciones.

—¿Qué tal? —preguntó Celine, dirigiéndose a Penny en esta ocasión.

—La belleza de los efectos visuales es extraordinaria —se expresó con sinceridad la chica.

—¿De verdad lo crees? ¡Gracias, Penny!

—Pero esto tampoco es nada nuevo. Lo único que ha mejorado es la calidad de la imagen… Creo que en poco tiempo acabará en mi sección… —murmulló Motail para sí mismo.

Penny le dio un codazo en el costado a su compañero, pues dentro de la carpa se escuchaba hasta el más mínimo susurro.

Desalentada, Celine retiró la masa del farol y la devolvió

de cualquier manera a la caja. Enseguida, el blanco reinó de nuevo en el interior de la carpa.

—Me pregunto cuál será el problema.

—Creo que te has enfocado demasiado en recrear la tensión —le contestó Mog Berry y comenzó a darle su análisis objetivo de los aspectos problemáticos—. No hay duda de que las creaciones de la productora Films Celine Gluck son excelentes, pero en estos días se prefiere mucho más los sueños en los que puede experimentarse la sensación liberadora de una huida. Al observar a los clientes que visitan la tercera planta, me he fijado en que la mayoría busca emociones refrescantes y de aventura, como las que producen los videojuegos, o satisfacer sus ansias de convertirse en héroes.

Sonó entonces el tintineo de una campanita que estaba colgada afuera de la carpa.

—Parece que por fin han llegado —dijo Celine.

En el mismo instante en que ella se levantó, dos hombres se adentraron en la sala.

—Ya estamos aquí. ¿Nos hemos perdido algo? —dijo a modo de saludo Kiss Grower, el creador que se rapaba la cabeza siempre que sufría una separación amorosa.

Su compañero, en cambio, lucía una melena bien peinada que le llegaba a los hombros.

—Hola, Mog Berry. Veo que tenemos con nosotros a dos empleados de la Galería, a quienes no conozco. Yo soy Chuck Dale, el creador de sueños mordaces. Supongo que conocen mi serie *Sueños que electrifican los cinco sentidos* —se presentó sin titubeos.

Sin pretenderlo, tanto Penny como Motail dejaron escapar un profundo suspiro. Debido a que con aquella reacción estaban dejando claro que ambos eran admiradores suyos, el creador les agradeció su reconocimiento con una sonrisa de satisfacción.

—Al contrario que mi colega, yo prefiero incluir el amor platónico en mis obras —intervino Kiss Grower—. La gente de hoy en día no valora el afecto inocente y espiritual. Yo busco algo de un nivel superior...

—Como te empeñas en ponerle niveles al amor, así estás; por eso nunca te crecerá el pelo —le interrumpió Chuck Dale, alisando su larga cabellera hacia atrás para poner énfasis en lo que estaba diciendo.

—Mog Berry, tienes algo que contarme, ¿verdad? Estoy enterado hasta cierto punto —dijo Kiss Grower, anticipándose a la encargada.

—Pues qué bien que lo sepas, así no se me hará tan complicado darte la noticia. Parece que tendremos que retirar todas las existencias de *Un viaje en autobús con mariposas en el estómago*.

—Ya veo... ¿Estás segura de que no hay más alternativa? —le preguntó el creador, mientras tomaba asiento con la mirada triste.

—Será mejor que hagamos un debate entre todos los que estamos aquí para decidir qué hacer en adelante.

—Me parece bien, pues los tres trabajamos de forma similar y tenemos preocupaciones semejantes.

—¿Ustedes tres trabajan de un modo parecido? Pues yo diría que es todo lo contrario —opinó Motail, mostrándose incrédulo.

—Tenemos en común que nuestra habilidad especial reside en la recreación de sensaciones táctiles. Los creadores sabemos, incluso antes de debutar, cuáles son las sensaciones en las que somos más competentes —replicó Chuck Dale.

—Al fin y al cabo, es casi imposible materializar a la perfección los cinco sentidos en los sueños, pues, cuando un sujeto sueña, se produce una continua interferencia con sus sentidos reales. Por tanto, la mayoría de los creadores, en vez de intentar reproducir todas las sensaciones con realismo, suelen enfocarse en la que adquiere una particular relevancia. Aparte de que, además, así se consiguen mejores efectos. En cuanto a los creadores legendarios, ellos sin duda sí son diestros en todas y son famosos precisamente por eso —añadió Kiss Grower.

—Nosotros tres nos hemos ganado el nombre de los mejores creadores de sueños en lo que a las sensaciones táctiles respecta —secundó Celine, desbordante de confianza.

A Penny le inspiró respeto que aquellas personas podían afirmar abiertamente que tenían talento.

—Pues justo por eso lo estoy diciendo. Sería mejor que se enfocaran aún más en las sensaciones táctiles y que optaran por omitir drásticamente cualquier fondo. Y tengo la impresión de que el problema que hay con tu sueño es que no proporciona la suficiente inmersión y es por eso que interfiere en las demás sensaciones. No es necesario que te concentres en la contractura de hombro que se siente al despertar, pues el nivel de sensaciones táctiles ya es bastante bajo—dijo tajantemente Mog Berry.

—Con eso propones que no cree ningún fondo artificial, sino que haga que los recuerdos del consumidor conformen el trasfondo de forma natural, ¿cierto?

—Exacto.

—Yo también creo que es una idea muy viable. Con tal de que las remembranzas armonicen con la trama, podrías elaborar algo tremendamente excitante. Entrarían pagos en forma de "ilusión" a raudales. Si sigues empeñado en incluir fondos, sólo vas a conseguir que aumenten las probabilidades de que salga mal. Hay que reconocer que uno no puede recrear esos fondos tan primorosos que hace Wawa Sleepland —dijo Chuck Dale, mostrándose de acuerdo con Mog Berry.

—Bien, si todos piensan lo mismo... ¿les importa que haga una prueba aprovechando que tenemos un par de voluntarios perfectos para la ocasión? —dijo Kiss Grower, mirando a Penny y a Motail.

—Yo también he traído una muestra —dijo Chuck Dale, sacando una cajita de su bolsillo.

—Con eso de voluntarios... ¿se refiere a nosotros?

—Así es. Chuck, déjame a mí primero.

—Como quieras.

Kiss Grower se levantó del asiento y metió una masa de fondo en el farol. El amasijo carecía de cualquier patrón de color y, aunque el creador pulsó el interruptor, no ocurrió nada, a diferencia del producto de prueba que había usado Celine.

—Chicos, tienen que juntar ligeramente la yema de sus índices el uno con el otro.

Algo desconcertados, los dos hicieron caso a lo que el creador les decía y acercaron lentamente el extremo de sus dedos. Desde ese punto de contacto, una emoción palpitante que no habían sentido en mucho tiempo fluyó, extendiéndose por todo el cuerpo. Penny revivió una sensación parecida a la que tuvo en su época de estudiante cuando su mano se rozó sin querer contra la de su compañero de pupitre. Acto seguido, por muy absurdo que le pareciera, un impulso de querer agarrar la mano de Motail empezaba a apoderarse de ella.

Como si ambos estuvieran experimentando lo mismo, se levantaron bruscamente a la vez sacudiendo sus extremidades.

—¡Pero ¿qué demonios haces?! —gritó Motail.

—¡No he hecho nada! Eso más bien lo debería preguntar yo. ¿Qué pretendías? —se defendió Penny.

—A ver, no se peleen, que la culpa de todo la tengo yo por ser un *crack* en este campo —dijo Kiss Grower con algo de timidez, mientras acariciaba su cabeza rasurada.

—Bueno, ¿qué trasfondo les vino a la mente?

—A mí, una de las aulas donde tomaba clases cuando iba al bachillerato —respondió Penny, una vez que había vuelto a la calma.

—¿Sí? Pues yo tenía de fondo un restaurante al que voy a menudo —dijo con sorpresa Motail, mirando, junto con su compañera, a Kiss Grower.

—Excelente. Ha sido todo un éxito. Si les viene a la memoria el trasfondo adecuado a cada uno, no hará falta que me rompa los sesos en recrear ningún entorno en particular.

—Es increíble. ¿Cómo es posible que con sólo el contacto entre nuestros dedos podamos revivir escenarios diferentes el uno del otro? —preguntó Motail, sintiendo una admiración aún mayor por el creador.

—Es porque dentro de ti tienes guardada una serie de recuerdos maravillosos. Ya sean cosas que experimentaste por ti mismo o de forma indirecta a través de películas o series, hay una infinidad de situaciones que pueden convertirse en trasfondos magníficos para los sueños. Únicamente hace falta un estímulo acertado para activarlos: el contacto entre los dedos, como hace un momento, o también un olor o un sonido concretos.

A Penny le pareció brillante la idea de un sueño cuyo trasfondo fuera uno de los muchos recuerdos que tenemos almacenados. Nunca se le había ocurrido tal cosa.

—Bien, ahora me gustaría que probaran el mío. Sólo basta con que hagan contacto entre sus índices como antes.

A continuación, Chuck Dale introdujo su muestra en el farol.

Ellos dos accedieron de buena gana, sin detenerse a pensar en la petición de Chuck Dale, pero justo en el instante previo a juntar las yemas de sus dedos, un relámpago de inquietud cruzó las mentes de ambos, pues estaban ante una muestra elaborada por el creador de sueños sensuales. Penny rezó para que no ocurriera lo que se estaba imaginando, mientras acercaba su índice a la yema del grueso dedo de su compañero.

Un estremecimiento comenzó a recorrerle el brazo, difundiéndose por todo su cuerpo, y la sensación que ella tanto temía comenzó a invadirla. A pesar de que se trataba de la misma acción que habían llevado a cabo antes, sintió algo enteramente diferente. Era una emoción apasionada que invitaba a lanzarse a besar al otro, y Penny estuvo a punto de salir huyendo de la carpa. Motail, con un gesto similar de desagrado, se había levantado del asiento, alarmado.

—Al ver su reacción, me atrevo a decir que mis habilidades siguen a la orden del día —dijo satisfecho Chuck Dale.

—Por favor, no nos ponga más a hacer estas cosas —se quejó Motail, quien estaba visiblemente ruborizado.

Después de aquellas pruebas, Mog Berry y los tres creadores siguieron hablando un buen rato acerca de cómo materializar o preservar sensaciones y también sobre otros temas, como los modos de hacer discurrir el tiempo en sueños de forma diferente a la realidad. Mientras tanto, Penny se estuvo pellizcando los muslos para no quedarse dormida en mitad de aquella conversación sobre cosas tan complicadas.

—Bueno, como le tengo que informar de esto al señor Dallergut, me llevo las muestras.

Al escuchar el chirriar de la silla cuando Mog Berry se levantaba para recoger las muestras, Penny dio un respingo que le sacudió la somnolencia.

—¿Ya han terminado de hablar? —preguntó Motail, rascándose la nuca. Su voz denotaba lo muy amodorrado que estaba él también.

—Vaya, no me digas que te has pasado el rato dormitando.

—Para nada. Estaba escuchando.

—No te creo. Bien, entonces, dime qué clase de producto nuevo han decidido crear ellos tres. Si has estado escuchándonos, lo sabrás.

—Ehm, pues, a ver… Lo harán los tres juntos, ¿verdad? Supongo que se tratará de un sueño que mezcle emoción, sensualidad y espectacularidad. Entonces, será una trama en la que alguien escapa del peligro con la persona a la que ama, pero no le corresponde; sin embargo, los dos se enamoran perdidamente durante la huida hasta que, al final, terminan comiéndose a besos en un trasfondo bélico donde vuelan los cañonazos.

A juzgar por la reacción de sorpresa que mostró Mog Berry, parecía que Motail había dado en el clavo con aquello que acababa de inventar.

—Qué bien te las arreglas para salir airoso.

—Bueno, es hora de que vayamos regresando a nuestras empresas. Cielos, ¡qué cansancio! —exclamó Celine Gluck entre bostezos, al tiempo que se levantaba de la silla.

—Y de que nosotros hagamos las compras de ingredientes necesarios y volvamos a la tienda. Me refiero a lo que me encargó Speedo —dijo Mog Berry, mientras preparaba su bolsa.

Tras salir de la carpa, todos se marcharon en diferentes direcciones.

—Bien, ahora nos toca comprar los componentes para las sensaciones que están aquí anotados. Con esto, dejamos por finalizada la labor de hoy. Como las secciones están lejos las unas de las otras, será mejor que nos ocupemos cada uno de ir a un sitio. Si no pueden encontrar algo, pregúntenle al empleado que hay en cada departamento —ordenó Mog Berry y, a continuación, apuntó en un cuaderno lo que hacía falta comprar y les dio una hojita a cada uno de sus compañeros—. Cuando lo tengan todo, nos vemos en la caja que está en la entrada.

Era difícil no percatarse de que Mog Berry les había encomendado buscar muchos más ingredientes de los que ella se encargaría. Antes de que sus compañeros tuvieran ocasión de quejarse, se despidió de ellos agitando la mano y desapareció como un rayo entre las carpas.

—A mí me toca ir arriba —dijo Motail, señalando hacia la sección de sensaciones auditivas que estaba en lo más alto—. Quizás hasta pueda bajar por el tobogán cuando termine.

—Bien, yo voy por este lado. Nos vemos luego —le respondió Penny, aligerando el paso hacia la sección de ingredientes misceláneos.

En la sección de componentes misceláneos se palpaba un ambiente que haría las delicias de Motail. Había una atmósfera de desenvoltura idéntica a la de la quinta planta de la Galería, pero, teniendo en cuenta el gran número de clientes que había en el lugar, parecía que allí los asistentes escaseaban con creces. La chica pensó que probablemente no le quedaría más remedio que encontrar por sí misma los ingredientes. Tras conseguir una cesta amarilla de compra, se metió de lleno en la búsqueda.

A simple vista, se notaba que en aquel lugar estaban los productos cuya finalidad no era fácil de discernir. Los ojos de ella centellearon, cual pirata que acaba de llegar a la isla del tesoro. Debajo de una montaña de herramientas que parecían anunciar que de un momento a otro se caerían causando efecto dominó, Penny sacó rápidamente la lista para echarle un vistazo y no distraerse de la misión que Mog Berry le había encomendado.

—A ver, a ver. Tengo que comprar doce manojos de "hierbabuena refrescante" y dos lotes de "pérdida del equilibrio".

Después de dejar atrás unos cestos que desprendían un olor repugnante y pasar al lado de unas carretas cargadas con bidones, la chica encontró por fin las cosas que estaba buscando. En el envoltorio de los manojos de "hierbabuena refrescante para levantarse de buen talante" se indicaba que únicamente se usaran en la confección de sueños para siestas inferiores a treinta minutos. Por el contrario, las advertencias de uso del lote de pérdida del equilibrio estaban integradas por varias páginas.

Es posible librarse de la somnolencia en un instante desplazando bruscamente el centro de gravedad hacia atrás cuando uno acaba de quedarse dormido. No obstante, dado que al hacerlo se pueden emitir sonidos ridículos por la sorpresa, sufrir caídas si se está sentado en una silla o estar expuesto a otros perjuicios mayores, se prohíbe su uso a personas ancianas y vulnerables. Además, se suplica utilizar sólo las cantidades recomendadas...

En cuanto al "colorante que propicia la nitidez" era capaz de entintar una cubeta grande de agua con sólo añadir una gota. Al lado de ese producto estaba la "pipeta succionadora", cuyas instrucciones daban a entender que se trataba de un utensilio para retirar colorantes u otros ingredientes que se hubieran añadido por error. La chica se dio cuenta de que enfrente de esa multitud de pipetas alineadas por tamaños había un leprechaun gimoteando. El duendecillo apretaba con todas sus fuerzas el bulbo de la pipeta, pero al no conseguir hacerla funcionar, estaba quejándose con un empleado.

—¡Tienen que fabricar instrumentos todavía más pequeños! ¡Eso de que los profesionales no somos escrupulosos en cuanto a las herramientas es una creencia anticuada!

La chica se apresuró a apartarse del lugar, temerosa de que quizá fuera a presenciar cómo aquella pipeta de cristal se hacía añicos si al duendecillo se le caía de las manos. Estaba en lo cierto, pues a los pocos segundos oyó el sonido de un vidrio al romperse que provenía de aquella parte. Procurando alejarse del desastre, Penny se adentró en la dirección opuesta. Lo siguiente que tenía que encontrar eran las cintas de ruido blanco en casete para inducir el sueño. Sonaba a que probablemente estarían en la sección de sensaciones auditivas, pero confiando en la nota "Está en la sección de Ingredientes Misceláneos" que había escrito Mog Berry, estuvo un buen rato agachada para inspeccionar hasta el anaquel más inferior del estante. Cuando por fin dio con una caja llena de casetes, gritó de júbilo para sus adentros.

Justo cuando se iba a poner de pie tras echar el artículo a la cesta, vio a dos hombres que conocía en el pasillo contiguo. Uno era Kick Slumber y el otro Animora Bancho, autor de *Sueños que tienen los animales*.

—¡Bancho, ¿cómo es que has comprado tantos ingredientes?! —le preguntó Kick Slumber, quien se acababa de topar con el otro creador, que llevaba ambas manos cargadas.

—¡Hola, señor Slumber! Es que como no puedo venir a menudo por vivir en la montaña, aprovecho para comprar todo de una vez. Si no fuera porque el año pasado me dieron el premio por el sueño mejor vendido, no me podría permitir esta cantidad de adquisiciones —le contestó Bancho con una afable sonrisa.

—¿Esos lentes de contacto son nuevos? —inquirió Kick, señalando algo con su pata de palo que Penny no alcanzaba a ver.

—Ah, son "lentes de rana". Será la primera vez que los use. Dicen que con ellos se puede experimentar cómo ven las ranas. Estoy planeando crear un sueño que también les guste a estos anfibios. Como usted hace sueños en los que uno puede convertirse en animales, lo animo a que también los pruebe.

—Pues si recrea la visión de una rana, se verá todo de color gris. Siento decirte que no me serviría de mucha ayuda a la hora de elaborar un sueño en el que las personas experimenten cómo sería encarnarse en rana.

—¿Por qué no?

—En el sueño, en vez de percatarse de que se han convertido en una rana, más bien se extrañarían por la forma en que ven y eso les dificultaría concentrarse. Las peculiaridades de una rana que la gente está interesada en experimentar son cosas como dar brincos con las patas traseras o merodear libremente por la tierra y el agua.

—Pues ahora que lo dice, tiene razón. En mi caso, como tengo que recrear las sensaciones de los animales siendo yo humano, debo enfocarme en cómo perciben el entorno los distintos ejemplares de la fauna. En cambio, usted, más que materializar las sensaciones que tienen los animales en la realidad, tendrá que poner énfasis en las capacidades que la gente considera más habituales de cada uno. Pensaba que hacíamos sueños parecidos, pero hoy he descubierto que estaba equivocado.

Para no interrumpir a los creadores que estaban embebidos en aquella conversación sobre su oficio, Penny discretamente cambió de rumbo hacia la dirección opuesta.

Al fondo de la sección, había una enorme variedad de ingredientes en polvo empaquetados en sacos. Al tiempo que les echaba un vistazo, la chica se dirigió al empleado asignado a ese pasillo.

—Perdone, ¿qué es esto?

—Emociones en polvo —le respondió el asistente, levantando con dificultad un saco que estaba en el suelo.

—¿Se refiere a emociones que han sido procesadas en este formato?

—Sí. Las emociones en polvo, además de que están más concentradas que en su forma original, son más difíciles de dosificar que las que vienen en estado líquido, y los lugares donde se pueden usar son limitados; por lo tanto, se emplean únicamente en la elaboración de sueños. Puede servirse en esta bolsa la cantidad que necesite con ayuda de una cucharita. El precio por gramo, claro está, depende del tipo de emoción que elija.

Aquel sitio le recordó a Penny al mercado de barrio al que iba con sus padres los fines de semana cuando era pequeña. El hecho de que hubiera que pesar lo que iba a comprarse en una balanza para saber el precio le evocó esos recuerdos.

Al ir curioseando un rato aquí y allá, la chica llegó hasta una parte donde se encontraban las emociones negativas pulverizadas. Como no había nadie que se acercara a esa zona, se palpaba cierto ambiente malhadado. Cuando decidió darse la vuelta sin más y dejar atrás el lugar, oyó cómo unas voces susurraban algo desde un rincón. Avistó entonces a dos conocidos suyos que hablaban cautelosamente frente a unos sacos de un color rojo oscuro que contenían "culpabilidad": eran Maxim, el creador de pesadillas, y Nicolás, más conocido como Papá Noel.

—Menos mal que la "culpabilidad" sigue teniendo un buen precio. Me hace falta en grandes cantidades —comentó Maxim.

—No tenía idea de que se vendiera tan bien. Oye, Maxim, te pareces a Atlas, aunque con un punto diferente, ¿eh? Pero yo te prefiero, con mucha diferencia —dijo Nicolás, soltando unas carcajadas que remató con una sonora palmada en la espalda del joven.

"¿Atlas?", pensó Penny. Estaba segura de que había oído ese nombre en alguna parte, pero no conseguía recordar dónde. Preocupada por que fueran a creer que había estado oyendo a escondidas la conversación entre los dos, se puso a tocar los sacos que tenía al lado para hacer ruido y los creadores notaran que ella estaba allí.

—Vaya, ¡hola! No esperaba verte aquí —dijo Maxim, claramente sorprendido de encontrarse a la chica en aquel lugar.

Sin querer, el muchacho derramó al suelo una buena cantidad de polvo de "culpabilidad" que estaba sirviéndose. Sin pensarlo mucho, se inclinó y empezó a barrer con los dedos el polvo para meterlo en una bolsa, y eso hizo que empezara a comportarse como si de repente fuera presa de la culpa.

—Qué mal. Debí tener cuidado de que no se me cayera. ¡Cómo he metido la pata! Soy un tipo incorregiblemente estúpido…

Al ver cómo el chico comenzó a mortificarse tirándose del pelo, Penny se quedó perpleja.

—Ay, pero ¿en qué planeas usar toda esta "culpabilidad"?

—Ah, pues… Perdona, estas cosas son secretos de empresa.

Ante aquella inocente pregunta de la chica, Maxim puso una cara de estar agonizando porque, por un lado, quería decírselo, pero por otro sabía que debía guardar el secreto.

—No hace falta que me respondas. Imagino que la necesitarás para alguna nueva creación. Lo mejor será recoger esto primero —dijo Penny.

—Cuando se manipula este tipo de emociones en polvo es recomendable llevar guantes y mascarilla. Así no dan problemas —explicó Nicolás para hacer que Penny se preocupara menos, mientras instaba a Maxim, que seguía afectado por la culpa, a que se retirara. Enseguida, se puso una mascarilla y unos guantes desechables que había sobre los sacos y se agachó a recoger el polvo desparramado por el suelo y devolverlo a su sitio. La chica hizo lo mismo y se unió a ayudarlo. En ese momento, un fajo de papeles se desprendió del chaleco de Nicolás.

Pruebe nuestro nuevo helado de treinta tipos de emociones. También tenemos galletas de la fortuna que le cambiarán la vida (existencias limitadas).

"¡No se pierda el camión rojo de comidas que aparece y desaparece a su antojo!"

El creador se apresuró a recogerlo y volvió a metérselo rápidamente en el bolsillo. Fingiendo unas toses, miró de reojo a Penny para comprobar si ella había visto el fajo o no. Aunque a la chica le resultó bastante sospechoso, instintivamente hizo como si no se hubiera dado cuenta. Eran sin duda alguna los mismos anuncios que traía el periódico gratuito entre sus páginas.

—Pues sí… Por cierto, Penny, ¿qué te ha traído aquí hoy? —le preguntó Nicolás como si no hubiera pasado nada.

—Yo también he venido porque tengo que comprar unas cosas. No pretendía molestar. Ahora que lo pienso, no debo entrometerme. Será mejor que me marche ya —la chica se acordó de que probablemente Mog Berry y Motail la estarían esperando y se dio prisa en abandonar el lugar. Como imaginó, su compañera ya estaba aguardando en la entrada.

—¿Todavía no ha llegado Motail?

—Ahí sigue él —le respondió la encargada, señalando hacia el gigantesco tobogán por el que el chico se deslizaba levantando los brazos. A continuación, le gritó a su compañero—: ¡Motail, detente! ¡Ya van cinco veces!

Por fin, el joven fue caminando con una sonrisa de oreja a oreja hacia donde estaban ellas.

—¡Éste es un sitio divertidísimo! Pero Penny, ¿cómo es que has tardado tanto?

—Me llevó mucho localizar los ingredientes. Y también me topé con unos conocidos en el camino. He visto a Nicolás y a Maxim.

—¿A Papá Noel? ¿No estaba siempre en su casa de la Montaña Nevada durante la temporada baja? —inquirió Motail, mientras deshacía el dobladillo que se le había formado en la parte baja del pantalón al deslizarse por el tobogán.

—Mog Berry, ¿sabes a qué se dedica Nicolás cuando no es época de Navidad? Tengo la impresión de que se trae algo entre manos con Maxim… ¿Estarán creando un nuevo sueño juntos? ¿Por casualidad te has enterado de algo?

—Yo tampoco tengo mucha idea. Sí he oído que estos días Nicolás no está en su casa de la ladera y viene mucho al centro de la ciudad, pero no sé qué es lo que hace con Maxim.

—No me atreví a preguntar nada porque no me pareció oportuno, pero ahora me arrepiento. Vi que iban a comprar un buen montón de "culpabilidad" en polvo —contó Penny con la mirada cargada de curiosidad.

—¿Polvo de "culpabilidad"? Me pregunto para qué piensan usar eso —dijo Mog Berry bastante extrañada.

—Es un ingrediente acorde con Maxim. No cabe duda de que este año pretende crear una pesadilla incluso más espeluznante. Pero esa combinación entre el creador de pesadillas y Papá Noel, el fabricante de sueños para niños pequeños… Espero que Nicolás no haya tomado por afición hacer sufrir a los pequeños —dijo Motail en tono de broma.

—Ay, pero cómo será eso —replicó la chica.

Penny lamentaba no haberle tirado un poco más de la lengua a Maxim.

6. Papá Noel en temporada baja

Al día siguiente, a Penny le fue imposible levantarse temprano. Seguía haciendo un calor bochornoso, y al poco de salir de casa corriendo, tuvo que desacelerar el paso porque la cara se le empezó a empapar de sudor. No tendría tiempo para leer *Cuestión de Interpretación* en el almacén, pero no llegaría a la tienda con retraso por caminar un poco más lento.

A pesar de que el pavimento de la avenida comercial lucía tan impecable como siempre, la calle daba la impresión de estar descuidada por la infinidad de panfletos publicitarios que había pegados en los postes de luz, que comenzaban en la zapatería de los leprechauns. Delante de su tienda se había apelotonado un grupo de personas en pijama para mirar esos anuncios. La chica se puso de puntitas detrás de ellas.

Pruebe nuestro nuevo helado de treinta tipos de emociones. También tenemos galletas de la fortuna que le cambiarán la vida (existencias limitadas).

"¡No se pierda el camión rojo de comidas que aparece y desaparece a su antojo!"

Eran los mismos papelillos que vio que se le cayeron del bolsillo a Nicolás en el Centro de Pruebas. "¿Los habrá pegado todos él? ¿Cómo es que ha decidido dar un salto tan repentino al negocio de los puestos de comida móviles?", se preguntó Penny. Se extrañó de que los anuncios de un helado, por el que los niños enloquecerían, estuvieran colocados a la altura de los ojos de una persona adulta, pues precisamente Papá Noel, que era todo un maestro de las técnicas de marketing, nunca habría pasado desapercibido aquel detalle.

Inspeccionó un poco más la zona, pero no logró ver ningún camión de comida. Se paró unos instantes a considerarlo y finalmente se dio la vuelta. Tenía la espalda chorreando de sudor, lo que la hizo olvidar cualquier helado y querer llegar cuanto antes al trabajo, donde podría disfrutar del frescor del aire acondicionado.

Sin embargo, al entrar en la Galería de los Sueños, se dio cuenta de que no estaba tan fresca como había imaginado. En la recepción se encontraba de pie Weather, quien había llegado antes que ella.

—No me diga que se ha averiado el aire acondicionado —le preguntó a su supervisora, que estaba recogiéndose el pelo con una mano mientras se abanicaba con la otra.

—Al parecer, se ha estropeado durante el turno de noche. Va a venir un técnico por la tarde a repararlo. Hasta entonces no nos queda más alternativa que aguantar con las puertas abiertas. Me preocupa nuestra clientela.

—Pues, vaya problema. Creo que me derretiré antes de terminar la jornada de hoy.

—Al menos mantén encendidos al máximo los ventiladores del techo. Por cierto, nos han contactado de la Oficina de Atención al Cliente pidiendo un breve informe después de que hayamos solucionado las reclamaciones que nos llevamos. Les he dejado dicho a los encargados de cada planta que redacten de antemano los documentos, así que creo que los tendrán todos preparados para hoy. ¿Te puedes ocupar de ir esta mañana a cada piso y recogerlos? Es que yo tengo que salir a hacer un encargo ahora.

—Claro. ¿Adónde va?

—Al banco para depositar los pagos por los sueños —respondió Weather, fingiendo no haberse fijado en lo mucho que estaba sudando su asistente.

—Ah, que va al banco... Allí estará fresco...

—No me mires con esos ojos, Penny. No pienses de ningún modo que me voy al banco para evitar el calor. ¿Qué culpa tengo yo de que hoy precisamente haya que depositar tantos pagos? —dijo Weather, desapareciendo por las puertas abiertas de par en par con un paso ligero.

La chica decidió ir a recoger los documentos a cada planta antes de que empezaran a llegar clientes. Dado que en la segunda no había entrado ninguna queja, fue directamente a la tercera.

—Aquí tienes, Penny. Éstas son todas las reclamaciones que llegaron para la tercera planta. Como están todas ya solucionadas, o he dejado especificadas las medidas que deben tomarse, seguro que los de la Oficina de Administración estarán conformes con esto —dijo Mog Berry, pasándole varias páginas de documentos. Los había separado con clips de colores y había subrayado partes con rotuladores fluorescentes de varias tonalidades, lo cual era muy propio de ella.

Speedo tampoco traicionó las expectativas de la chica, pues ya estaba esperando con los documentos ordenados a la perfección.

—Los dejé listos el mismo día que Weather dio el encargo. ¿Cómo es que los manda a recoger tan tarde?

—Entonces los podría haber traído a la recepción. ¿Y ésos? ¿No me los va a dar?

—Éstos son una copia para mí. La tengo preparada para la negociación de sueldo del año que viene. Te doy un consejo, Penny: guarda siempre una copia para ti.

Por último, la chica subió al quinto piso y, en cuanto le anunció que venía por los documentos al primer empleado que vio allí, todo el personal de la planta, incluido Motail, se puso a hacer otras cosas para evitarla.

—¿Todavía no los tienen preparados? —preguntó ella en un tono irritado a causa del calor.

En respuesta, los demás empleados empujaron a Motail para que diera la cara por ellos.

—Penny, mira cómo estamos aquí. ¿Cuándo tenemos tiempo nosotros para resolver nimiedades como éstas? Sabes que se pueden pasar por alto haciendo como si no fueran nada. Ya te dije que no entiendo cómo pueden presentar quejas por los artículos de la quinta planta. ¡Es la sección de gangas! Los sueños de esta sección están rebajados porque son defectuosos. Hazte de la vista gorda, que yo soy incapaz de redactar un documento.

Ella se percató de que era la primera vez que su compañero se mostraba sin confianza para algo.

—Motail, creo que tienes razón en eso de que a la quinta planta le hace falta un jefe.

De vuelta en la recepción, Penny se puso a ordenar los documentos de las reclamaciones y en el proceso se dio cuenta de una cosa: aparte de los clientes que pusieron quejas, había otros dos asiduos que habían dejado de visitar la Galería. Se trataba de los clientes número 330 y 620, y lo más extraño de todo era que no había ningún registro de reclamaciones por parte de ellos en ningún sitio. Habían dejado de acudir allí sin dar señales previas de que así lo harían.

Al tiempo que se abanicaba con una mano, la chica abrió con la que le quedaba libre el programa Dream Pay Systems para buscar información acerca de aquellos dos clientes. A pesar de que los ventiladores estaban funcionando a su máxima potencia, no eran de mucha ayuda para aliviar el sofocante calor que hacía. Por mucho que intentara concentrarse en la pantalla, el bochorno no se lo permitía, así que decidió levantarse para ir a la sala de descanso por una botella de agua helada, cuando, de repente, los visitantes que estaban en el vestíbulo salieron de la tienda en estampida señalando algo al otro lado de la calle.

—¡El camión rojo se ha parado delante del banco!

—¿El de los anuncios? ¿Podremos probar el helado?

Ciertamente, un camión había llegado frente a las puertas del banco.

—¿Qué es lo que les pasa a todos? —dijo sorprendida Mog Berry que acababa de llegar, al ver el gentío apelotonado.

En cuanto llegó la hora del almuerzo, Penny salió corriendo hacia el vehículo. De tanto calor, no tenía apetito y deseaba desesperadamente llevarse a la boca algo refrescante. En la zona del cruce había más del doble de personas de lo habitual.

A diferencia de otros puestos de comida, como los que vendían leche de cebolla caliente, el camión rojo era el único que despedía un aire frío. Los demás tenderos se asomaron a mirar cómo le iban las ventas al nuevo competidor, y a continuación siguieron removiendo sus ollas con una expresión de desgana. Por la leche recalentada una y otra vez, el olor que emanaba de sus comercios se percibía un tanto rancio.

Penny se puso al final de la fila para comprar helados. Reconoció al instante a los dos hombres que se movían con brío dentro de aquel camión rojo. Como ya había supuesto, eran Nicolás y Maxim. El primero estaba sirviéndoles a los clientes los helados en copas de cristal a un ritmo sorprendente. Con su pelo y barba blancos y su todavía más blanco delantal, parecía un muñeco de nieve con vida.

—Ha pedido dos helados trepidantes, ¿verdad?

El universitario que recibió las dos copas de Nicolás pasó frente a Penny con unos helados de un intenso color azul y aspecto de nieve esponjosa. Primero les sacó una foto y luego probó una cucharada.

—¡Caramba! ¡Esto sí que es bueno! —exclamó tras estremecerse con aquel bocado.

Se podía ver que el congelador de puertas transparentes que tenían dentro del puesto estaba atestado de botellas semiheladas de la gaseosa con un 17% de frescor que Penny probó anteriormente. Al parecer, Nicolás las había traído directamente de las Eternas Montañas Nevadas.

Por su parte, Maxim estaba de pie frente al horno con una expresión bastante seria y tenía el delantal negro recubierto de manchas de harina. Tras sacar una bandeja de galletas, de masa blanda y doradita, les enterró a éstas unos papelitos alargados que tenía ya dispuestos. La destreza que empleó dejaba claro que no era la primera vez que lo hacía.

—¿Qué está cocinando aquél? —se oyó murmurar entre los que esperaban en la fila.

—Aquí tienen. Son galletas de la fortuna que ofrecemos gratis a los clientes que llegaron primero —dijo Maxim, colocando un enorme cartel junto a la bandeja llena de aquellos bizcochos.

Galletas de la fortuna que cambiarán su vida y la mejorarán.

Cuantas más coma, mayores efectos podrá observar. Sin embargo, rogamos que sea considerado con los demás y sólo se lleve una por persona.

(¡Ojo! ¡No deje ver a otros el mensaje de su galleta!)

Los que ya habían recibido su helado empezaron a tomar una galleta. Penny también quería una, pero si se salía de la fila estaba segura de que le tocaría esperar turno durante mucho más tiempo. Se puso a hacer un recuento a ojo de las personas que tenía delante para calcular si le podría tocar una galleta cuando avistó más adelante a Dallergut, quien estaba más concentrado que nadie eligiendo un helado.

—¡Señor Dallergut!

En el momento en que lo saludó, su jefe se acercó a la chica mientras tomaba una cucharada de un helado verde. Él no tomó ninguna galleta de la fortuna para sí.

—Penny, este helado está riquísimo. Fíjate en el color rojo tan vivo de este camión. ¿Verdad que se nota a leguas quién eligió el diseño?

—No tenía ni idea de que Papá Noel y Maxim habían emprendido un nuevo negocio. Por cierto, ¿no se lleva una galleta? ¡Son gratis! Yo estoy ansiosa por probar una.

—¿Sabes? Si uno va a tomar un dulce de los que regala Nicolás tiene que estar mentalizado de que no dormirá tranquilo esa noche. Sobre todo, teniendo en cuenta que son unas galletas que ha preparado con Maxim... Nos podrían esperar unas pesadillas de espanto —advirtió Dallergut con énfasis.

Dentro del ascensor de un bloque de departamentos de una urbanización estaba un matrimonio joven junto a una niña que llevaba una jaula transportadora de gatos. La pareja se inclinó un poco para ver el interior del receptáculo.

—Qué minino más bonito.

—¿Les gustan los gatos?

—Claro que sí. Nos encantaría tener uno, pero no hemos encontrado el momento adecuado. Es mejor no traer a casa mascotas si uno no tiene tiempo para cuidarlos como es debido —dijo amablemente la mujer.

—Cierto. Mi madre también dice que hay que ser muy responsable para tener un animal. De hecho, este gato lo adoptamos en un refugio. Nos dijeron que probablemente fue abandonado por su anterior dueño.

—¡Qué lástima! ¿Cómo se le ocurre a la gente hacer esas cosas?

—¿Verdad? Ojalá todos pensaran como ustedes. Bueno, yo me bajo aquí. Que tengan un buen día.

Una vez había salido la niña del ascensor, ambos soltaron una carcajada.

—Los padres deben de estar hasta la coronilla. Como si no tuvieran bastante con la niña, encima un gato —repuso la mujer, cambiando por completo la expresión.

—¡Qué pena! ¿Cómo se le ocurre a la gente hacer esas cosas? —repitió el marido riéndose, imitando cómo había actuado ella antes.

—No te burles.

Como si estuvieran hechos el uno para el otro, los dos pensaban y se comportaban de la misma manera. Cuando compraron su primera casa, trajeron un gato sin pensarlo mucho y, antes de mudarse a aquel departamento, abandonaron al animal en la calle sin remordimiento alguno, como si lo estuvieran devolviendo a la naturaleza. Sin ir más allá de la acera de enfrente, el felino se quedó observándolos con los ojos brillantes.

—Pero nosotros tuvimos nuestras razones.

—Exacto. Quién nos hubiera dicho que nos daría alergia.

—Qué remedio. No lo sabíamos.

Ambos eran del tipo que tenían excusas para todo: que si no poseían una vivienda lo suficientemente adecuada, que si no estaban bien de salud, que si vivir se hacía cada vez más duro. Nunca se mostraban comprensivos cuando se les presentaban dificultades a los demás, pero en lo que a ellos se refería, eran capaces de recurrir a un millar de cosas con tal de justificar sus acciones.

Eran expertos en fingir ser amables, eso sí. Iban por la vida aparentando ser considerados y respetuosos y actuaban como si amaran a los niños y los animales con la mayor naturalidad del mundo. No les pasaba nada en absoluto cuando se las ingeniaban para quitarle la manutención a chiquillos que no tenían a dónde ir. Estaban convencidos de que no hacían nada malo porque pensaban que sólo habían sido astutos en conseguir un dinero que no tenía dueño. Sin oficio ni beneficio, tenían una vida acomodada a costa de esos ingresos.

Ya se habían percatado de que algunos de sus vecinos más avispados los señalaban con el dedo y también habían leído volantes que circulaban por la comunidad denunciando lo que hacían. Sin embargo, bastaba con que se hicieran los locos si el asunto pasaba a mayores, pues sencillamente lo solucionarían mudándose.

—¡Ay, qué a gusto se está acostado! Esta vez nos entró un buen montón de dinero. ¿No te dije que, cuando se usa el coco, todo sale mejor? —dijo el hombre.

La pareja estaba acostada reposando en la cama del dormitorio que habían decorado con extravagancia.

—En serio, cariño, qué poca conciencia tienes. ¿No te dan pena esos niños?

—Me dan tanta pena que les he comprado un lote de material escolar de diez mil wones. No sabes cómo me han dado las gracias.

La mujer soltó unas estridentes carcajadas al oír lo que le respondió su marido.

—Ni la conciencia ni la reputación nos van a poner la habitación así de bonita.

—Cuánta razón tienes, amor.

Pronto, la tan compenetrada pareja empezó a roncar debajo de aquel cálido y mullido edredón.

Ambos descubrieron en sueños el camión de comida rojo y las galletas de la fortuna gratuitas por las que muchas personas se habían agrupado. Aunque no eran capaces de percatarse de ello, una vez dormidos no se comportaban de un modo tan encubierto como durante el día. En sueños la pareja hacía de las suyas abiertamente, dejando al desnudo la naturaleza egoísta que los caracterizaba.

Como si se hubieran puesto de acuerdo, uno impedía que los demás se acercaran a la bandeja de galletas, mientras el otro se aprovisionaba de ellas, a la vez que empujaba con violencia a la muchedumbre a su alrededor. A pesar de la desilusión o las quejas que manifestaban las otras personas, ambos empezaron a engullir las galletas más contentos que nunca.

—¡Puaj! ¿Qué es esto?

La mujer no se dio cuenta de que aquellos bocaditos llevaban papelillos dentro hasta que casi se tragó uno. Haciendo uso de los dedos, se sacó la nota del interior de la boca.

En caso de pecar, ni una noche en paz podrás descansar.

—Vaya mensaje más exasperante. ¿De qué se trata esto? —dijo ella con el ceño fruncido.

—¿Por qué te pones así? Tíralo y ya está —replicó su marido; se lo quitó de las manos y lo arrojó al suelo tras hacerlo una bola. Sin darle más importancia, los dos, acaramelados, siguieron atracándose. Aquellas galletas de la fortuna de un peculiar color marrón rojizo y un sabor dulzón eran deliciosas. Poco después de haberse dado un buen atracón, ambos volvieron a caer en un sueño aún más profundo.

En el sueño un gato gigantesco los perseguía. El felino, de unas dimensiones comparables a una casa, les pisaba los talones desde unos cien metros atrás. Cada vez que, aterrados, daban un paso adelante, el gato avanzaba una distancia diez veces mayor. De la boca del animal salía un vaho ardiente que les calentaba las espaldas. En el instante en que se dieron cuenta de que se parecía a la mascota que una vez abandonaron, el gato se transformó en un ciento de niños. Aquellos chicos, que se alzaban imponentes como robles, formaron un círculo alrededor de ellos tomándose unos a otros por los hombros y arrinconaron a la pareja.

"¿Por qué hicieron eso? ¿Creían que nadie se iba a enterar? ¡Hablen! ¡¿Por qué lo hicieron?!", se escuchó estruendosamente la voz de aquellos gigantescos niños de mirada vacía. Cada vez que la pareja hacía un movimiento para escapar, el suelo arcilloso iba tragándolos lentamente.

"Tenemos que despertar. Esto es un sueño. Es imposible que esté pasando", pensaron, y para liberarse de su pesadilla, empezaron a patalear desesperadamente. Esto les funcionó y enseguida abrieron los ojos con sobresalto en la habitación donde se habían quedado dormidos.

"¡Fiu! Como suponía, todo ha sido un sueño", pensaron ambos con alivio. Al recuperar el aliento, se miraron el uno al otro. Sin embargo, no conseguían girar la cabeza.

—Ah, ah...

Intentaron hablar, pero los músculos de alrededor de sus bocas estaban paralizados. Como si tuvieran los labios adheridos con pegamento, sólo lograban emitir algún balbuceo a pesar de los esfuerzos que hacían por pronunciar palabras.

Al no poder mirar hacia otro lado, lo único que entraba en su campo de visión era la cortina del dormitorio. Aunque no habían sido ellos los que dejaron la ventana abierta, el aire entraba por ella haciendo mover la cortina. La tela se dividió en dos creando la ilusión de un fantasma, y de su interior volvió a aparecer el gato de antes. Pegaron un grito, pero no se escuchó nada, y al instante el felino se abalanzó sobre ellos.

—¡Aaah! —consiguieron gritar, despertándose del sueño. Ambos sudaban tanto que tenían el pelo pegado en la frente. Se llevaron la mano al pecho palpitante y a continuación se consolaron mutuamente diciéndose que sólo había sido un mal sueño.

"¿He tenido una pesadilla a causa del remordimiento? No, es imposible que eso me pase a mí", pensó al unísono la pareja.

Cuando volvieron a dormirse, los acosaron repetidamente pesadillas similares. Ambos estaban aterrados a causa de un miedo que nunca antes habían experimentado. No sabían hasta cuándo seguirían teniendo esos sueños y, a diferencia de la realidad, no podían moverse ni mucho menos escapar. Llevaban sólo cinco minutos dormidos, pero el sufrimiento que estaban soportando hacía que percibieran ese tiempo muchísimo más extenso. Pasaron una noche, la más larga y aterradora de sus vidas, con continuos sobresaltos que no les dejaron pegar el ojo.

Aunque después de aquel día las pesadillas no los visitaron siempre que dormían, regresaban cuando se confiaban pensando que ya habían cesado. Por un lado, no podían vivir sin las horas de sueño; y, por otro, no tenían a dónde huir cuando soñaban. La mayoría de los días se metían en la cama con el corazón en un puño, deseando con todas sus fuerzas que la noche transcurriera sin incidentes. Y, por supuesto, todavía eran absolutamente ajenos al hecho de que su vida real se convertiría en una pesadilla aún peor cuando sus fechorías salieran a la luz. Les aguardaban días en los que difícilmente iban a poder dormir a rienda suelta.

—¿En serio contienen remordimientos esas galletas de la fortuna? ¡Ahora entiendo por qué estaban comprando polvo de culpabilidad en grandes cantidades aquel día en el Centro de Pruebas! —dijo Penny bastante exaltada.

—¡Shh! No lo digas tan alto —le advirtió Nicolás, con afán de sosegarla.

Los helados y los bizcochos se agotaron en un santiamén y Penny, junto con Dallergut, se puso a ayudar a Nicolás y Maxim a limpiar el camión.

—¿Usted sabía que las galletas contenían remordimientos? Por eso no tomó ninguna, ¿verdad, señor Dallergut?

—Así es.

—Me preocupan un poco aquellos dos que arrasaron con las galletas sin estar al tanto de ello. Seguramente ahora estarán sufriendo la emoción con mucha intensidad. Bueno, fueron ellos los que no quisieron dejar ni una. Yo me he quedado con la intriga de probar cómo estaban de sabor y qué tipo de mensajes tenían dentro.

—Penny, si quieres saber si están ricas, te daré de las que he apartado. Pero te recomiendo que sólo comas una —dijo Maxim, ofreciéndole una galleta a la chica. Aunque la galleta no tenía una forma armoniosa, su color tostado la hacía lucir apetecible.

Ella se la llevaba a la boca cuando Dallergut se lo impidió.

—Es mejor que no te la comas ahora y la guardes para probarla en casa a la hora de la cena; incluso todavía mejor si te la comes el fin de semana con más calma. Te lo digo porque cuando Nicolás empezó a hacer galletas de la fortuna, me comí un montón para comprobar los efectos que tienen.

—¿Y qué tipo de remordimientos tuvo?

—Pues acabé llamando a un amigo con el que no tenía contacto desde hacía mucho tiempo con la excusa de que estaba ocupado. Al parecer, me sentía culpable de manera inconsciente.

—¿Diría que la emoción le trajo un cambio positivo?

—Sorprendentemente, tuvo un efecto favorabilísimo. Al contrario de lo que esperaba, me resultó muy beneficioso. Cuando mi amigo contestó a la llamada de buen grado, me alegré mucho al oír su voz. Temía que me regañara por haber sido tan negligente al no ponerme en contacto con él antes, pero mis preocupaciones fueron en vano, pues se mostró tan contento como si fuera ayer la última vez que nos vimos.

—¡Guau, Dallergut! Sería maravilloso si te tuviéramos de embajador para vender nuestras galletas —dijo Nicolás, cerrando la puerta del camión.

—Eso no va a pasar jamás. Quiero que sepas que, para empezar, no estoy de acuerdo con que animes a los clientes a tomar esas galletas de la fortuna diciendo que son gratis. ¿No crees que deberían llevar una advertencia sobre sus posibles efectos? Si te ponen una denuncia por infringir la Ley de Información, no vas a tener manera de excusarte.

—Vaya, ya me decía que estabas tardando en sermonearme. Sólo les estoy agradeciendo su preferencia con un bocadito rico que lleva un poco de remordimientos. Al fin y al cabo, no son muy diferentes a los caramelos para inducir el sueño o las galletas para confortar el alma que les das a tus clientes; únicamente se distinguen en que llevan una pizca de remordimientos, ¿no crees? Todo el mundo sabe que cualquier cosa que se tome en exceso no trae nada bueno. Saber controlarse es responsabilidad de cada uno, y por eso mismo es que no se las doy a niños pequeños. Además, tengo todas las licencias que me permiten cocinarlas. Incluso Maxim obtuvo el certificado de repostero con este objetivo —dijo Nicolás, remarcando mucho las palabras.

—Pero estas galletas producen culpabilidad. Son diferentes a las de Dallergut que sirven para confortar el alma —dijo Penny, metiéndose en el bolsillo la que le dio Maxim.

—¿Y qué tienen de malo los remordimientos? Espero que no estés diciendo que en este mundo existen emociones inútiles.

—Nicolás, sólo te estoy pidiendo que informes como es debido a la personas cuando les das esos bizcochos. Lo que está mal es la forma en que lo haces.

—Si les anuncio que se trata de galletas de la fortuna que les invitarán a reflexionar provocándoles remordimientos, al final acabarán recapacitando sólo las personas de buena fe que no necesitan hacerlo. Seguro que a los que sí les hace falta ni siquiera se atreverán a tocarlas.

Penny se acordó de aquellas dos personas que se habían llevado las galletas a puñados. Si hubieran sabido que contenían remordimientos, probablemente no se habrían dejado llevar por la gula de tal manera.

—Mira los sueños de Yasnooz Otra. ¿Verdad que no se están vendiendo? Incluso siendo artículos que supuestamente son de la más alta calidad. Hablando mal y pronto, a ella le falta maña para comercializar.

—Tampoco estoy de acuerdo con eso que dices. Yo pienso que los sueños de Otra son inigualables.

—Ya sé que los tienes en un pedestal. Sin embargo, no todo el mundo posee la misma capacidad que tú para empatizar con los demás —dijo con firmeza Nicolás.

—Maxim, ¿por qué te uniste a este negocio? —preguntó Penny, interesada por el joven creador, tras haber estado un rato callada escuchando.

—Bueno, ya estás al tanto de que el año pasado hice mi debut con *Sueños para superar traumas*. No obstante, me fijé en que hay mucha gente con recuerdos de vivencias que no se merecían haber experimentado, vivencias que nada tienen que ver con las dificultades normales que uno pasa al menos una vez en la vida. Personalmente, pienso que uno debe cultivar su resiliencia, pero también estaría bien no tener que enfrentarse a momentos duros, sobre todo en situaciones donde está claro quién es la víctima y quién el perpetrador. Me gustaría que los que han sido víctimas no tuvieran que pasar más vicisitudes y que los que se esforzaran por cambiar fueran los ofensores. Ojalá que los clientes egoístas, desconsiderados o agresivos acaben probando una de estas galletas.

—Maxim, en esta vida no todo sale como uno lo planea, y puede que a gente que no tiene ninguna culpa le toque pagar las consecuencias —le dijo preocupado Dallergut.

—Vaya, me pregunto si en el mundo hay personas que no hayan hecho nada malo. Aunque no se trate de delitos como para ir a la cárcel, todos cometemos pecados, y también es un pecado torturarse mentalmente a sí mismo y no hacer nada por salir del hoyo. ¡Incluso yo mismo soy un viejo que seguramente ha cometido muchísimos! De la misma manera que a ti te gustan esas galletas para reconfortar el cuerpo y el alma, yo tomo habitualmente éstas que llevan una pizca de remordimientos. Siendo Santa Claus, sólo le presto atención a los niños una vez al año, para luego pasar el resto del tiempo gozando de todas mis comodidades sin preocupaciones. Creo que eso es razón suficiente para que quiera reflexionar acerca de cómo he estado viviendo. ¿La Navidad? Claro que es maravillosa. Sin embargo, conforme me hago más viejo, va dejando de ser un día especial. Es más, no paro de fijarme en los niños que no pueden disfrutar de una vida normal. Hubo un tiempo en que me obligué a ignorar esas cosas, convenciéndome a mí mismo de que no soy un héroe que salvará el mundo, pero ahora me he dado cuenta de que vivir así hace que mis días carezcan de sentido. ¿Para qué he vivido tanto? Es lo que me pregunto y todavía no sé la respuesta. Pero si me quedo encerrado en mi cabaña de la ladera, nunca conoceré otra forma de vida hasta el último de mis días —explicó Nicolás, como si quisiera expiar su culpa.

—Yo tengo una opinión parecida. No pretendo que en el mundo haya sólo personas buenas y que no haya momentos difíciles, pero no tolero las insensateces que pasan, esas que nos quitan el sueño por las noches. Lo único que quiero es que dejen de ocurrir esa clase de cosas malas que nos dejan con una espina en el pecho. Si pudiéramos al menos evitar una, no sería muy distinto de salvarle la vida a alguien, ¿no les parece? Estamos hartos de ver por las noticias cómo gente que ha obrado de forma incorrecta sigue viviendo sin reparar lo más mínimo en el mal que causan. El mensaje que les queremos hacer llegar a esas personas está dentro de estas galletas de la fortuna. Por ejemplo, creamos refranes del tipo: *En caso de pecar, ni una noche en paz podrás descansar* —intervino Maxim.

Era la primera vez que Penny lo oía hablar así.

—¿Y sabes qué más? Es probable que ese mensaje se propague tanto como aquel que dice "Si no te vas a dormir, Papá Noel no va a venir".

—Te entiendo, Nicolás, pero tengo la impresión de que debes prepararte para cuando surjan los problemas. Al ser ustedes famosos, es inevitable que los ojos del público estén atentos a lo que hacen. Con ese razonamiento, les será difícil convencer del todo a la gente que, como yo, sea reacia a su emprendimiento —advirtió Dallergut, con una voz preocupada.

—Estoy al tanto de eso. Si se corre más la voz, probablemente tendremos que decirle adiós a este negocio. Pero ¿y si forma parte de mi plan divulgarlo? Te apuesto a que tendrá sus efectos. Así hago las cosas yo —replicó Nicolás, sonriendo con aires de grandiosidad mientras se tocaba la barba.

Al día siguiente por la mañana, Penny había llegado temprano al trabajo y estaba en el almacén de pagos leyendo *Cuestión de Interpretación* como de costumbre. Se sorprendió al ver que en la revista ya se había publicado un artículo acerca de las galletas de la fortuna de Nicolás y Maxim.

Papá Noel en temporada baja: ¿qué es lo que hay dentro de sus galletas de la fortuna?

El creador Nicolás, más conocido como Papá Noel, se dedica estos días a repartir dulces a la gente, yendo de acá para allá montado en un camión rojo. Según los rumores, las galletas contienen "remordimientos", que supuestamente hacen sufrir de un sentimiento de culpabilidad a todo el que lea el sutil mensaje que llevan dentro. Sea cual sea su propósito, Papá Noel no es ningún apóstol de la justicia para juzgar a nadie. ¿Acaso alguien le dio autoridad para ello?

Penny se acordó al instante de la galleta que ayer se había reservado y llevaba ahora en el bolsillo de su delantal. Al haberse puesto rancia, ya no tenía el apetecible aspecto de antes. De todas formas, la partió y sacó el papelito que llevaba dentro.

Poder dormir con la conciencia limpia es la verdadera felicidad.

A la chica le estaba costando decidir qué opinión era la más legítima, la que apuntaba el artículo o lo que había manifestado Nicolás. No obstante, pensó que lo que decía aquel mensaje era innegablemente correcto. Reunió valor y le dio varios bocados a la galleta hasta comerse la mitad. La textura no era nada del otro mundo, pero tenía un sabor dulce que la hacía pasable. Esperaba que lentamente le invadieran sentimientos de culpa, pero durante unos momentos no notó nada. Sin embargo, en un abrir y cerrar de ojos, empezó a tener una sensación como si su conciencia la amonestara por no estar haciendo lo que le correspondía. Como un rayo, los números 330 y 620 cruzaron rápidamente por su mente. No podía creer que se hubiera olvidado por completo de esos dos clientes al estar abstraída pensando en el camión rojo.

Se levantó de un brinco y salió del almacén para toparse de inmediato con Dallergut, que estaba solo, moviendo unas cajas. Con un vigor increíble, las iba apilando una encima de otra en cuestión de segundos como si no pesaran nada.

—Señor Dallergut, ¿qué hace tan temprano aquí en el almacén?

—Bueno, como ves, hay cosas que ordenar. Veo que tú también has llegado temprano —dijo su jefe a la vez que se sacudía las palmas de las manos.

—Sí, es porque tengo que hacer unas tareas esta mañana. Por cierto, hay algo de lo que debo informarle.

—¿De qué se trata?

—Quizá ya lo sepa, pero hay dos clientes fijos que desde hace bastante tiempo no nos visitan. Son los números 330 y 620 y nunca nos han mandado ninguna reclamación.

—Me alegro de que haya alguien de la tienda aparte de mí que se interese por ellos.

—Ah, entonces ya lo sabía. Menos mal. ¿Qué cree que deberíamos hacer?

—No es que yo tenga la solución infalible, pero creo que ya es hora de que organicemos un evento.

—¿Se refiere al que me mencionó aquella vez? Ese que se había propuesto hacer este año.

—Sí, qué bien te acuerdas. Hubo bastantes avances en estos últimos meses, así que supongo que no pasa nada si te lo muestro ahora.

Dallergut abrió la caja cuidadosamente con una navaja de bolsillo. En ella había una multitud de fundas de almohadas y edredones.

—¿Lo que planea es crear un negocio para vender ropa de cama?

—Pues eso también sería una idea interesante. Pero este proyecto será aún más prodigioso. Vamos a organizar un festival que reflejará la singularidad de nuestra tienda.

—¿Un festival?

—Exacto. ¿Has participado alguna vez en una pijamada?

—¿Lo de quedarse en casa de las amigas divirtiéndose toda la noche? Sí, sólo participé una vez de pequeña, pero recuerdo que me encantó. Ahora que lo pienso, de mayor no tuve más ocasiones.

—Pues espera, porque este otoño vamos a dar una en nuestra tienda. No, no sólo en la Galería, vamos a usar todas las calles de alrededor como lugar para celebrarla —a Penny se le desorbitaron los ojos cuando escuchó las palabras de Dallergut—. Haremos la pijamada más grande que se haya visto jamás.

7. Las invitaciones sin enviar

Era un fin de semana relajado. Penny por fin se levantó de la cama cuando empezó a dolerle la espalda por estar acostada tanto tiempo y fue a la sala.

—Ay, ¿estabas en tu habitación? Pensé que no habías llegado a casa ayer y por poco salgo a buscarte —le dijo su padre en tono burlón, mientras regaba las macetas en la terraza.

Ella se desparramó en el sofá y pulsó el botón del control remoto con el pulgar del pie. Un presentador de aspecto intimidante estaba resumiendo las noticias del día.

"Una fábrica de la planta industrial ha vertido por accidente 'frenesí' concentrado y la emoción se ha propagado hasta la costa. Como consecuencia, se esperan olas de gran altura hasta el anochecer del presente día, por lo cual se recomienda cautela a los que tengan planeado salir al paseo marítimo. Vayamos con la siguiente noticia: el creador de sueños Nicolás, mejor conocido como Papá Noel, y el joven creador de pesadillas Maxim se han visto obligados a cerrar su negocio de venta de comida ambulante debido a la polémica desatada. Nicolás ha declarado que está informado de la controversia que han generado sus galletas de la fortuna y ha expresado que no reanudará el emprendimiento durante algún tiempo".

A la chica le dio la impresión de que Nicolás, habiendo previsto que eso podía suceder, probablemente ya estaría, junto con Maxim, maquinando el siguiente proyecto en su cabaña de las Montañas Nevadas.

"Procedamos con la última noticia de hoy. La Galería de los Sueños Dallergut ha anunciado que celebrará una pijamada la primera semana de octubre. Las reuniones con las empresas y creadores que participarán en ella han estado llevándose a cabo desde principios de este año. Por tanto, los profesionales pertenecientes a la industria de los sueños están muy pendientes de los detalles de esta celebración. Hasta la fecha, los comercios e instituciones que han confirmado su colaboración son: la empresa de ropa de cama Bed Town, la Asociación Nacional de Camiones de Comida, el Instituto de Nuevas Tecnologías y el Centro de Investigación de Siestas. Además de esto, está previsto que se emplee, bajo la supervisión de expertos, una gran cantidad de ingredientes del Centro de Pruebas. El evento se celebrará durante la totalidad de esa semana las veinticuatro horas del día, con lo cual se esperan grandes conglomeraciones en los callejones de un kilómetro a la redonda desde la Galería. El propietario del establecimiento ha recomendado que durante ese tiempo será preferible llevar pantuflas en vez de zapatos".

Se acababa de dar la noticia que Dallergut le reveló el día anterior en el almacén. El presentador mantuvo la misma seriedad en su rostro que cuando daba parte de las otras noticias, pero se le notaba en la voz que estaba entusiasmado.

—¡Bien! ¡Por fin se va a celebrar una pijamada! ¡Cariño, ven a ver las noticias! —exclamó el padre de Penny, llamando a su esposa que estaba en el baño limpiando los azulejos.

—¡Vaya! ¿En serio? —respondió ella.

Ambos se pusieron delante de Penny, tapando el televisor. Goteaba agua de la regadera que sostenía su padre y del cepillo de limpiar que tenía su madre en la mano.

—Pero ¿por qué han traído esas cosas? El piso de la sala se está ensuciando.

—Hija, papá y mamá se conocieron en una pijamada —dijo su madre sin hacerle caso.

—¿No es ésta la primera vez que va a hacerse una?

—Aquélla fue la única que hubo hasta ahora. Creo que ya han transcurrido veinticinco años, ¿verdad, querido?

—¡Sí! ¡Exactamente! ¡Veinticinco años! Se celebró más o menos cinco años después de que Dallergut se convirtiera en el dueño de la tienda. En aquel entonces se reunió una multitud de gente. ¿Sabes, Penny? Tu mamá vivía antes en otra ciudad. Vino a esta localidad por la fiesta y me conoció a mí.

—Seguro que hay muchísimas personas que se conocieron así. Se podría decir que casi todos los habitantes del país pasaron por el festival en algún momento durante la semana en la que se celebró. En aquella época no teníamos muchos entretenimientos. Cuando vi por primera vez la Galería de los Sueños Dallergut me quedé prendada de esta ciudad. En la ciudad donde yo vivía no había ningún comercio de sueños tan grande.

—¡Vaya, vaya! ¡Qué recuerdos tan antiguos! Sí que ha pasado el tiempo, ¿eh?

—Si la fiesta fue tan bien recibida, ¿cómo es que no dieron otra después de aquella vez? —inquirió Penny.

—Eso es lo que nos gustaría preguntarte. Al ser tú la que trabaja allí, sabrás más sobre el tema, ¿no? —apuntó su padre.

—Yo también me enteré el otro día, y fue de casualidad. Vi que en el almacén había una pila de cajas con ropa de cama. El señor Dallergut me explicó que vamos a decorar las calles como si fueran dormitorios.

—¿Sí? Ojalá que vengan muchos camiones de comida como aquella vez. Hasta nos repartieron postres aderezados con polvos de emociones valiosas. Todavía recuerdo aquel helado de manzana que llevaba canela energética. En esa época ya tenía la costumbre de irme a dormir en cuanto daban las nueve, pero allí estuve dos días enteros divirtiéndome sin sentir una pizca de cansancio desde la noche que lo tomé —relató su padre.

—¿Pasaron dos días seguidos de juerga cuando se conocieron por primera vez? —preguntó Penny.

Ruborizados ante la pregunta de su hija, ambos se apresuraron a seguir con las tareas domésticas que habían interrumpido.

Al día siguiente, siendo un lunes por la mañana, se sentía cierto ajetreo en la Galería. A simple vista se notaba que en todas partes había empleados en apuros. Tras haberse hecho pública la noticia, los clientes los inundaban con preguntas a las que el personal no sabía responder con certeza.

—¿Es verdad que se va a celebrar una pijamada?

—Ah, sí. Lo más probable es que sí…

—¿Habrá algún sueño que se estrene con motivo del festival?

—Pues no tengo esa información…

—¿Cómo que no? Es una celebración que organiza la Galería de los Sueños. Se lo pregunto porque planeo ahorrar para entonces. Dígame qué habrá.

Ciertamente, los empleados no sabían nada en absoluto.

—Habría estado bien que el señor Dallergut nos hubiera

contado algo de antemano. Hoy lleva todo el día sin salir de su despacho... —dijo Penny, algo molesta.

A Weather, en cambio, parecía no importarle.

—Yo lo entiendo. El fracaso en el que acabó aquella primera fiesta fue muy amargo. Todos nos quedamos muy desanimados. Organizar un festival a gran escala como ése demanda un tiempo y un esfuerzo inconmensurables. Tuvimos pérdidas considerables y, por eso, no nos atrevimos a intentarlo durante muchos años. Ni siquiera yo estaba enterada de que Dallergut se encontraba preparando otra pijamada. No obstante, comprendo que él no haya querido que se corra la voz hasta que se concretaran los detalles. Aunque admito que me quedé un poco desilusionada al enterarme por el noticiero.

—No sabía que Dallergut había pasado por un momento así. Ustedes dos son realmente colegas de toda la vida.

—Por aquel entonces, ambos éramos jóvenes y rebosábamos ambición. Él quería poner todo su esmero en este negocio tras heredarlo del propietario anterior y eso no ha cambiado en ningún momento.

Dallergut apareció tan pronto como Weather terminó de decir esas palabras. Atusándose el pelo, que ese día llevaba más revuelto que de costumbre, dirigió una sonrisa modesta a sus empleados.

—Los he hecho esperar mucho, ¿verdad? Disculpen que no les hubiera avisado antes. No era mi intención que se acabaran enterando primero por las noticias. Weather, creo que me va a hacer falta el micrófono unos momentos.

El propietario entró en la recepción y preparó el equipo de megafonía para que el anuncio se oyera en todas las plantas. Tras carraspear un par de veces, se acercó el micrófono a la boca y empezó a hablar:

—Hola, ¿se me escucha bien? Ruego a todos los empleados que se reúnan en la sala de atención al cliente que hay
bajo mi despacho en cuanto termine la hora del almuerzo.

Los trabajadores de la tienda comieron pronto y ya estaban
esperando en la sala. Todos llevaban un broche grabado con
el número de planta en la que trabajaban y se habían sentado
alrededor de la enorme mesa redonda en grupos para que se
pudiera distinguir a qué piso pertenecían. Estaban presentes
casi todos, exceptuando el personal mínimo necesario para
proseguir con las actividades del establecimiento.

Penny no había estado en aquella sala desde que la visitó
por primera vez cuando atendieron aquella petición de reembolso de *Sueño para superar un trauma* creado por Maxim.
Gracias a que Dallergut había traído unas sillas adicionales,
todos se pudieron sentar, pero a pesar de lo grande que era la
mesa, quedaron algo apretujados al ser tantas personas.

—Speedo, ¿sabe que lleva un rato dándome patadas en la
espinilla? —se quejó un empleado de la cuarta planta, cuando ya no pudo aguantar más.

—Ay, perdona. Es que me pongo muy inquieto cuando
tengo que esperar sin hacer nada. Señor Dallergut, ¿qué tal si
vamos empezando ya? —urgió a su jefe, que estaba sentado
enfrente.

—Bien. Creo que ya están casi todos presentes. Debido a
que las reuniones con las empresas que colaborarán con nosotros han abarcado mucho tiempo, me he demorado en con-
tarles sobre el evento. Espero que me perdonen. Los he
llamado aquí para que decidamos juntos el aspecto más importante del festival. Me gustaría que debatamos qué tipos de
sueños van a conformar el tema central de la fiesta —anunció

Dallergut, mirando a todos los miembros del personal—. Bueno, aunque soy consciente de que faltan algunos compañeros, quiero que los veteranos de cada planta y sus subordinados me hagan saber su parecer. Elegiremos la temática según las opiniones reunidas.

La primera en levantar la mano fue Mog Berry.

—Señor Dallergut, ¿por qué es necesario ponerle un tema a la pijamada? Ya de por sí está claro que se trata de vestirse con ropa para dormir y holgazanear en la cama. Con eso es suficiente para que disfrute la gente y aumente la clientela que pase por nuestra tienda.

—Ya me llevé un gran chasco cuando organicé por primera vez este festival y salió mal por haber sido corto de miras.

—Pues mis padres guardan muy buenos recuerdos de entonces. ¿A qué se refiere cuando dice que salió mal? —intervino Penny.

—Buena pregunta —empezó diciendo Dallergut a modo de elogio—. Hay una razón clara. Invertí un capital considerable en el evento, pero las ventas no subieron en absoluto. Y eso no fue todo. Hubo clientes que dejaron de venir a la tienda a partir de esa fecha. Se produjo justo el resultado contrario al objetivo de la fiesta y sólo acabó aumentando el flujo de transeúntes que pasaba por enfrente del establecimiento, con lo cual nos quedamos igual que antes de celebrarla. Por esta razón se me ocurrió que lo mejor será ponerle un tema al evento y ofrecer sueños de acuerdo con la temática que le otorguemos. Sacaremos artículos que sólo estarán disponibles durante la duración de la pijamada.

—Y esos sueños deberán atraer a los clientes que dejaron de venir sin que les supongan un gran desembolso —agregó Weather, pasando al centro de la cuestión.

—Exactamente, Weather. Les pido que me recomienden sueños que cualquiera estaría contento de tener en todo momento.

—Creo que para eso servirían muy bien los de la segunda planta, pues siempre gustan a todos. Los sueños que contienen "rutinas diarias" nos resultan bastantes familiares y…

Al comenzar los empleados de la segunda planta a debatir entre ellos, el resto empezó a poner cara de aburrimiento, sobre todo Motail.

—¡Vamos! Para este tipo de celebración, lo que hace falta son sueños con algo más de fantasía que permitan a la gente disfrutar de un ambiente festivo —propuso el chico.

—Entonces, ¿qué sueño de la quinta planta ofrecerías? Parece que tienes alguna buena idea en mente —le dijo Speedo en tono sarcástico.

—Bromeas, ¿no? Todos los artículos de la quinta planta son saldos. Ésos hay que descartarlos.

—Cuando se trata de un festival, los sueños que vienen como anillo al dedo son los que tenemos en la tercera planta —dijo Mog Berry con orgullo.

—Totalmente de acuerdo. ¿Qué mejor para una fiesta que soñar que volamos por los cielos o nos convertimos en el protagonista de una película? La verdad es que no sé qué hacemos perdiendo el tiempo debatiendo esto —dijo Summer, secundando la opinión de su compañera.

—Pues si nos ponemos así, ¿no serían mejor los *best sellers* de la primera planta? —replicó Speedo con afán de fastidiar—. Como en esta fiesta no podemos ofrecer solamente los sueños para siestas de la cuarta planta, yo voto por que sean productos de la primera.

—Speedo, yo opino que eso no es factible. De los artículos

que han sido premiados o han sido un éxito de ventas, sólo entran existencias limitadas, con lo cual se agotarían enseguida —dijo Weather, negando con la cabeza. A continuación, se giró hacia Penny, que estaba sentada a su lado, y le preguntó—: ¿Qué piensas tú?

La chica estaba mirando su cuaderno para consultar las cosas que apuntó mientras leía *Cuestión de Interpretación*.

—Pues, dado que es una celebración, supongo que la gente se hará regalos, ¿no? Creo que los sueños dinámicos de la tercera planta serían los más adecuados... —empezó a decir, antes de seguir echándole un vistazo a sus anotaciones:

Llegada la hora de elegir un sueño como regalo para un cumpleaños u otra ocasión especial, le dirán que hizo una elección acertadísima si satisface alguno de los siguientes aspectos:

1. Tiene una trama que presenta un significado válido aun cuando se vuelva a soñar con ello en el futuro, tal y como una película que merece la pena ver más veces.
2. Va personalizado a la medida del consumidor que lo recibirá.
3. Tiene una trama irrealizable en la vida, es decir, sólo se puede tener esa experiencia oníricamente.

—¿Qué ejemplares de sueños hay que merezcan la pena tener más veces, se ajusten a la medida del soñador y presenten experiencias irrealizables en la vida? —inquirió Penny.

—¿Acaso existe algún sueño que cumpla todas esas condiciones? —murmuró alguien.

—En la segunda planta, sí —dijo Vigo Mayers, levantando la mano—. Los sueños de la Sección de Recuerdos satisfacen todas esas características. Las remembranzas positivas siempre son bienvenidas y, como las que posee cada persona son diferentes, obviamente, el sueño se adaptará al individuo que lo tenga. Además, los eventos pasados no se repiten, y la única manera de volver a experimentarlos es a través de los sueños.

—Magnífico —dijo Dallergut asintiendo.

—Entonces, ¿qué les parece si el festival tiene por tema "los recuerdos"? Estoy segura de que podré encargar a los creadores que conozco que desarrollen sueños de esa índole. Así, no nos tendríamos que limitar a los productos de la tercera planta.

Al decir eso Mog Berry, casi todos los presentes fueron mostrándose a favor de la idea.

—Bueno, querida plantilla. Con esto queda decidida la temática del festival. Creo que todos tendrán la ocasión de lucir a placer sus destrezas. Desde ahora no tenemos ni un minuto que perder, pues el tiempo apremia y necesitamos reunir una gran cantidad de información para promocionar el evento. Si esta vez sale todo como es debido, se acabará convirtiendo en una celebración representativa de nuestra ciudad. Al decorar esta avenida donde se aglomeran los comercios de sueños de forma que invite al confort, haremos que esto sea una ocasión esperada por todos con ilusión. Imagínense las calles adonde llegarán camiones de comida de todos los rincones del país y que estarán desbordadas de personas que se habrán puesto sus mejores pijamas para gozar al máximo de una noche inolvidable —anunció solemnemente Dallergut, de pie y con los brazos en alto.

Al haberse resuelto el asunto de la temática, los empleados se dispusieron con urgencia a repartirse las tareas como si ya lo tuvieran previsto de antemano.

—Nos hacen falta los datos de todos y cada uno de los clientes.

—No creo que nadie haya tenido tiempo de organizar ese montón de archivos —dijo Penny.

—Pues yo creo que sí —replicó Motail, mirando a los empleados de la segunda planta llenos de determinación.

Ellos, junto a Vigo Mayers como líder, estaban discutiendo con orden y seriedad sobre cómo se iban a repartir las tareas:

—He hecho un análisis acerca de los clientes que nos han comprado sueños durante todo este tiempo. Me lo tomé como un pasatiempo.

—¡Qué bueno que podamos contar con él!

—También elaboré algunas estadísticas mensuales. Hasta hice anotaciones sobre los colores que tienen los envoltorios de los artículos más vendidos durante la temporada de otoño. ¿Quieren verlo?

La obsesión por el orden de los trabajadores del segundo piso iba más allá de lo que Penny había imaginado.

—¿Y cuánto nos va a llevar revisar todo eso? Nos tomaría una enorme cantidad de tiempo hacer una selección de los sueños basada en esos datos.

—Será suficiente con una tarde. Nos tocará mostrar nuestras habilidades, chicos —dijo Speedo señalando con el dedo los documentos como una hiena que ha descubierto a su presa…

—Un momento —dijo Weather, levantando la mano para atraer la atención de los demás. Había estado aguardando a que acabaran de hablar sus compañeros—. ¿Puedo ocuparme yo de la decoración?

—Por supuesto. Eso era lo que más nos preocupaba.

—Oh, vaya. Qué ilusión me hace. Podré poner bonita no sólo la fachada de nuestro edificio, sino también los callejones de toda la avenida. ¡Haré de ésta una fiesta memorable! Voy a llenar la ciudad de cosas mullidas.

—Y que no te importe el presupuesto, Weather —dijo Dallergut, poniendo sobre la mesa un grueso sobre.

La cara de la empleada se iluminó de entusiasmo al recibirlo.

—Ay, debo poner los pies en la tierra y empezar ya. Dijo que ya tiene lista la ropa de cama que se empleará, ¿verdad? Entonces, me encargaré de comprar los accesorios.

Los demás preparativos para el festival se fueron llevando a cabo con fluidez. Haciendo el mejor uso de sus capacidades, cada uno de los empleados realizó sus tareas con presteza. Weather hizo un esbozo general de la ornamentación que tenía en mente y se lo mostró a sus compañeros. Penny se quedó admirada de sus excelentes dotes para el dibujo.

Speedo fue más rápido que nadie en hacer una lista perfecta con los sueños que tenían por tema "los recuerdos". Mog Berry, gracias a su amplia red de contactos, contrató a unos creadores que acababan de empezar en el oficio y Vigo Mayers hizo una meticulosa selección de los sueños que iban llegando a la tienda.

Una vez que la noticia llegó a oídos de todos, en cualquier rincón de la ciudad donde se reuniera un par de personas no se escuchaba hablar de otra cosa más que de la pijamada organizada por la Galería de Dallergut. Ni que decir de los clientes. Había muchos de edad similar a los padres de Penny que se acordaban de ese primer festival que se celebró hacía ya tantos años.

"Fue fantástico. Qué bueno tener otra ocasión para estar de celebración toda la noche antes de envejecer más. Tomaré sin falta mis suplementos de vitaminas para cuando llegue la fecha".

"Dicen que esta vez participarán la tienda de muebles Bed Town y la Asociación Nacional de Camiones de Comida. Y al parecer, hasta habrá una exposición de creadores nóveles. ¿Te lo imaginas? Habrá un montón de entretenimiento. ¡Es la primera vez que presenciaré una pijamada de las de verdad! ¡Qué ganas!"

Mog Berry no se limitaba a quedarse en la tercera planta e iba por todas las plantas charlando con los clientes.

Al hacerse públicas las empresas e instituciones que tomarían parte en el evento y, sobre todo, al correrse la voz de que se lanzarían en primicia sueños de varios creadores, las expectativas del público crecían cada vez más.

—Ja, ja, mis hijos no paran de darme lata para que les compre ropa de dormir nueva —comentó Weather.

—Yo también le tengo echado el ojo a una pijama. Supongo que la debo traer cuando venga a trabajar, y al terminar la jornada me podré unir a la fiesta tras cambiarme. Así nadie distinguirá quién es personal de la tienda o quién vino como visitante —dijo Penny, igual de entusiasmada.

La gente parecía estar preparada para pasarse dos noches seguidas simplemente hablando de la fiesta:

"Dicen que el Instituto de Investigación de Nuevas Tecnologías va a presentar productos en los que se han aplicado técnicas pioneras. Quién sabe, quizás hasta podamos probar sueños para dos, en los que dos personas pueden soñar lo mismo a la vez".

"Me temo que eso está todavía en fase de desarrollo. No estoy segura de si lo llegaré a ver en vida".

—¿Está aquí la Señora Weather? Ha llegado mercancía a su nombre —anunció un repartidor de paquetería, sosteniendo una caja gigantesca en la entrada.

—¡Caramba, está listo antes de lo que pensaba! —exclamó ella, yendo a toda prisa hacia donde estaba esperando el hombre.

—Sí, mi jefe le dio prioridad a esta tanda de impresión. Ya sabe, todos estamos esperando este gran festival de pijamas. Solo tiene que escribir su nombre aquí como receptora del paquete y firmar.

—Dígale que le estoy de lo más agradecida.

Weather abrió la caja en un santiamén sin titubear ni un momento, como si hubiera desembalado mercancía miles de veces.

—¿Qué es esto? —preguntó Penny.

—Son las invitaciones. No podrían faltar en una fiesta, ¿no crees?

¡Los invitamos a la Pijamada
de la Galería de los Sueños Dallergut!

Deseamos que nos acompañen a esta celebración que tendrá lugar de día y noche durante toda la primera semana de octubre.

El tema del evento serán "los recuerdos". Podrán disfrutar cuanto quieran de los sueños relacionados con sus añoranzas, ¡además de una gran variedad de entretenimiento y comida!

Como siempre, esperamos con ilusión su asistencia.

La plantilla de trabajadores
de la Galería de los Sueños

—Las encargamos especialmente para nuestros clientes fijos. Podremos hacérselas llegar a todos en una semana si empezamos a repartirlas desde hoy.

—¿Se acordarán de que recibieron la invitación?

—Tal vez no cuando estén despiertos, pero se acordarán cuando vengan aquí, ¿no crees? Además, la diversión de todo esto empieza con el envío de tarjetas. ¡Para mí ya ha comenzado! —exclamó Weather, mientras contaba los sobres llena de ilusión.

—Ejem —fingió toser Vigo Mayers, acercándose a la recepción.

—¿Vino por algo, señor Mayers? —le preguntó Penny.

El encargado estaba mirando de reojo lo que había encima del mostrador.

—¿Me puedo llevar una de esas invitaciones? —preguntó, señalando con la barbilla los montones de tarjetas.

—¡Claro, cómo no! —respondió la chica, asintiendo vehementemente. Tenía una idea de a quién se la daría Vigo.

Cuando en la tarde de ese mismo día, la clienta fija número 1 entró a la tienda, su compañero empezó a hablar con ella, tal y como Penny había previsto.

Se había acercado a la mujer algo vacilante y con un paso un tanto robótico mientras escondía el sobre detrás de la espalda.

—Disculpe.

—¿Sí?

—Quiero darle esta invitación para el evento que se celebrará a principios de otoño en nuestra tienda.

—¡Vaya! ¿De qué tipo de evento se trata?

—De una pijamada. Estoy seguro de que le gustará. Visítenos sin falta.

Vigo se quedó esperando en silencio mientras ella leía la tarjeta. Al terminar de hacerlo, la mujer asintió con la cabeza esbozando una sonrisa. Cuando la clienta se disponía a adentrarse en la tienda, él, con el nerviosismo dibujado en la cara, añadió titubeante:

—Sabe, probablemente no se acuerde, pero no es la primera vez que la invito a un evento. En ese entonces, no lo hice bien. En esta ocasión, simplemente venga a la fiesta al igual que nos visita hoy. No hace falta que acuda vestida con ropa de calle, ni tampoco que se esconda de los demás. Sólo tiene que irse a dormir como de costumbre. Quería invitarla oficialmente de esta manera.

—No sé de qué me habla. Obviamente, así es cómo pensaba asistir.

Estupefacto, Vigo se alejó de la clienta número 1 huyendo a toda prisa hacia la segunda planta. Al verlo pasar, Penny creyó ver una expresión de alivio en su cara.

Al poco rato, Mog Berry bajó a la recepción acompañada de Summer.

—Señora Weather, vengo porque se me ha ocurrido una idea para la fiesta. Me refiero a instalar un puesto donde los clientes acudan para que les hagamos gratuitamente el test de personalidad del Dios del Tiempo y sus Tres Discípulos. Sería una cosa más con la que disfrutarían. ¿Qué le parece? ¿Verdad que tendría buen recibimiento?

—Mog Berry, ese test está ya un poco desfasado. Estuvo de moda varios meses atrás —la disuadió Summer con un gesto de hastío.

—Pues a mí me parece buena idea —respondió Weather como por inercia.

—¿Ves, Summer? Hagámoslo juntas, ¿sí? Me dijiste que te unirías a esto —insistió Mog Berry, tomando a su compañera por el brazo.

Al mismo tiempo que se alejaban de la recepción, Summer se giró para dirigirle una mirada de rencor a Weather.

—Como hay cosas novedosas que hacer, se ve que todos le quieren poner muchas ganas.

—Desde luego. Bueno, voy a dejar las invitaciones aquí. Se las repartiremos a los clientes desde hoy. Acuérdate de hacerlo cuando yo no esté.

Varios días después ya habían conseguido darles las tarjetas a casi todos los asiduos. Sin embargo, había dos a los que Penny no pudo hacérselas llegar: las destinadas a los clientes número 330 y 620.

—Es imposible dar las invitaciones a los que no nos visitan.

—No queda de otra más que esperar. Todavía tenemos un tiempo de margen —dijo Weather.

—Estoy realmente intrigada acerca de por qué no vienen a la tienda.

—Veo que últimamente le pones mucho empeño, Penny.

—Me gustaría poder hacer algo al respecto.

—¿Y qué te ha motivado a eso?

—Pues… Quizá no sea la razón exacta, pero creo que en parte me influyó la visita que hice a la Oficina de Atención al Cliente. Tras conocer a los asiduos 792 y 1, me di cuenta de muchas cosas.

—Si de verdad ése ha sido tu aliciente, la estrategia de Dallergut de llevar allá a los empleados que han cumplido un año de trabajo le ha salido redonda —afirmó Weather con una mirada de satisfacción.

—Cierto, también puede ser por el test de personalidad. Ése del que habló Mog Berry. Me lo hice a principios de año.

—Yo también lo hice. Me salió que soy del tipo del Tercer Discípulo. Creo que decía que era "una mediadora sabia". ¿Qué resultado te dio a ti?

—El del Segundo Discípulo. ¿Por alguna casualidad sabe quién es su descendiente? Parece que nadie lo conoce.

—Es normal que no lo sepan. Desafortunadamente, ya no está aquí. Era alguien a quien le gustaba vivir de forma discreta.

—Creo que oí el nombre en alguna parte…

—Se llamaba Atlas.

Fue en ese momento que Penny se acordó de dónde lo escuchó. Primero se lo oyó decir a Vigo Mayers, y luego también salió en la conversación que estaban teniendo Nicolás y Maxim en el Centro de Pruebas antes de que ella se acercara a saludarlos.

—¿Y dónde está ese descendiente ahora? ¿A qué se dedica? Sí he escuchado a varias personas mencionarlo, aunque nunca lo he visto.

—Verás, es que Atlas… —comenzó a decir Weather, cuando de repente Dallergut abrió bruscamente la puerta.

Al parecer, el propietario estaba a punto de salir a algún sitio. Se había cambiado los zapatos por los que solía llevar cuando tenía una reunión fuera y en su brazo portaba un saco ligero.

—Señor Dallergut, ¿adónde se dirige? —preguntó intrigada Penny.

—Tengo que pasar por un sitio. Ay, no debo olvidarme de las invitaciones. Veo que sólo han quedado dos, tal como lo suponía.

—¿Para qué las necesita? No me diga que va a ir a la Oficina de Atención al Cliente.

—Sé dónde están esos dos clientes y, por suerte, se trata de un lugar más cercano que la Oficina.

—¿Dónde?

—Precisamente ahora ella me estaba preguntando acerca de Atlas —intervino Weather.

Sin embargo, la chica no entendía muy bien el motivo por el que su supervisora dijo eso. ¿Qué tenían que ver las invitaciones y los clientes con Atlas?

—¿Ah, sí? En ese caso, ¿qué tal si me acompañas?

—Pero ¿me va a decir a dónde vamos?

—Te enterarás por el camino. Bueno, salgamos ya. Tenemos que tomar el tren de empleados.

—¿Nos subiremos al tren de empleados a esta hora? —preguntó llena de dudas Penny, ladeando la cabeza.

Al poco rato, ambos se encontraban en uno de los vagones del tren. El aire del verano que ya iba despidiéndose aún se sentía algo húmedo, pero al adquirir velocidad el tren se levantó una brisa refrescante. Dallergut, que todavía seguía sin revelarle a Penny hacia dónde se dirigían, por fin rompió el silencio:

—Penny, no debes contarle a nadie lo que verás y oirás hoy. Confío en que serás discreta.

—¿A qué se refiere con las cosas que veré y oiré hoy? ¿Tenemos algún otro encargo aparte de encontrarnos con los dos clientes?

—Te darás cuenta en cuanto lleguemos. Lo cierto es que me gustaría que guardaras en secreto el sitio que vamos a visitar ahora. Es mejor que siga siendo un lugar discreto al que sólo acuden las personas que en verdad lo necesitan.

—No me hago una idea de qué sitio…

—Bueno, ya hemos llegado. Nos tenemos que bajar aquí —anunció Dallergut, levantándose del asiento una vez que el vehículo se detuvo.

Estaban en el lugar más bajo de la Pendiente vertiginosa, donde se encontraban el quiosco y la Lavandería Noctiluca. La chica, con una expresión de confusión, se bajó del tren siguiendo a su jefe. Estaba claro que el lugar a donde se dirigían era la lavandería.

—Señor Dallergut, si tenemos que reunirnos con los clientes… ¿por qué estamos yendo a la lavandería?

En vez de contestar a la pregunta, él saludó de buen talante al noctiluca que esperaba en la entrada.

—Buenas, lo estaba esperando. ¡Y veo que viene acompañado! —dijo éste al verla.

Tenía la peculiaridad de que sólo los pelos del extremo de su cola eran azules. Se trataba de Assam.

—¡Assam, veo que por fin conseguiste entrar a trabajar aquí! Bien. Ahora espero que alguno de los dos me cuente por qué hemos venido a este lugar.

—Lo sabrás cuando entres —le respondieron ambos al unísono.

Penny estaba empezando a ofenderse creyendo que se burlaban de ella.

Su amigo noctiluca la animó a pasar señalando el interior de la cueva, mientras su jefe ya se disponía a entrar. El voluminoso cuerpo de Assam y la alargada figura de Dallergut bloqueaban la mitad de la entrada. Detrás de ellos, la chica, algo dudosa, intentaba vislumbrar cómo era aquel espacio invadido por la penumbra. Se oyó el ruido que hacía el cartel de madera colocado en la entrada al golpear contra el muro a causa de una fuerte ráfaga de viento.

—Pero ¿acaso no es esto una lavandería común y corriente?

Dentro de la cueva creyó oír el ligero sonido de un chapoteo. Del interior también salía un aire fresco que, en un día caluroso como aquél, resultaba de lo más invitador. Parecía como si aquel sitio oscuro los incitara sutilmente a adentrarse.

Penny, sin encontrar todavía el común denominador que tenían Atlas, las dos invitaciones pendientes y aquella lavandería, avanzaba hacia el interior de la cueva siguiendo los pasos de Assam y Dallergut.

8. La Lavandería Noctiluca

Dallergut y Penny avanzaban hacia el interior de la cueva siguiendo a Assam. El pasadizo era lo suficientemente amplio como para que los noctilucas no tuvieran dificultades al transitar por él cuando cargaban la ropa. Seguía igual de oscuro en el poco trayecto que llevaban recorrido, pero, delante de ellos, la cola azul de Assam iluminaba el lugar como si fuera una bombilla fluorescente. La chica y su jefe iban adentrándose cautelosamente guiados por la luz que producía. Desde un rincón remoto de la cueva, se podía percibir el débil pero constante sonido de un chapoteo de agua.

—Siento como si nos estuviéramos acercando a un cauce subterráneo —dijo algo nerviosa Penny, caminando pegada a Dallergut.

Al avanzar un poco más siguiendo los pesados pasos del noctiluca, vieron cómo una tenue luz iluminaba el pasadizo. Las paredes poseían el aspecto tosco e irregular propio de la roca natural, pero al mismo tiempo daban la sensación de que alguien las había pulido a propósito para otorgarles ese relieve. En contraste, no había ninguna fuente de luz artificial, sólo aquellos débiles rayos que se colaban por los huecos del muro hacia el interior de la cueva.

De pronto, la parte de la pared que Penny tenía frente a sus ojos se oscureció, dejando ver una sombra que se movía. Sin embargo, en aquel espacio no había ningún cuerpo capaz de crear esa silueta. Sin lugar a dudas, no se trataba de la sombra de ninguno de ellos tres. En el mismo instante en que Penny comenzó a sorprenderse, las sombras se movieron de un lado a otro como si titubearan antes de salir despedidas hacia el techo.

—¡Señor Dallergut, Assam! ¿Han visto eso? Hay unas sombras moviéndose solas. ¡Les digo que se movieron! ¡Y no son las nuestras! —exclamó en voz alta Penny.

—¡Shh!—dijo el noctiluca en respuesta, llevándose una pata al hocico tras girar hacia ella—. No se puede hacer alboroto aquí dentro, ¿entendido?

—Entiéndela, Assam. Es normal que uno se asuste la primera vez que ve algo así —empatizó Dallergut con su empleada. Assam asintió con la cabeza en señal de que comprendía la reacción.

Cuanto más se adentraban en la cueva, fueron apareciendo por todas partes muchas más de esas sombras ondeantes, a la vez que una serie de monótonos sonidos se iban acercando y alejando de sus oídos repetidamente. Cuando ya se habían acostumbrado a ese ritmo que no tenían un principio ni fin definidos, el lugar se iluminó hasta el punto de hacer visible el final del pasadizo, revelando un amplio espacio donde se vislumbraba a otros noctilucas.

—Vaya, ahora que hay claridad, me siento más tranquila. Por cierto, Assam, ¿en este lugar hay que guardar silencio? Y esas sombras de antes, ¿qué eran? —inquirió Penny.

—Aquí no estamos en una lavandería ordinaria. Por este sitio pasan para tomarse un descanso las sombras de mucha gente —le respondió el noctiluca.

—¿Vienen a descansar a un lugar donde se lava la ropa?

Sin ocasión de darle más explicaciones a la chica, Dallergut, que iba caminando delante de ella, se paró en seco y señaló un punto de la pared rocosa. Ahí estaba grabado el fragmento de un texto bien conocido:

> La situación del Segundo Discípulo no era mejor. Su gente, que vivía atrapada en el pasado, no aceptaba el correr del tiempo, las separaciones inevitables, ni la muerte de uno mismo y los otros. Propensos a afligirse, sus lágrimas penetraban sin cesar tierra abajo, terminando por formar una cueva gigante en la que los emocionales aldeanos acabaron por ocultarse.

Dallergut lo leyó en voz baja.

Era la parte que narraba lo que le pasó al Segundo Discípulo en *La Historia del Dios del Tiempo y el Tercer Discípulo*.

—¿Por qué está ese párrafo escrito en el pasaje que lleva a la lavandería? ¿Quiere decir que ésta es la cueva donde se escondieron el Segundo Discípulo y sus seguidores?

—Veo que eres tan avispada como siempre, Penny. Ésta es la Cueva de Atlas. Él es el descendiente del Segundo Discípulo, al que el Dios del Tiempo le otorgó "el don de recordar innumerables cosas por un tiempo indefinido", y este lugar es la prueba de ese poder que le dio. Aquí se reúnen los recuerdos que no deseamos olvidar o, mejor dicho, nuestras vivencias más memorables —le respondió Dallergut, señalando a continuación la zona próxima al texto.

Unas gemas resplandecientes de varios tamaños brillaban incrustadas de forma dispersa en la roca. Era de ellas de donde provenía la luz tenue y cálida que iluminaba aquel espacio.

—Todo eso que ves ahí reluciendo son recuerdos de personas. ¿Verdad que es increíble? Quizás uno vaya demasiado lejos fabulando que esta cueva se formó a partir de las lágrimas que derramaron los seguidores del Segundo Discípulo, pero lo que sí es cierto es que ellos se asentaron aquí durante bastante tiempo. Aunque eso no significa que vivieran aquí encerrados para siempre. Excepto Atlas: él se quedó en esta cueva de por vida; y aquí sigue —le explicó Dallergut con tono gentil.

A pesar de que la chica estaba observando aquello con sus propios ojos, le parecía irreal lo que él le acababa de revelar.

—Penny, ¿ves esos cristales que están fuertemente adheridos ahí? Alrededor de ellos suelen surgir numerosos recuerdos. Cada una de esas entrañables remembranzas poseen la fuerza de sostener otros muchos recuerdos más. Gracias a ello, esta cueva tiene una resistencia incomparable a la de otras estructuras —explicó lleno de orgullo Assam.

El techo, con aquellos recuerdos destellando como galaxias, se asemejaba al cielo nocturno. Penny no podía despegar la vista de esos cristales mientras seguía caminando hacia el interior.

—Entonces, ¿por qué hacen como si aquí hubiera una lavandería?

—¡Qué cosas! Esto no está aquí de mentira, ¡es una lavandería de verdad!

—¿En serio? Pero ¿no era un sitio donde las sombras vienen a descansar? Y luego lo de la Cueva de Atlas... No me queda claro. ¿Qué es este lugar?

—¡Qué impaciente eres! Te enterarás cuando lo veas. Entra ya. ¡Te doy la bienvenida a mi nuevo lugar de trabajo!

Detrás del enorme cuerpo de Assam unos noctilucas se movían con la mayor diligencia. A sus pies tenían unas cestas de ropa hechas con ramas flexibles trenzadas.

La sala en la que desembocaba el pasadizo era asombrosamente espaciosa, tanto que todos los que accedían por primera vez a ella se preguntaban cómo era posible que estuviera así de oculta. A continuación, llamaban la atención las torres de lavadoras de tamaño industrial bajo un techo tan alto que hacía que los noctilucas parecieran pequeños. A un lado había unas columnas gigantes donde se enganchaban los cordones para tender, que a su vez tenían sobre ellos unas batas de dormir ya secas.

Aquel chapoteo que se escuchaba durante todo el trayecto resultó ser el agua de las lavadoras. El sonido mecánico que éstas producían, aunado al ruido que hacía la ropa mojada al dar vueltas dentro, daban la sensación de estar creando una especie de música.

A diferencia de Assam, quien sólo tenía azul la cola, la mayoría de las decenas de noctilucas que trabajaban allí tenían el pelo de un color azul intenso en todo su cuerpo. Hacían sus tareas yendo y viniendo de las lavadoras a los tendederos con las cestas colgadas de la cola o agarrándolas con las patas delanteras, y su pelaje azul resplandecía dotando de claridad a la cueva.

Penny se dio cuenta de que allí no había ninguna fuente de luz eléctrica. Los cristales de la pared y el resplandor que emitían los noctilucas cumplían a la perfección la función de iluminar el lugar. A ella le vinieron a la memoria las calcomanías fluorescentes pegadas en el techo de su habitación y que miraba antes de dormir cuando era pequeña.

—Miren, Assam ha traído invitados —avisó a sus compañeros el noctiluca de pelo más azulado, una vez que se dio cuenta de que ellos tres habían llegado.

—¡Ay, mi espalda! Ya me estaba preguntando cuándo vendrías —exclamó un hombre de complexión pequeña que difícilmente se divisaba entre los noctilucas.

Tras recoger varias piezas de ropa que había en el suelo y meterlas en una cesta, se irguió y se quedó mirando a Dallergut. Tenía la cándida expresión de un campesino humilde y su piel morena rezumaba vitalidad.

—Dallergut, veo que es la nueva empleada en quien tanto confías, teniendo en cuenta que la has traído hasta acá —dijo el hombre, esquivando al propietario para ofrecerle un apretón de manos a Penny.

A ella le dejó una impresión inolvidable la textura de aquella mano enguantada con gruesas asperezas. Aunque la tomó por sorpresa la repentina aparición de aquel desconocido, su jefe sonrió al ver al hombre.

—Bienvenida. Te llamas Penny, ¿verdad? Dallergut me ha hablado de ti. Y también Assam. Hay además otra persona que me habló de ti... No, será mejor que no te cuente eso —añadió él entre dudas.

—Ésta es la cueva del Segundo Discípulo, quien poseía el don de recordar todas las cosas durante un tiempo indefinido. Nos hemos encargado durante generaciones de proteger este lugar donde residen los buenos recuerdos de las personas.

—Disculpe, pero usted... —empezó a preguntar Penny, aunque ya tenía casi total seguridad acerca de cuál sería la respuesta.

—Soy Atlas, el descendiente del Segundo Discípulo. Parece que te intriga la razón por la que este lugar es ahora una lavandería —dijo, como si le hubiera leído el pensamiento a Penny. A continuación, le hizo un guiño a Assam.

—Penny, te voy a mostrar algo asombroso —el noctiluca sacó de la lavadora una bata chorreando de agua y la tendió en el cordón más cercano a la pared donde estaban los recuerdos cristalizados. Al hacerlo, pareció como si los rayos de luz que despedían los cristales fueran absorbidos por la ropa y, enseguida, los tejidos quedaron secos como por arte de magia. La chica se quedó boquiabierta observando aquel fenómeno—. Con los recuerdos, se puede secar por completo la ropa dejándola como si nunca hubiera estado mojada. Según se cuenta, los seguidores del Segundo Discípulo sabían que los tejidos quedaban bien secos y suaves cuando se exponían a los rayos de los recuerdos. Por eso, sugirieron a los noctilucas que trabajaran con ellos. Y ellos no pudieron rechazar la propuesta, pues ¡vaya tarea la suya de lavar y secar cada día cientos y cientos de batas! Desde entonces, esta lavandería se convirtió para nosotros en un lugar de trabajo muy apreciado —le explicó Assam a la chica, con una mirada de satisfacción.

—Ahora empiezo a entenderlo. Pero, señor Dallergut, no se ha olvidado de que tenemos que buscar a unos clientes para darles las invitaciones, ¿verdad? ¿Es cierto que se encuentran aquí? —le preguntó Penny a su jefe, sin distraerse del asunto principal por el que estaban allí.

—Te puedo asegurar que sí. ¿No es cierto, Atlas?

En respuesta, el hombre señaló hacia una zona del lado contrario, donde había una multitud de batas tendidas.

—Por supuesto. Los clientes a los que te refieres están aquí presentes. Ve a hablar con ellos.

—Estupendo. Acompáñame, Penny.

Siguiendo los pasos de Dallergut, la chica se fue adentrando en aquella zona, a la vez que apartaba con las manos la ropa que estaba colgada de manera desordenada. De pronto llegaron a un espacio oculto detrás de las múltiples cortinas de ropa tendida. Allí, en vez de cordones para tender, colgaban entre las columnas de madera unas hamacas, donde unas personas estaban tumbadas descansando.

Aparte, en medio de un sitio donde había una pila grande de ropa sin lavar, se encontraba una mujer bien entrada en años. Estaba acercando la oreja hacia una lavadora en marcha mientras tarareaba una cancioncilla. Su cara era tan familiar que resultaba fácil reconocerla al instante, incluso de lejos.

—Sé quién es. Viene todos los días por la mañana y hace sus compras con tranquilidad mientras hojea un catálogo. ¡Es la clienta número 330! Ya hemos encontrado a una de los dos —dijo la chica, disponiéndose a acercarse a ella para saludarla.

Sin embargo, el propietario de la Galería la hizo detenerse sujetándola por la manga.

—Penny, antes de ir a hablar con ella, debes saber primero por qué está aquí. Hace unos momentos aprendiste que la ropa se seca bien a la luz de los recuerdos y que, por eso, este sitio se emplea como una lavandería, ¿verdad?

—Sí.

—Hay otra historia más en relación con este lugar. Atlas descubrió que esta luz también ayuda inmensamente a las personas a recobrar su ánimo. Los recuerdos no sólo pueden hacer que la ropa mojada se seque, sino que también tienen el poder de consolar con gentileza a quienes han caído en un profundo estado de impotencia.

—¿A qué tipo de personas se refiere?

—Hay veces en que algunas pierden la motivación acerca de todo y tienden a querer dormir aunque no se encuentren cansadas o con sueño. En esos casos ni siquiera sienten la necesidad de soñar, sólo desean cortar todos los lazos con el mundo real. Se trata del tipo de clientes que deambulan sin rumbo fijo o se quedan parados en mitad de la calle sin entrar a nuestra tienda ni a ninguna otra. Bueno, ahora que te he contado esto, supongo que sabrás quiénes son los que los traen aquí —dijo Dallergut, incitando a Penny a dar la respuesta.

—Los que guían a la gente que camina sin un objetivo determinado no pueden ser otros que los noctilucas.

—Correcto —le confirmó Dallergut satisfecho—. Ellos son veteranos en la observación y asistencia a los clientes forasteros. Ésa es precisamente la razón por la que los noctilucas de más edad, a quienes les ha cambiado el pelaje al color azul, trabajan en esta lavandería. Saben discernir qué clientes han abandonado todas sus actividades y viven en constante apatía.

—Ahora lo entiendo. Señor Dallergut, entonces quizá sería poco apropiado darle la invitación a esta clienta, teniendo en cuenta que no se encuentra bien de ánimo.

—No sabría qué decirte, pues yo tengo una opinión diferente. Todos nos sentimos desganados en algún momento, incluso yo. Ahí es cuando nos hace falta que alguien nos tienda una mano. ¿No estaría bien que fuéramos nosotros quienes cumplamos ese papel para una clienta que siempre nos fue tan fiel?

Tras decir aquello, Dallergut se acercó con cautela a la señora. Ella lo miró de soslayo para enseguida cerrar los ojos y volver a concentrarse en el runrún de la máquina.

—¿Verdad que trae mucha paz? A mí también me relaja inmensamente el ruido que produce el agua en la lavadora.

—Bueno, sí. ¿Por qué ha venido?

—Seré breve en explicárselo. Pronto nuestra Galería de los Sueños organizará un festival que tiene por tema los recuerdos. Nos gustaría que asistiera y encontrara unos sueños de su gusto, así que estoy aquí para entregarle la invitación.

—No estoy interesada. No tengo ganas de ir a una fiesta ni tampoco de hacer ninguna otra cosa. Mejor déjeme a solas.

—La comprendo, todos tenemos épocas así. Por cierto, ¿no cree que las personas somos como esas batas de dormir que están en la lavadora?

La clienta miró a Dallergut con cara de estar pensando: "Pero ¿qué tonterías dice este hombre?". Aun así, él procedió a explayarse en la comparación que acababa de hacer:

—La ropa, a pesar de permanecer mojada durante un tiempo, vuelve a estar seca al poco rato. En la vida, hay muchas veces en las que nuestros ánimos también están anegados. Sin embargo, llega un momento en el que volvemos a la normalidad para después no acordarnos siquiera de que estuvimos así. Lo que le pasa a usted es eso, simplemente tiene el humor mojado. Lo único que necesita es ponerlo a secar y ya está, ¿no cree?

—¿Y cómo se hace eso?

Al ver que la señora prestaba atención a sus palabras, el propietario aprovechó para ofrecerle la invitación.

—Sólo hace falta un pequeño impulso. Eso puede ser una llamada telefónica con un amigo o una actividad tan común como salir a dar un paseo, cosas que muchas veces nos hacen mejorar el ánimo. Tengo la impresión de que un sueño basado en sus recuerdos le hará experimentar un cambio muy favorable. ¿Qué me dice? ¿Le gustaría comprobarlo viniendo a nuestra fiesta? No tiene nada que perder.

La clienta número 330 que solía frecuentar la Galería de los Sueños era una señora de más de sesenta años. Hacía una década que había pasado la menopausia con síntomas más llevaderos de lo habitual y luego se había jubilado a la edad estipulada en su lugar de trabajo, sin dificultad alguna. Había criado a tres hijos junto a su marido y aquel año se había casado el menor de ellos. El mismo día de la boda regresó a su hogar con una gran sensación de logro y a la vez de alivio. No obstante, un sentimiento de desgana que no había previsto se apoderó de ella al instante.

En todo ese tiempo, nadie aparte de ella misma había reconocido su esfuerzo. Al darse cuenta de que ahora estaba sola en aquella casa después de haber acabado su carrera profesional de treinta y cinco años y con todos los hijos ya fuera del nido, sintió como si la realidad despiadada le cayera como una bomba. La gente a su alrededor no hacía más que decirle que ahora ya podía relajarse y descansar cuanto quisiera, pero esos comentarios no le resultaban agradables, sino más bien amargos.

Se dio cuenta de que, de un día para otro, había llegado a una edad en la que se agradecía el hecho de no sufrir dolencias serias. Cuando se miraba al espejo tras lavarse la cara, sentía la misma incomodidad que experimentaba al tener delante a una amiga con la que se reencontraba después de muchos años sin verse por estar pendiente de sus hijos y el trabajo. Decidió cambiar ese espejo grande por uno más pequeño. Sin embargo, ver la envejecida cara de su marido no dejaba de recordarle que el tiempo había dejado su huella en la relación de ambos.

Le agobiaba prepararse un té por las mañanas o ir a sacar la basura. Había algunos días que se ponía a hacer grandes cantidades de comida e incluso intentó cultivar algunas verduras, pero nada parecía devolverle el entusiasmo. "¿Qué ha sido de mi vida?", se preguntaba. Ahora echaba de menos aquellos días en los que vivía sin permitirse bajar la guardia, siempre con un objetivo en mente, como pagar la hipoteca, apoyar a sus hijos mientras hacían sus carreras universitarias o estar pendiente del menor hasta que se casara. No encontraba nada que le diera ilusión a su vida.

Sin poder revertir ese ánimo tan apagado, la mujer se echaba a dormir a pesar de no necesitarlo y se adentraba en el mundo de los sueños como alguien que deambula a fin de encontrar un camino a seguir. Así fue como se topó con un noctiluca recubierto de un pelaje azul de la cabeza a la cola.

—¿Se encuentra perdida sin saber a dónde ir o sin motivación para hacer nada? —le preguntó el ser grueso y peludo, como si supiera cómo se sentía—. ¿Qué tal si me acompaña a un sitio? Es un lugar ideal para que la gente en su misma situación se pase a tomar un descanso.

Al ver que la mujer accedía, el noctiluca la invitó a subirse a su cola. Para evitar que perdiera el equilibrio y se cayera, la acomodó en su lomo y finalmente le dio unos toquecitos en la espalda en señal de querer ofrecerle consuelo.

Una vez que llegaron al tren que lleva a la zona empresarial, la dejó sentarse y la tapó con ropa limpia. Bajo aquellos tejidos suaves que desprendían un agradable olor, ella se sintió resguardada de las miradas ajenas. El noctiluca estaba procurando que nada ni nadie la molestara. Así fue como la mujer entró en la lavandería acompañada por su azulado guía.

Tras entregarle la invitación a la clienta número 330, Dallergut y Penny se dirigieron al rincón más recóndito de la lavandería para buscar al cliente número 620. Allí, donde el techo tenía menor altura con respecto al resto del lugar, estaba un sofá gigantesco. Tampoco había ningún tipo de iluminación artificial, pero de los cristales incrustados en la pared emanaba suficiente luz para dejarles ver enseguida que allí se encontraban tres noctilucas sentados doblando la ropa seca. Sus voces y risas formaban un ligero eco al reverberar contra los muros de la cueva.

—Ahí está nuestro cliente —le indicó Dallergut a Penny.

—¿Dónde?

La chica no logró verlo hasta dar unos pasos más. Él estaba entre los noctilucas enfrascado en la tarea de doblar calcetines de dormir.

—Buenas tardes, querido cliente —esta vez lo saludó primero Penny.

—¿Me habla a mí? —le respondió el joven, que tendría unos veinticinco años.

—Sí. ¿Le importaría hablar con nosotros durante unos momentos? No pasará nada si hace una pausa —dijo ella, mirando hacia la pila de ropa seca.

—Es que no puedo estar tranquilo un minuto sin hacer nada. Aunque ahora mismo creo que no puedo llevar a cabo ningún proyecto importante, quiero mantenerme activo de la manera que sea —le respondió el cliente, sin detener el ritmo con el que movía las manos.

—Si no es muy indiscreta la pregunta, ¿me podría contar qué le sucede? —inquirió Penny, sentándose a su lado con sutileza.

—No es nada. Tan sólo me siento... agotado.

Nadie podía negar que él era un joven que vivía dando lo mejor de sí cada día. Muchos de sus amigos se sorprendían de lo productivo que era con su tiempo y lo tomaban como un ejemplo a seguir. Siempre había creído que mantenerse ocupado haciendo cosas era el único modo de impedir que la mente divagara y también de concentrarse en los objetivos. La inmensa mayoría de las veces, esa idea demostró ser cierta. Era muy diferente de la gente que nunca emprendía nada y se dejaba llevar por un decaimiento sin salida o de aquellos que no podían enfocarse en lo que tenían delante al estar presos de sus emociones. Todo lo contrario, este tipo de personas no comprendían su filosofía de vida.

La fuente de su empuje era su familia, a la que tanto quería. Una vez que llegó a la edad adulta, se empezó a obsesionar con una única cosa: tener éxito lo antes posible por el bienestar de los seres que amaba.

Quería comprarle un coche nuevo a su padre, al que había visto mandar a reparar tantas veces aquel auto tan viejo que tenía; y también depositar una buena cantidad de dinero en la tarjeta de crédito de su madre. Sin embargo, el tiempo no parecía dispuesto a esperar al joven. A veces se ponía a calcular cuántos años tendrían sus padres y él mismo cuando consiguiera tener un puesto de trabajo estable.

En los momentos más decisivos, la mayoría de las cosas no le salían como planeaba. A pesar de todos sus esfuerzos, no tenía ningún control sobre los resultados de un examen para obtener una plaza por la que había una competencia extremadamente feroz. Tampoco podía esperar eternamente a que saliera la convocatoria de un puesto para él.

Por cada puerta que se le cerraba, aquellas cosas que imaginaba poder hacer en un futuro se iban posponiendo sin más remedio, una y otra vez.

"Estas experiencias que tengo ahora de alguna manera me servirán más tarde. Las frustraciones que uno sufre en la juventud son precisamente la base del éxito". Este tipo de frases motivacionales que solía poner como fondo en la pantalla de su teléfono celular eran ahora cosa del pasado. Decidió borrarlas cuando empezó a tener la sensación de que eran cosas que sólo podían decir los que llevaban una vida acomodada y sin carencias.

El joven fue perdiendo la voluntad rápidamente. Necesitaba estar solo para reorganizar sus pensamientos. Su mejor método para reflexionar era quedarse acostado con los ojos cerrados. Estaba seguro de que algo se había averiado en él. "Espero que esto se me pase de la misma manera que se arregla la computadora al apagarla y volverla a encender cuando se ha bloqueado".

Se echaba a dormir y se despertaba repetidas veces como si se estuviera apagando y encendiendo a sí mismo. Le era fácil quedarse dormido, pero le hacía falta fuerza de voluntad para levantarse. Al poco tiempo, sentía una desgana tan intensa que no podía vencer con su esfuerzo. Temiendo caer en un estado de depresión, no se atrevía a mencionar que se sentía hundido por miedo a que se hiciera realidad. Al comportarse de este modo, los demás no podían saber qué le ocurría. Deseaba intensamente poner los pies en la tierra y seguir viviendo con la determinación de antes, pero no podía arrastar a su cuerpo. Pasaba el tiempo con la luz de su habitación apagada, intentando dormir aunque supiera que no le daría sueño. Cada vez eran más las horas en las que no hacía otra cosa que permanecer acostado.

Al ver que Dallergut lo escuchaba con seriedad, el joven recibió de buena gana la invitación. En todo el tiempo que estuvo hablando, sus manos no pararon de moverse para ayudar a los noctilucas a ordenar los calcetines.

—He oído que para superar la apatía ayuda mucho hacer tareas sencillas y repetitivas —dijo el cliente, tratando de sonar enérgico.

A Penny, por algún motivo, le dio lástima verlo así.

—Tienes razón. Cuando estoy aquí tendiendo o doblando la ropa, noto como si de pronto la mente se me despejara. Ése es el motivo por el que tanto esperaba hacerme viejo para poder trabajar en este lugar —secundó Assam, quien acababa de aproximarse, uniéndose a la conversación inesperadamente.

El noctiluca traía una linterna apagada consigo y estaba echando un vistazo alrededor del joven.

—¿Desde cuándo estás aquí? ¿Qué buscas? —inquirió Penny, al no comprender el comportamiento del joven.

De repente, debajo de los pies del cliente empezó a formarse una especie de mancha oscura.

—¡Miren! ¡Hay algo extraño bajo mis pies! —exclamó el joven.

La mancha acabó convirtiéndose en una sombra con forma de persona. Una vez que paró de aumentar en tamaño, empezó a cercar al chico que estaba sentado en el sofá. Por unos instantes Penny, aun sabiendo que era imposible que sucediera, sintió miedo de que la sombra fuera a tragarlo.

—¡Eh, tú, sal de ahí! —gritó Assam, encendiendo la linterna y apuntando con ella a la sombra.

A causa del alarido del noctiluca, Dallergut dio un respingo y, sin querer, acabó derribando la pila de calcetines que ya estaban doblados. Al haberse expuesto de repente a la luz, la sombra se redujo de inmediato, cambiando de forma, para finalmente quedar sobre el regazo del joven como si fuera un bebé.

—Estos bribones son muy sociables... Pero no está bien que hagas sufrir a tu dueño, ¿entendido? —regañó Assam a la sombra, que acabó encogiéndose aún más hasta colocarse bajo los pies del cliente.

—¿Qué es todo esto? —le preguntó Penny al noctiluca, mientras el joven seguía con una expresión de perplejidad.

—Es su sombra nocturna. Como él está aquí encerrado sin tener sueños, ha venido hasta acá en su búsqueda. Por culpa de las travesuras de las sombras nocturnas, la gente se despierta con un humor pésimo a pesar de haber descansado bien. Ellas no son malas, pero como tienden a pegarse demasiado a sus dueños, les impiden tener un despertar refrescante. Debido a que está así con él, el pobre volverá a despertarse con los ánimos por los suelos después de dormir, a pesar de que ha mejorado por conseguir descansar acá —al escuchar la reprimenda de Assam, la sombra salió de debajo de los pies del joven y trepó por la pared hasta desvanecerse en la oscuridad—. Al menos, estas sombras son mucho más fáciles de atrapar que los clientes que no quieren ponerse ropa de dormir. Menos mal que ya estoy viejo y puedo trabajar aquí.

A Assam se le veía contentísimo con su trabajo en la lavandería.

—A mí también me encanta este sitio. Estaría bien que se diera a conocer mejor, así más gente pasaría a descansar por aquí. ¿Qué piensa usted, señor Dallergut?

Tras negar con la cabeza en silencio durante unos segundos, el propietario de la Galería de los Sueños procedió a dar su opinión:

—En este lugar no hay nada que pueda crear beneficios económicos. Casi nadie quiere que los clientes vengan a esconderse aquí en vez de comprar sueños. Además, ésa sería la situación ideal para dar pie a quejas. Seguro que protestarían diciendo que ocultamos a personas que no sueñan sin ofrecerles soluciones.

—¿Se refiere a la Oficina de Atención al Cliente?

—Entre otras instituciones que también lo interpretarían así. Obviamente, todos tenemos que desempeñar nuestro trabajo. Si nosotros no vendemos sueños, no nos ganamos la vida, así que podría ser que se apresuraran a cerrar este sitio o bien, optaran por poner en venta cualquier tipo de sueño a la fuerza. Desafortunadamente, hay poca gente que sabe que, en ciertos casos, lo mejor es darles tiempo a las personas —dijo Dallergut con una expresión de amargura—. Por lo tanto, es suficiente con que sepan de este lugar sólo los que verdaderamente lo necesitan. Al menos, ésa es la visión de Atlas. Además, no podemos dejar que se alojen aquí por demasiado tiempo; éste no es un sitio para quedarse indefinidamente. Cualquiera puede necesitar un refugio en algún momento dado, pero si dicho refugio se convierte en un lugar tan cómodo hasta el punto de no querer volver a donde se pertenece, eso supondría otro gran problema.

Las revoltosas sombras de la noche habían aprovechado la coyuntura y empezaron a arrimarse de nuevo a las personas que estaban allí. Los que no conseguían quitarse de encima a aquellos entrañables seres ponían unas caras parecidas a la de los niños cuando les cuesta levantarse de la cama por las mañanas.

—Como no dejen a sus dueños en paz de inmediato, van a conseguir quedarse sin esos recuerdos que tanto les gustan.

Al oír la advertencia de Dallergut, las sombras se dispersaron.

—Penny, ya va siendo hora de que yo vuelva a casa. Tú también has terminado con la misión de entregar las invitaciones, ¿verdad? —dijo Assam.

—Sí.

—Bien, entonces salgamos juntos. Señor Dallergut, ¿no viene con nosotros? —preguntó Assam. Al propietario de la Galería parecían inquietarle los otros clientes que se quedaban en la cueva—. No se preocupe, Atlas está siempre aquí, con lo cual no están a solas. Y cuando llegue la madrugada, también entrarán otros noctilucas a trabajar.

—Lo sé. Parece que mis obligaciones han terminado por hoy. Despidámonos de Atlas y vayamos saliendo.

Los tres estaban de regreso en la entrada de la lavandería. Los compañeros de Assam también salieron en tropel de la cueva y dentro sólo quedaron funcionando unas pocas lavadoras.

—Parece que hay otros visitantes aparte de nosotros —dijo Dallergut, señalando hacia la casa de Atlas.

Al mirar hacia esa dirección, Penny vio a alguien cuyo aspecto enigmático le llamó mucho la atención. Era un hombre que saltaba a la vista porque parecía fuera de lugar en aquel sitio. Llevaba el cabello peinado hacia atrás con un copete prominente y portaba una toga de un color azul grisáceo ceñida a la cintura con un cordón de seda. Iba acompañado de una mujer alta y de pelo corto, que vestía un traje entallado. Penny recordó haber visto en algún artículo periodístico al creador Doje. Era famoso por sus *Sueños en los que aparecen difuntos* y porque apenas se aparecía en público. Ella no podía dar crédito aunque lo tenía delante de sus ojos allí, al lado de Yasnooz Otra.

Ambos se encontraban hablando con Atlas cuando se dieron la vuelta a la vez al notar la presencia de Dallergut y la chica. Era la primera vez que Penny tenía la ocasión de ver a Doje de cerca. Sus ojos alargados y rasgados y un cierto aire de venir de otra época contrastaban enormemente con el estilo contemporáneo tan marcado de Otra. Era como si una persona del pasado y otra del presente hubieran salido de una máquina del tiempo camuflada en lavadora.

Doje observó en silencio la cara de Penny. Llevada por los prejuicios acerca del tipo de sueños que él creaba, ella tuvo una sensación escalofriante que le recorrió todo el cuerpo, dejándola fría como un témpano. Afortunadamente, Otra rompió el silencio al reconocer a la chica.

—¡Pero si eres tú, Penny!

Tras vacilar unos instantes sobre cómo proseguir con la conversación, a la chica le vino a la mente el tema que fluiría con más naturalidad que cualquier otro.

—Sí. Por cierto… ¿ustedes también van a venir a la pijamada?

—Ah, estoy enterada. Hay varios creadores preparando sueños orientados a la temática de los recuerdos. Seguro que será una gran oportunidad para ellos. Señor Dallergut, ¿podríamos participar Doje y yo también? —preguntó Otra con entusiasmo, al tiempo que se remangaba su saco de seda.

—Si colaboran ustedes, sin duda será una celebración todavía más importante.

—¡Qué gran idea lo de hacerla con esa temática! Si se enteraran mis antepasados, estarían impresionados. Para nosotros los recuerdos son muy valiosos; tienen la naturaleza de consolidarse cuanto más los rememoramos. Cuando termine el festival, sin duda el ambiente de esta lavandería será mucho más alegre, y obviamente, la ropa se secará aún mejor —dijo Atlas con una sonrisa en su rostro.

—Señor Dallergut, ¿qué le parecería si yo fabricara faroles hechos con recuerdos? —intervino Doje, que había permanecido callado hasta entonces. A Penny le pareció que tanto su manera de hablar como su voz eran propias de una persona de otra época—. Se me ocurrió que estaría bien emplear así los cristales formados a partir de recuerdos de difuntos. Creo que quedaría perfecto para un festival. ¿Qué opina?

—Pues… yo diría que los clientes forasteros asociarían unos faroles así con las lámparas de papel orientales que aluden a la fugacidad de la vida —respondió Dallergut poco convencido.

—Nunca oí hablar de esas lámparas. ¿Qué son exactamente? —preguntó Penny intrigada.

—No lo veo bien. Me parece una idea muy propia de ti, pero pienso que no encaja del todo con la celebración —dijo Dallergut, rechazando la propuesta del creador tajantemente—. En vez de eso, ¿qué tal si creas un sueño que contenga recuerdos compartidos con la gente que ha fallecido?

—Tienes razón. Además, siendo los recuerdos la temática del evento, me imagino que habrá tenido su buen peso la opinión de Vigo Mayers. Ya conocemos lo pertinaz que es el encargado principal de la segunda planta —intervino Otra para relajar el ambiente.

—Es obvio que él estuvo a favor de la idea. No obstante, quien encauzó todo de la forma más brillante para llegar a esta decisión fue Penny.

—¡Quién mejor que ella! Con razón le gusta a Maxim. Ay, ya me estoy metiendo donde no me llaman. No sé por qué, pero cuando se trata de las cosas de los jóvenes siempre acabo entrometiéndome.

Penny se quedó tan atónita al oír lo que Otra había dicho que no pudo pronunciar palabra.

—¿Maxim? Ja, ja. No tengo idea de qué anda haciendo ese muchacho estos días —dijo Atlas entre risas.

—¿Es cierto que últimamente no viene mucho por aquí? Como es su único hijo, seguro que le molesta que no lo visite de vez en cuando.

La chica volvió a quedarse sorprendida nuevamente, pues Atlas y Maxim no se parecían en lo más mínimo.

—Para nada. Creo que se ha convertido en alguien mejor que yo. Como padre, no hay nada que haga a uno más feliz que eso —replicó Atlas.

—No podría haberme imaginado que usted es el padre de Maxim. ¿Eso quiere decir que él creció en esta cueva? —preguntó la chica.

—Sí, y por eso Doje y yo tuvimos la oportunidad de verlo desde pequeño cuando veníamos por aquí. Este lugar ha sido nuestro sitio secreto desde que éramos niños. Para nosotros, Atlas es prácticamente como un padre —dijo Otra, agarrando cariñosamente el brazo del anciano, quien era mucho más delgado que ella—. ¿Verdad que Doje era muy tierno por entonces? Aunque en aquella época ya tenía esta forma tan peculiar de hablar —añadió.

—Terminé hablando así por la costumbre de tratar con la mejor cortesía posible a las personas fallecidas con las que me encuentro a diario. Qué remedio, pues desde pequeño fui testigo de tantas muertes…

—Qué nostalgia me da recordar aquellos tiempos. Con sólo venir aquí me siento inmersa en los recuerdos. Cuando era niña, mis padres siempre me ponían como excusa al momento de pedir prestado dinero a alguien. Decían que criarme les suponía un esfuerzo económico muy grande. Sin embargo, me di cuenta de que los demás padres no eran así con sus hijos. Cada vez que venía alguien a visitarnos a casa, a pesar de que me alegraba por ello, solía poner cara de estar apenada, pues sabía que así mis padres conseguían con más facilidad que esas personas accedieran a prestarles el dinero. Y aun así, luego se quejaban cuando tenían que invertir en mí —contó Otra sobre su pasado, en un tono indiferente.

—¿No crees que esta joven señorita podría sentirse incómoda al oírte hablar de esas cosas? Creo que tú lo deberías saber mejor que yo —dijo Doje, mientras miraba de soslayo a Penny.

—Vaya, veo que me puse otra vez a decir cosas que no vienen a cuento. Es que la vez pasada, cuando Penny y yo estuvimos trabajando codo con codo en aquel proyecto, la sentí como una persona muy cercana. Además, lo dije porque para mí fueron una gran fuente de motivación las ansias de dejar atrás las carencias que sufría, esas que no tendría si hubiera sido conformista con mi condición. Al fin y al cabo, es gracias a ello que yo he llegado tan lejos, ¿no? Supongo que, al haber visto mi casa, ya sabes lo bien que me estoy tratando ahora a mí misma.

Penny recordó la mansión de Yasnooz Otra.

—Los jóvenes de hoy no se pueden imaginar la vida tan cómoda que han llevado. Maxim tuvo que pasar su infancia en esta cueva por tenerme a mí de padre; y ni que hablar de Doje, para él también fue arduo. La vida y la muerte siempre van juntas, pero sólo por la mera razón de ser capaz de ver a la Parca tuvo que soportar muchas ofensas injustas… —dijo Atlas, secándose las lágrimas con sus rugosas manos, mientras miraba apenado a Otra y a Doje.

—Eso ya no tiene importancia. Ahora este lugar sirve como retiro para el descanso tanto de las sombras de los que no sueñan como de nuestras almas cuando se ennegrecen tanto como ellas. A un árbol le lleva tiempo echar raíces. Hay veces en las que, a pesar de que no hemos hecho nada para merecerlo, experimentamos un dolor que llega y se va del mismo modo que el invierno en los bosques. No hay manera de que nadie sepa eso antes de vivir su primer invierno. Con esto quiero decirle que no se lamenten tanto por las personas que vienen a tomarse un descanso a este lugar. A su debido tiempo, ellos también reencontrarán la paz interior de forma natural.

Fue entonces cuando Penny se sintió aliviada. Si no hubiera sido por esas palabras de Doje, habría sentido cierto cargo de conciencia al abandonar la Lavandería Noctiluca y dejar atrás a aquellos clientes asiduos de la Galería.

Junto con Maxim, quien había pasado su niñez en la cueva, Otra y Doje llevaban ahora, cada uno a su modo, unas vidas inigualablemente cimentadas. Con toda probabilidad, al igual que pasó con ellos, a los clientes alojados en la cueva les aguardaba un futuro mejor. Después de que llevaban un rato de pie conversando, Penny se dio cuenta de que las sombras habían vuelto a acercarse a ellos. Sin embargo, la inocencia juguetona con la que se asomaban le inspiraba tal ternura que le impedía espantarlas.

9. Una pijamada por todo lo alto

E l calor había terminado y una brisa otoñal corría por la mañana y el atardecer. El primer día de la pijamada comenzó con un amanecer despejado y resplandeciente.

Los empleados de la Galería habían puesto a punto todos los preparativos y ahora se encontraban llenos de nervios esperando a los clientes.

—Bien. Sólo falta que abramos las puertas para que la fiesta comience de verdad. ¡Uno, dos y tres! —Weather anunció la apertura, justo antes de empujar la puerta del establecimiento para dejarla abierta de par en par.

—¡Oh! —exclamaron al unísono los trabajadores, asombrados ante la escena que se presentaba ante sus ojos.

Penny se acercó a la entrada sobrecogida por la emoción. La avenida rebosaba de ornamentos y coloridos· puestos que entre todos habían preparado durante los últimos meses, y numerosos camiones de comida, llegados de todas partes del país, ocupaban la calle dispuestos de forma ordenada.

Una muchedumbre de personas que calzaban pantuflas o calcetines de dormir había inundado la avenida desde que despuntó el día. No había nadie que llevara ropa de diario. Los que se sentían extraños al salir a la calle en pijama pronto se sintieron cómodos con sus atuendos cuando se acostumbraron a ver el novedoso aspecto que lucían los demás en ropa de dormir. Al principio dudaron acerca de si podían subirse a las camas que estaban colocadas por toda la vía pública, pero tomando como pistoletazo de salida la lucha de almohadas que habían iniciado unos adolescentes, todos se apresuraron a elegir una cama para empezar a charlar y divertirse con sus familiares o amigos.

Penny estaba de lo más impaciente por ponerse la pijama nueva que había traído en su bolsa.

—Creo que no voy a poder esperar a que termine la jornada. Tengo unas ganas increíbles de quitarme este delantal, ponerme la ropa de dormir y unirme a la fiesta. El tiempo se me está haciendo eterno hoy —dijo la chica haciendo pucheros, mientras atendía la recepción junto a Weather.

—Penny, yo también me muero por salir del trabajo e ir a disfrutar del evento con mis hijos. Tengo una idea. ¿Qué tal si tú y Motail van a comprobar que todo marcha bien en los puestos? Vayan a echar un vistazo.

—¿De verdad podemos? ¡Mil gracias, señora Weather!

Tras soltar una risita, la encargada principal de la recepción fue a llamar a Motail, quien estaba pegado al ventanal de la entrada observando embobado lo que ocurría fuera.

—¡Motail! Deja de perder el tiempo así y acompaña un momento a Penny. Espero que no haya habido ningún incidente todavía, pero si ves algo roto, ven a reportármelo. Dime también si falta algo en alguno de los puestos.

—¿Lo dice en serio? ¡Qué alegría, pues ya estaba pensando en salir a escondidas!

Penny y Motail no se dirigieron directamente a los puestos de los creadores, sino que dieron un rodeo a propósito para observar con detenimiento cómo se estaba desenvolviendo el evento.

Se notaba en las caras de los jóvenes que ellos eran los que más estaban disfrutando, pues era la ocasión perfecta para pasarse todo el día y la noche holgazaneando con los amigos sin que sus padres los regañaran por ello.

También pudieron percatarse de que había gente proveniente de otras ciudades entre la multitud. Éstos destacaban por llevar los antifaces de dormir a modo de diadema, lo que les daba un toque muy elegante.

—Yo tampoco me voy a quedar atrás —dijo Motail, mientras sacaba un calcetín mullido de cada bolsillo del pantalón. Tras ponérselos, avanzó varias zancadas deslizándose como si patinara sobre la calzada, a la que le habían sacado brillo para la ocasión.

—¡Apresúrate, Penny!

—Como sigas patinando así, te vas a dar un buen golpe —le advirtió la chica, mientras le seguía.

—¿Y qué? Aunque me caiga aquí, lo único que podría pasar es que acabe sobre una cama blandita. ¿No ves que esto está lleno de edredones?

Al poco tiempo los dos ya estaban en la zona donde se conglomeraban los puestos que vendían sueños asociados con los recuerdos. Primero se acercaron a uno de color rosa que evocaba el amor. Con sólo ver cómo estaba decorado, pudieron adivinar al instante a qué creador estaba consagrado.

—¡Penny! ¡Motail! Qué alegría verlos por acá. ¿Verdad que mi puesto es el más llamativo? —los saludó Kiss Grower, con la cabeza rapada como de costumbre.

Él no se encontraba solo, lo acompañaban Celine Gluck y Chuck Dale. Los tres creadores que poseían un talento especial para representar sensaciones táctiles en los sueños estaban ahí formando un sólido grupo.

—Vaya, veo que al final han hecho una creación conjunta. ¿Qué clase de recuerdos contiene este sueño? Supongo que incluirá un toque de cada uno de los tres, ¿no? —inquirió Motail, tomando en su mano la caja de uno de los artículos que había sobre el mostrador.

El envoltorio, de un tono rosado tan claro que casi parecía blanco, armonizaba con la música de un marcado carácter lírico que sonaba en el puesto, y ambos detalles evocaban una sensación sugerente.

—Se trata de un producto al que hemos titulado *Recuerdos con nuestro primer amor* y lo hemos lanzado a propósito del festival —le contestó Kiss Grower.

—Me atrevo a decir que entonces las preferencias de Celine Gluck no estarán muy presentes en él. A ella le gustan las cosas más dinámicas, donde hay persecuciones, peleas y acción, ¿cierto? —opinó Motail.

—No te preocupes. He aportado mi trocito en la parte final, así la gente podrá soñar con algo mucho más emocionante que los recuerdos que contiene. Aunque en su momento pensamos en aprovechar tal cual las remembranzas o simplemente añadirles las sensaciones que naturalmente se debilitaron, todos queríamos hacer uso de nuestras habilidades; por eso nos esmeramos mucho con las sensaciones táctiles. El resultado es un artículo que sin duda hará creer a todos que volvieron a esa etapa de su vida amorosa —explicó Celine llena de orgullo, vestida con una camisa rosa que combinaba a la perfección con la decoración del puesto.

Mientras estaban hablando, una gran cantidad de personas se acercaron al sitio.

—Imagino que dentro de poco no podrán parar ni un minuto con toda la clientela que está viniendo. Será mejor que nosotros nos marchemos ya. Si queremos ver los demás puestos, debemos ponernos las pilas. Si hay algo en lo que necesiten ayuda, vengan a la tienda para comunicárnoslo —dijo Penny, al tiempo que se iba alejando para dar paso a la multitud de visitantes que llegaba.

—Como ven, por ahora vamos bien. Si nos hace falta una mano, les avisaremos —contestó Chuck Dale con su atractiva sonrisa, mientras se despedía de ellos.

Tan pronto como la chica y Motail se retiraron, un cliente de unos treinta y pocos años, interesado por el nuevo lanzamiento, se acercó a preguntarle al creador:

—¿De verdad que el primer amor de uno aparece en el sueño?

—Por supuesto. Esta misma noche podrá volver a su época de joven.

Albergando grandes ilusiones, el hombre tomó una de las cajas sin pensarlo dos veces. Al poco tiempo ya estaba sumido en un profundo sueño.

Él caminaba por uno de los callejones del barrio donde vivía cuando era estudiante de bachillerato; iba acompañado de su primera novia. Al residir los dos en la misma zona, siempre compartían el camino de vuelta tras terminar las clases.

En su sueño, estaba contemplando a la muchacha y experimentaba los mismos sentimientos que tenía hacia ella en esa época. La brisa del anochecer y la luz que emitían los postes de la calle envolvían a la pareja. El lugar se parecía en cierta medida al de sus recuerdos, pero había diversos elementos que no coincidían con la realidad de entonces. No obstante, no le impedían en absoluto sumergirse en la trama del sueño.

Los dos caminaban con las mochilas a la espalda, uno al lado del otro, a una distancia en la que sus brazos casi se rozaban. Aunque no conversaban de ningún tema en concreto, no había ni un momento en el que dejaran de bromear y reírse. El muchacho iba caminando con la vista al frente y de vez en cuando miraba de soslayo a su compañera, a la cual consideraba adorable.

Para llegar a la zona donde residían, había que recorrer un trayecto de unos diez minutos en autobús, una distancia que se hacía bastante larga al caminar. Sin embargo, cuando la recorrían juntos charlando parecía acortarse, como si la tierra se hubiera tragado la mayor parte del tramo. En su sueño ocurría lo mismo, y al poco tiempo ya habían llegado frente a la casa de la chica. Si por ellos fuera, darían varias vueltas más por la manzana antes de separarse, a pesar de que sabían que así les resultaría más difícil despedirse después. Cuando ella se disponía a entrar a su casa con expresión apenada, impulsado por una repentina ola de coraje, él se acercó de una zancada a ella, tanto que sus labios casi llegaron a posarse en su mejilla. En ese mismo instante, la puerta se abrió de golpe y salió el padre de la muchacha. Al ver la cara de estupefacción mezclada con enfado que puso el señor, él se quedó paralizado sin saber qué hacer. Cuando la chica lo empujó, apremiándolo a marcharse, él echó a correr a toda prisa por el callejón.

Durante la carrera, sintió el roce de los tenis que tanto le gustaba calzar en aquella época. También pudo percibir con una lucidez indescriptible muchas otras cosas más, como la textura de las asas de su mochila o el uniforme que llevaba puesto. Sin lugar a dudas, había vuelto a ser aquel estudiante de quince años atrás.

"En vez de salir huyendo, debí echarle valor y saludarlo", pensó entre jadeos cuando llegó al final de la calle. Acababa de experimentar en el sueño la misma sensación de arrepentimiento que en el pasado.

Al despertarse a la mañana siguiente, estuvo un buen rato navegando entre sus remembranzas, inmerso en las escenas que se le habían aparecido cuando soñaba. Al haber sido un sueño basado en sus recuerdos, no se desvaneció como el humo justo tras despertarse, a diferencia de los que solía tener normalmente. Le pareció sorprendente que hubiera experimentado algo tan real que superaba cualquier recuerdo. Creía que era normal que lo acabara olvidando todo, pero no parecía disminuir el sentimiento de alegría por haber sido transportado a una época a la que le era imposible regresar.

"¿Dónde más podría encontrar uno este tipo de gratas sorpresas cuando la vida sólo avanza de forma lineal?", pensó.

Durante los siguientes tres días, tanto el sueño *Recuerdos con nuestro primer amor* como *Sabores nostálgicos,* una creación del Chef Grandbon, hicieron que los puestos donde se vendían estuvieran muy concurridos a causa de la gran popularidad que adquirieron. Llegó un momento en que algunos empleados de la Galería tuvieron que acudir para asistir a los creadores.

Gracias a la atención al detalle que ponía Weather, quien estaba a cargo del mantenimiento de las camas y los edredones que habían aportado las firmas participantes, casi todo mantenía su limpieza inicial, excepto las camas de estilo clásico situadas frente a la zapatería, que siempre estaban sucias.

—¡¿Será esto posible?! Miren cómo está la cama llena de cáscaras de uva y envoltorios de dulces. ¡Y los bordes de las fundas de las almohadas todos rotos! Como haya sido otra fechoría de los leprechauns, esta vez no lo voy a pasar por alto.

Los duendecillos, que se encontraban en mitad de una animada lucha de almohadas del tamaño del dedo de una persona, salieron volando a toda prisa cuando vieron que Penny y Motail se aproximaban, riéndose disimuladamente.

Normalmente, los leprechauns creaban sueños acerca de volar por los cielos, sin embargo, dado que nadie tenía recuerdos de haber hecho tal cosa en la realidad, se quedaron sin poder aportar ningún sueño nuevo a la fiesta. A modo de venganza, se propusieron ser los que más alocadamente disfrutaran de ella, e iban revoloteando de una cama a otra causando estragos.

Penny sacudió el edredón de una de las camas de estilo clásico y limpió el espejo que decoraba la cabecera con un trapo blanco. Durante varios días, ella y Motail acudieron a inspeccionar varias veces al día cada uno de los puestos para dar parte del estado de las cosas. De tanto ir y venir de la tienda a la avenida, recorrían una considerable distancia cada día, lo que había hecho que el regordete de Motail estuviera ahora más en forma.

—Mira, Penny. ¿Ves cómo ahora tengo menos papada? —le dijo a su compañera, mientras se miraba con satisfacción en un espejo.

Con una renovada confianza, el joven se paseaba todo el día vestido con una elegante pijama de seda fina atento a la mirada de las chicas. Sin embargo, ninguna de ellas mostró interés como él esperaba.

A diferencia de Motail, quien parecía estar gozando de la fiesta a su modo, la mente de Penny se nublaba de preocupaciones con cada día que transcurría. El evento estaba siendo un éxito y todo parecía ir sobre ruedas, pero todavía no había visto por allí a los clientes 330 y 620, a los que les había entregado las invitaciones en la Lavandería Noctiluca. El hecho de que éstos no se pasaran por el lugar durante la celebración la hacía sentirse ansiosa, pues temía que acabaran perdiendo para siempre a esos dos clientes fijos.

Después de dejar atrás a un grupo de niños que saltaban sobre un colchón como si quisieran romperle los muelles, Penny entró de regreso a la tienda. En el vestíbulo pudo ver que habían llegado unos invitados muy especiales. Se trataba de los creadores legendarios Yasnooz Otra, Doje y Coco Siestadebebé, que estaban hablando con Dallergut frente a un carrito colmado de cajas de sueños.

—Aun con el poco tiempo que tuvieron, trajeron unas novedades de la mejor calidad. Me dejan en realidad asombrado. No saben cuánto les debo —les decía el propietario.

—¿Poco tiempo? ¡Si hasta me sobró! ¿O es que acaso dudaba de una creadora como yo? —le respondió en tono casual Yasnooz Otra. Sin embargo, a Doje, que estaba a su lado, pareció darle un poco de vergüenza ajena el comentario y fingió toser.

—¿Dónde está tu modestia, Otra?

—En estos tiempos que corren, de nada vale la humildad. Uno tiene que ir por la vida demostrando que se tiene confianza.

—Veo que recuperaste la autoestima, Otra —dijo Dallergut con una sonrisa de satisfacción.

—Si no hubiera sido por Penny que vino a verme, probablemente estaría ahora mismo encerrada en la Lavandería Noctiluca contándole mis penas a Atlas, en lugar de participar en este festival. Y habría acabado arrepentida por una larga temporada. Gracias a la visita de Penny, la serie *Otra vida* va por muy buen camino. Cuando le dé los últimos retoques, en breve estaré sacando al mercado la versión oficial de *Otra vida*. Espero contar con tu apoyo, Dallergut.

—Te reservaré el mejor sitio en el mostrador de la primera planta —respondió el dueño de la Galería.

—Muchas gracias por invitarme a mí también, Dallergut —dijo Coco, con la misma tez clara de siempre, a la vez que le daba un apretón de manos al anfitrión.

—¡Pues cómo no te iba a invitar, Coco! El que agradece que hayas venido hasta aquí soy yo. Espero que no se te haya hecho cansado el viaje. Veo que has fabricado un montón de sueños. A nuestra edad, debemos cuidarnos de no trabajar en exceso.

—Precisamente me picó el gusanito al ver cómo andaba de acá para allá Nicolás, haciendo todo tipo de cosas. Ya sabes que él y yo tenemos casi la misma edad. Mira cuánto ha salido en las noticias últimamente. Se ve que está hecho un joven. Y yo, que tampoco soy de las que sabe quedarse quieta, me puse a trabajar con ganas a propósito del sueño que me pediste para la fiesta.

—¿Sobre qué tipo de recuerdos han creado sus sueños? —preguntó Penny a los creadores, mientras ayudaba a Dallergut a descargar las cajas del carrito.

—Te daremos la oportunidad de que intentes adivinarlo.

—Apuesto a que el señor Doje habrá incluido recuerdos con personas que ya han fallecido. Pero en cuanto a los sueños de ustedes, no se me ocurre nada.

—Coco decidió hacer un regalo a aquellos que son padres dándoles la oportunidad de volver a tener los sueños premonitorios que les avisaron de sus embarazos. Pensó que sería un recuerdo fantástico para ellos soñar con aquello, teniendo a sus hijos ya crecidos. ¿Qué mejor cosa hay para una pareja que revivir el primer encuentro con su bebé?

—¿Y de qué trata el sueño de la señora Otra? ¿Es uno donde se pueden experimentar recuerdos ajenos?

—Eso estaría difícil porque no se podría fabricar en grandes cantidades a la vez. En esta ocasión, no se trata de soñar partiendo del punto de vista de alguien diferente. Ya sabes, también hay otro tipo de sueños que Otra hace de maravilla. Los que comprimen largos periodos en una sola noche.

Por fin estaban expuestos en los mostradores del vestíbulo los sueños que los creadores legendarios habían confeccionado en torno a la temática de los recuerdos. Debido a que habían llegado algo tarde, atrajeron a menos clientes de lo esperado, así que Motail se ofreció a hacer publicidad para llamar la atención de más interesados y salió de la tienda pregonando ruidosamente los productos. Empezó a usar sus técnicas de comerciante parando a cada visitante que pasaba.

—Señor, présteme un minuto. Para que un sueño sea bueno hacen falta tres cosas: la primera, que se puedan obtener beneficios de él, es decir, que produzca una gran variedad de emociones; la segunda, que merezca la pena tenerlo dos veces, al igual que una película que queremos ver de nuevo más tarde; la tercera, que se adapte a las necesidades del soñador. ¿Sabe qué sueño es el que cumple con todas estas condiciones?

—¿Cuál?

—Uno que contenga recuerdos. ¡Ahí lo tiene!

Motail había sido astuto al usar lo que se había dicho en la reunión en la que decidieron la temática de la fiesta. Una buena parte de las personas que estaban frente a la tienda comenzó a entrar en ella. Más que cautivadas por las palabras del empleado, lo hacían engatusadas por su forma de hablar y sus exagerados gestos, creyendo que dentro habría algo más interesante.

—¡Recuerdos que son una pena olvidar! ¡Podrán acordarse hasta de cosas que creen tener abandonadas! ¡Es su oportunidad para viajar al pasado en una máquina del tiempo! ¡Entren ya a la Galería de los Sueños!

El joven ciertamente consiguió animar a la clientela a hacer compras con sus eslogans.

"¿Qué tal si lo probamos?", se escuchaba entre la muchedumbre.

Al poco rato, la gente comenzó a hacer fila para llevarse los sueños que habían preparado. Las parejas jóvenes con hijos compraron en su mayoría los de Coco; y los más mayores, esperando reencontrarse con sus seres queridos que pasaron a mejor vida, adquirieron los que creó Doje.

Entre todo el gentío, Penny reconoció a esas dos personas que tanto se estaban haciendo esperar. Eran la cliente número 330 y el cliente número 620, a los que había conocido en la Lavandería Noctiluca. La chica se sintió aliviada al ver que se llevaban cada uno un ejemplar de la nueva creación de Yasnooz Otra. Esa noche, los dos iban a tener un sueño fabuloso que los llevaría de vuelta al pasado condensado como en una película.

En el sueño, la mujer, sumida en un profundo estado de apatía tras jubilarse, se encontraba rumiando acerca de sus días de trabajo, los cuales habían sido demasiado rutinarios.

Pasaron por su mente, como en una panorámica, las imágenes de cuando se levantaba con esfuerzo para ir a trabajar, o cuando en los fines de semana sus hijos la despertaban a ella y a su marido sin dejarlos disfrutar de unas horas extra de sueño. Solía prepararse para salir dejando la casa hecha un lío en el proceso. En el sueño también aparecían los vecinos que siempre la saludaban cuando se cruzaban en el portal.

Luego, emergieron imágenes de cuando hablaba de asuntos familiares con su marido e hijos, y también de momentos en los que sonreían por las cosas buenas que les pasaban, mezcladas con otras en los que se consolaban mutuamente cuando vivían situaciones duras.

También vio cómo pasaban días comunes en los que preparaba comidas inspirándose en el clima que hacía y daba las gracias por las flores y las verduras que traía cada estación.

De igual manera, se sucedieron en orden los logros y las decepciones que experimentó durante su vida laboral, así como momentos agradables en los que reía con sus compañeros de trabajo.

En el sueño, también tuvo la oportunidad de regresar a aquella primera casa tan pequeña donde vivía de recién casada, y luego a la casa de una sola planta y dos habitaciones, con un portal verde, a la que se mudaron tras tener al primer bebé. Vio con total claridad las irregularidades del techo de la habitación que miraba mientras estaba acostada, y los azulejos tan originales del cuarto de baño cuando se daba una ducha.

Cada escena era fugaz, pero todos los lugares que aparecían habían sido relevantes en su vida, pues había pasado en ellos largos periodos, lo que le trajo una gran cantidad de recuerdos ligados a cada uno de ellos.

—Querido, anoche soñé con la casa donde vivíamos antes. ¿Te acuerdas de que tenía dos habitaciones y la puerta de entrada de color verde? El casero vivía en la segunda planta —le preguntó la mujer a su esposo tras despertarse.

Él se había levantado temprano y estaba haciendo flexiones en el suelo. Llevaba teñido el pelo de un profundo color negro azabache, pero las canas le habían vuelto a asomar por las patillas.

—Pues claro que me acuerdo. Hasta del nombre del casero y del número de teléfono de la pollería donde pedíamos servicio a domicilio el día de pago. A veces, a mí también me aparece en sueños la época en la que vivíamos en esa casa.

Recuerdo que lloraste a lágrima viva el día que nos mudamos de allí. Cuando te preguntaba "¿Por qué lloras si nos vamos a vivir a un sitio más grande?", y sonreías de oreja a oreja, pero al rato estabas otra vez llorando mientras pasabas el plumero. Se me quedó grabado el instante en el que nuestro hijo mayor te dijo: "Mamá, no llores", mientras él también sollozaba. Para sacar los enseres el día de la mudanza, dejé la puerta abierta de par en par y todos los vecinos del barrio se acercaron para despedirnos con lágrimas en los ojos —rememoraba al lado de ella el hombre, con una sonrisa en los labios.

—No sé por qué me puse así por entonces. Después de sacar los muebles, se escuchaba un eco cuando tú y yo hablábamos en la casa ya vacía, y eso me resultó un poco desagradable. Había sido el sitio donde comíamos en familia, jugaban los niños, cuidaba yo de la casa y pasamos tantos buenos y malos ratos, y de repente, me pareció como si todos esos recuerdos hubieran salido por la puerta junto con los enseres. Además, sentí mucha gratitud hacia la casa, pues vivimos allí cuando menos dinero teníamos. Se ve que lloré porque estaba agradecida de que nos hubiera acogido tan bien.

—Tienes razón. Por cierto, ¿recuerdas también la primera casa donde vivimos? Me refiero a aquel cuchitril que yo alquilaba de soltero, donde había poco más que un techo y unas paredes. Por aquel entonces, me avergonzaba de proponerte vivir juntos ahí, pero ahora extraño esa casa también. Me acuerdo de un día que la colcha no se secó por completo por la humedad del verano, pero aun así nos acostamos sobre ella a charlar de cosas banales y, sin darnos cuenta, nos quedamos dormidos. No sé por qué, pero recuerdo aquello con mucho cariño —contaba él, ahora incluso más nostálgico que su mujer.

—Vaya, pues sí que te acuerdas de cosas. Ahora que lo pienso, de aquella vez que nos atrevimos a alojarnos en un hotel caro, sólo recuerdo que nos dieron un desayuno muy rico. Sin embargo, de los días que no tenían nada de especial, puedo acordarme como si fuera ayer de esos *kimbap* y calabazas a la plancha que hacíamos a veces para almorzar. Cielos, al hablar de estas cosas, me doy cuenta de que hemos tenido una vida muy entretenida.

—Estoy de acuerdo. Hemos tenido muchos momentos agradables porque llevamos juntos una buena cantidad de años, ¿eh?

—¿Y qué? ¿Te has hartado ya de mí? —dijo ella en tono de broma.

—¡Ay, ya empezamos otra vez! ¿Pero de qué iba a estar harto? Me refiero a que estoy encantado de que compartamos tantos recuerdos —le respondió su marido, tomando y acariciando sus manos.

Ella pensaba que su vida había estado compuesta de una centésima parte de momentos emocionantes y novedosos frente a la mayoría de días ordinarios. Sin embargo, ahora se daba cuenta de que su día a día era demasiado valioso como para lamentarse de que ya no habría más acontecimientos por los que ilusionarse. Todo era preciado: los cambios de estación, los paseos de vuelta a casa después de una salida, las comidas del día o los rostros que veía a diario.

Fue entonces cuando la mujer cayó en la cuenta de que ya sabía las respuestas a las preguntas que se había estado haciendo sobre qué había sido de su vida y si le quedaba algo por lo que sentir ilusión de ahora en adelante.

* * *

El joven cliente número 620 también estaba reencontrándose con sus recuerdos en su sueño. Era sobre la época en la que decidió repetir el último año de bachillerato porque no había obtenido resultados satisfactorios en la prueba de acceso a la universidad.

Colmado de preocupaciones, optó por dejar de pensar en el asunto y salió a pasar la noche fuera para ver el amanecer con sus amigos. Estaba reviviendo todos los instantes de aquellos días de finales de año cuando recién había alcanzado la mayoría de edad.

El sueño recreó perfectamente cómo se sentaron en los asientos económicos de un tren y cómo se rieron mientras contaban chistes tontos, pendientes de no molestar a otros pasajeros, e incluso el nauseabundo olor a aceite quemado que no le permitió dormir durante todo el trayecto. Se sentía todo tan real, que jamás habría podido creer que se trataba de un sueño.

Él y sus amigos se pusieron a esperar a que saliera el sol, pero, incapaces de resistir el frío, entraron a un edificio cercano y se sentaron en el suelo, finalmente quedándose dormidos sin querer. Cuando abrieron los ojos y vieron el sol ya en lo alto del cielo, se rieron desalentados. Aun así, decidieron que pedirían un deseo al astro.

Tras aquel fracaso experimentado en un examen del que estaba convencido que dependía el resto de su vida, el deseo que albergaba el muchacho a sus dieciocho años no podía ser más obvio.

"Ojalá que cuando pase todo, me pueda dar cuenta de que no fue nada".

A continuación, cuando llegó a su casa, aparecieron sus padres preguntándole solamente si había disfrutado de su escapada. En sus caras llenas de calidez estaba escrito que no le exigían nada.

El cliente no recordaba todo lo que había pasado en su sueño tras despertarse. No obstante, sí se acordaba del deseo que pidió en esa época de su vida. Sabía también que se había cumplido. El esfuerzo que puso en los estudios ese año y los buenos resultados que obtuvo eran los factores que habían hecho de él la persona que era ahora. En retrospectiva, las experiencias que en el pasado le habían resultado amargas tuvieron la función de formar la base sobre la que se construyó a sí mismo de un modo diferente a otras personas. Aunque sufriera reveses, se rompiera o se viniera abajo, siempre sentía curiosidad por saber de qué manera se recompondrían los fragmentos de su persona. Para ello, no tenía más alternativa que seguir adelante y hacer frente a lo que fuera. Las únicas palabras mágicas que necesitaba en esos momentos eran las siguientes:

"Una vez que pase todo, me daré cuenta de que no fue nada. Yo mismo me encargaré de que así sea".

Los recuerdos que conformaron los sueños fueron tan variados como el gran número de personas que participaron en la fiesta. A pesar de que era evidente de que estaban guardados en algún rincón de sus mentes, eran remembranzas que llevaban un largo tiempo olvidadas, como viejos álbumes de fotos que no harían otra cosa más que acumular polvo en una repisa.

Cada persona se reencontró con recuerdos diferentes. Alguno rememoró lo mal que le cayó su mejor amigo la primera vez que lo conoció; otros, el paisaje que coloreaba el camino de vuelta a casa tras un cansado día de trabajo. A pesar de lo distintas que eran esas escenas, todas tenían un punto en común: una vez que un recuerdo se convertía en una remembranza entrañable, se hacía borrosa la línea que diferenciaba las pequeñas alegrías de las tristezas, y ese hecho en sí mismo se percibía hermoso.

"Está claro que ese recuerdo me pertenece, pero ¿de dónde ha salido para visitarme en el sueño de anoche?"

Después de despertar de sus sueños, aquellos que participaron en la celebración tuvieron la oportunidad de evocar sus días pasados.

Después de celebrarse de día y de noche durante una semana, la fiesta estaba llegando a su fin. Penny pudo empezar a disfrutar de ella sólo después de comprobar que todos los clientes asiduos que estaba esperando habían pasado por allí.

En el puesto dedicado a las nuevas tecnologías de elaboración de sueños se rotaban investigadores diferentes cada día para presentar productos y técnicas novedosos de la industria onírica. La chica se encontraba tomando un helado mientras escuchaba la explicación que estaba dando el joven investigador de turno.

—El ámbito de mi estudio son los "sueños entrelazados", es decir, la posibilidad de pasar de un sueño a otro sin despertarse a la mitad. En particular, estoy haciendo todo lo posible por desarrollar una técnica que nos permita seguir teniendo un sueño agradable que desafortunadamente se nos haya interrumpido si volvemos a dormirnos en diez minutos. ¿Le gustaría entrar y probarlo? Le llevará unos treinta minutos.

—No, no estoy interesada, pero gracias por la explicación —respondió Penny.

Ella no quería desperdiciar media hora del poco tiempo que quedaba del festival durmiendo en uno de los puestos. En cambio, se sintió atraída por otro donde se vendía una gran variedad de atrapasueños. Ordenados por tamaño, había expuestos cientos de aquellos bonitos objetos que interceptaban las pesadillas y dejaban pasar los sueños apacibles.

—¿Este enorme de acá va enchufado a la corriente eléctrica?

—Sí. Este atrapasueños es auténtico en el sentido de que tiene un sensor para detectar la energía de las pesadillas —le explicó el vendedor. Cuando activó el interruptor, las plumas del atrapasueños comenzaron a rotar de forma violenta, tanto que parecía más apropiado para ahuyentar a los insectos—. Va dando vueltas así, y cuando capta la más mínima señal de que hay una pesadilla cerca, hace sonar una alarma a un volumen bastante alto.

Al oír eso, la chica pensó que le iría mejor comprar un atrapasueños de los convencionales.

De repente, el aparatoso objeto que seguía girando emitió un sonido atronador.

—¿Qué está pasando? —dijo el vendedor, inspeccionando los alrededores.

En ese momento, Nicolás y Maxim, quienes justo estaban transitando por esa zona, se quedaron paralizados del susto.

—Ah, parece que ha sonado por Maxim. Disculpa, ¿te importaría apartarte un poco? Como sabes, es un dispositivo que detecta la energía de las pesadillas...

El joven creador, sin recuperarse todavía de la sorpresa, obedeció al vendedor y retrocedió unos pasos hasta que, al pisar mal la alfombra, se tambaleó a punto de caerse. Varios que estaban allí no pudieron aguantarse la risa, sobre todo porque Maxim, al no esperarse el tropiezo, se agarró por inercia a las plumas del atrapasueños, y éste emitió un sonido aún más ensordecedor como si protestara por ello.

Al ver a Maxim tan desconcertado, Penny se sintió mal por él. Le dio lástima porque parecía que lo estaban tratando a él mismo como una pesadilla por la simple razón de dedicarse a crear malos sueños.

—¡Apague el interruptor! —gritó la chica.

Sin embargo, Nicolás ya había desactivado el aparato dándole una patada al enchufe.

—¡Cacharro barato! —dijo tras dar aquella gran patada.

Maxim se apresuró a desaparecer de allí con la cabeza gacha, como si se sintiera culpable por lo ocurrido.

Penny regresó a la tienda bastante cansada. Tenía el estómago a estallar de todo lo que había comido y se sentía aturdida por la cantidad de gente con la que se había cruzado.

Summer y Mog Berry no se daban abasto entreteniendo a los clientes con el test de personalidad. Del éxito tan inesperado que tuvo, hasta los visitantes forasteros hacían fila para conocer sus resultados. En la fila también se encontraban charlando animadamente algunos empleados de la Oficina de Atención al Cliente con sus uniformes verdes. Se veían muy alegres, con un humor totalmente diferente de cuando estaban en su trabajo.

Tras esquivar a las personas que hacían fila, la chica por fin llegó a la recepción donde se quedó de pie al lado de su jefe.

—Señor Dallergut, ¿usted también hizo el test de personalidad? Seguro que le habrá salido como resultado el tipo del Tercer Discípulo.

—Por supuesto y, además, no sólo una vez. Mog Berry se empeñó en que lo hiciera cinco veces. Cada vez me dio un tipo diferente.

—¿En serio? Quién lo diría. Parece que yo soy del tipo del Segundo Discípulo y creo que, aunque lo pruebe de nuevo, me saldrá el mismo resultado. A propósito del tema, a mí me agrada la labor que hacen Atlas en su cueva y Maxim con sus creaciones, pero me pregunto si las personas que tienen una personalidad similar a la del Segundo Discípulo poseen virtudes bien definidas como los otros.

—¿Por qué lo preguntas? ¿Te ha ocurrido algo?

—Ya sabe, Maxim se dedica a elaborar pesadillas que hacen revivir traumas del pasado y Atlas cultiva recuerdos en la cueva donde reside. Ambos son consecuentes con sus ideas, pero por alguna razón me parecen trabajos muy solitarios —explicó Penny, mientras recordaba la expresión de desconcierto que había puesto Maxim momentos antes.

—En mi opinión, el hecho de que pongan énfasis en los eventos pasados no tiene tanto que ver con la soledad. La primera vez que Maxim salió de la cueva para montar su taller de pesadillas me preocupó un poco, pues me pareció que ahí se sentiría sólo. Pero ya ves, este año, cuando él y Nicolás emprendieron el negocio de las galletas de la fortuna, me sentí mucho más tranquilo, pues había encontrado un compañero con el que trabajar por un propósito en común. Supe que así ya no se sentiría sólo. Lo mismo pasa con Atlas, que trabaja codo con codo con los noctílucas. De igual manera, este año yo tampoco me he sentido solo pues tengo al lado a una empleada como tú, que se apasiona por los mismos objetivos que yo me he trazado. Es más, me diste confianza y seguridad. Y creo que ha sido gracias a ti que volvieron a visitarnos muchos de nuestros clientes fijos. Has hecho un gran trabajo, Penny.

—Me tranquiliza que me diga eso, señor Dallergut.

—Y en cuanto a lo del test de personalidad, te diré que no te empeñes en encasillar tu identidad al resultado que te dio. Ésa no es la función para la que está hecha la prueba.

A continuación, él sacó del bolsillo de su abrigo una caja con las tarjetas del test de personalidad que se veía como nueva.

—¿Usted también lo tiene?

—Participé en su elaboración, así que tomé varios como recuerdo. Para ser un obsequio que dan con la compra de un libro, está bastante bien hecho, ¿no crees? Mira lo que aparece escrito en el reverso —dijo Dallergut, mostrándole a la chica la parte posterior de la caja de las tarjetas.

Hay que vivir el ahora disfrutando de la felicidad presente, sentir ilusión por la felicidad que nos traerá el futuro y rememorar el pasado para descubrir la felicidad que pasó desapercibida.

—Estas tarjetas no sirven para averiguar rasgos de personalidad concretos. Son una herramienta para que comprendamos con facilidad cómo nos estamos tomando la vida en este momento o en qué situación nos encontramos. Por eso, que nos salga un resultado diferente cada vez que hagamos el test es algo natural.

Dallergut sacó las tarjetas de la caja. En la que estaba al frente del montón se observaba la imagen del Dios del Tiempo abrazando un trozo del presente. Quizá por mera casualidad, aquel montón de tarjetas opacas emitió un destello haciendo que la cara de Penny se reflejara en la superficie.

—A veces me da por pensar que aquellos discípulos no son tres personas distintas, sino tres facetas de la misma persona que van cambiando según la etapa por la que está transcurriendo su vida. Todos nacemos con un tiempo que es enteramente nuestro, así que nosotros mismos somos el Dios del Tiempo. ¿No es asombroso?

—¡Vaya, pues sí que podría interpretarse de esa manera! —exclamó Penny.

La chica sintió una agradable sensación de plenitud al pensar que ella misma era la dueña de su presente, pasado y futuro.

—Y esto puede aplicarse a todos, tanto a los clientes como a nosotros. Hay veces en que vivimos fieles al presente, mientras que en otras nos aferramos al pasado o vamos a toda prisa con sólo el futuro en mente. Es normal que pasemos por esas rachas. Lo que quiero decir es que tenemos que ser pacientes. Aunque ahora mismo la gente no acuda a la tienda a tener sueños, en algún momento de la vida sentirán la necesidad de soñar.

—Sí, entiendo bien a lo que se refiere.

—¡Señor Dallergut, los sueños que preparamos están a punto de agotarse! ¡Y todo porque salí a ponerle ganas para atraer a la clientela! ¡Espero que se acuerde de esto en la negociación de sueldo para el año que viene! —gritó desde lejos Motail.

—Veo que Motail está tan lleno de energía como siempre. No todos los clientes asiduos volverán a visitarnos a raíz de una celebración puntual como ésta y seguirá habiendo personas que acudan a la Oficina de Atención al Cliente o a la

Lavandería Noctiluca, pero lo que nosotros debemos hacer es tener preparados sueños para todos los gustos y esperar...

—Porque en algún momento de la vida todos se encontrarán en la situación de necesitar alguno de ellos, ¿verdad?

En ese mismo instante pasó por delante de la recepción un cliente que se despidió de ellos tímidamente y se dirigió a la salida de la tienda. Se iba con las manos vacías.

—Señor, ¿no ha encontrado ningún sueño que sea de su agrado?

—No es eso, es que hoy tengo la sensación de que estará bien dormirme sin soñar nada —dijo el hombre con una sonrisa modesta.

—Lo entiendo, todos tenemos días así —respondió Penny, comprensiva.

—No me esperaba que la dependienta de la tienda me dijera eso. Pensé que iba a intentar persuadirme de que comprara algún producto —contestó el cliente, mirando a los ojos a la chica.

—No hay prisa ninguna, pues lo veremos por aquí todos los días, ¿no? —contestó ella. Una sonrisa iluminaba su rostro. Su expresión se asemejaba a la de Dallergut, que estaba a su lado—. ¡La Galería de los Sueños siempre estará aquí a su disposición.

Epílogos
1. La Gala de Premios de ese año

Después de tener lugar la pijamada, la avenida comercial fue testigo de una época de prosperidad sin precedentes. Aparte de la Galería de los Sueños de Dallergut, los demás comercios que participaron en el evento vieron un marcado crecimiento en sus números de ventas. De entre ellos, el negocio que dio el mayor salto fue Bed Town, la fábrica de camas y edredones de alta calidad. Gracias a la gran cantidad de artículos de su nueva línea de productos que pusieron a disposición en la fiesta, los participantes pudieron permitirse el lujo de comer los refrigerios que quisieron sobre las camas, y fue precisamente ese pequeño capricho lo que les dio a todos una gran satisfacción. La agradable experiencia que Bed Town facilitó durante la celebración se tradujo automáticamente en una preferencia general por sus juegos de ropa de cama, los cuales se agotaban enseguida cada vez que eran repuestos en las tiendas.

Por otra parte, los empleados de la Galería no paraban de comentar entre ellos lo mucho que habían ascendido las ventas de los productos de la segunda planta en los últimos días. Unos cuatro meses tras el evento, la misma planta estaba generando incluso mayores beneficios que la primera. El secreto de ese éxito era nada más y nada menos que el ambicioso proyecto que habían emprendido Vigo Mayers y sus subordinados: un servicio de personalización con grabados. Con Vigo a la cabeza, los trabajadores estuvieron día y noche devanándose los sesos para dar con una idea y mantener la popularidad de la ya bastante olvidada "Sección de Rutinas Diarias", hasta que finalmente se les ocurrió ofrecer un servicio de grabado a los clientes en el momento que compraran algún sueño. Con la herramienta de grabado a cuchilla que adquirieron, escribían el nombre de los clientes en la funda del producto, en vez de el del creador que lo hubiera lanzado.

"Dado que quien posee los recuerdos de su pasado es el propio cliente, el creador del sueño es obviamente el cliente mismo. Todos nosotros somos creadores formidables, incluso más que los profesionales. Tanto los que se dedican a elaborar sueños como a venderlos no podrían confeccionar estos magníficos productos de no ser por usted".

Cuando Vigo les decía eso a los clientes mientras les entregaba sus adquisiciones, ellos las recibían admirados y de camino a la salida de la tienda no dejaban de contemplar el grabado con su nombre en la funda del artículo.

—Si esas palabras salieran de la boca de Motail no causarían tanta impresión entre los clientes. Hace falta que las pronuncie alguien como Vigo, del que nadie piensa que dice cosas por decir —opinó Speedo, dando su propia interpretación al éxito de la segunda planta.

Todos menos el propio Motail se mostraron de acuerdo. Se notaba que se encontraba descontento porque la segunda planta estaba absorbiendo tanta clientela y, como consecuencia, el número de productos que acababan en la zona de saldos de la quinta planta cada vez era menor.

—Los expertos en usar la labia para hacer buenas ventas somos los de la quinta planta. Desacelere un poco, señor Mayers.

Sin embargo, el secreto de la popularidad de la Sección de Recuerdos iba más allá de eso.

Dado que los productos también llevaban el sello que certificaba su fabricación a base de ingredientes inocuos, esto atrajo a muchos padres que arrastraron a sus hijos a la segunda planta para evitar que los niños eligieran alguno de los excesivamente excitantes de la tercera.

—Mamá, déjame tener los sueños que yo quiera.

—Te compraré solamente uno, y lo podrás elegir siempre que yo te dé el visto bueno. Ya llevas una semana entera teniendo los que te dio la gana.

Penny había leído en *Cuestión de Interpretación* un artículo destacado que decía que la moda más reciente era regalarse a uno mismo por su cumpleaños un artículo de la segunda planta de la Galería con su nombre grabado, como si fuera el creador del artículo.

Como la popularidad se prolongó hasta finales de año, los que se habían reunido en la Galería para ver la Gala de los Premios en pantalla grande no paraban de escuchar comentarios sobre Vigo Mayers y la Sección de Recuerdos.

—Vi a Vigo con una sonrisa de oreja a oreja mientras contemplaba la funda de un sueño donde había grabado su nombre en la parte donde va el nombre del creador. Seguro que la idea del servicio de grabados la inventó él para consolarse por no haber podido llegar a ser creador —chismorreaba uno que otro leprechaun de los que había sentados en el borde del respaldo de las sillas.

Penny, que se encontraba sentada cerca, les dirigió una mirada fulminante a los duendecillos. Ese año había llegado a conocer mejor a Vigo y, por lo tanto, se sentía muy molesta cuando oía a otros chismear sobre él sin fundamento.

Al haberse corrido la voz de que no había lugar mejor para ver la entrega de premios que la Galería de los Sueños, se había conglomerado un gran número de personas en el vestíbulo para esperar que la transmisión de la Gala comenzara. Aparte de los noctilucas, se podían ver entre ellas a creadores que no solían aparecer en la avenida comercial.

Los transeúntes y animales que pasaban por la calle se apelotonaron frente a la puerta principal y se asomaron por los escaparates para observar el interior del establecimiento.

—Si quieren, pueden entrar a ver la Gala con nosotros —les decía Dallergut, invitándolos de buen grado a pasar.

De sólo un vistazo, cualquiera podía darse cuenta de que el número de personas que habían entrado superaba con creces el de las sillas disponibles.

El propietario, que se había percatado de ello al momento, dio una sonora palmada antes de decir en voz alta:

—¿Qué les parece si retiramos las sillas y nos sentamos en el suelo? Por suerte, las alfombras no nos faltan.

En cuanto lo oyeron, los empleados de la tienda empezaron a moverse en sincronía hasta que consiguieron hacer el espacio suficiente para que cupieran todos.

Weather ajustó la iluminación para que fuera más tenue que de costumbre y puso aquí y allá algunas velas que sobraron de la pijamada para crear un ambiente acogedor. Como resultado, se apaciguó el murmullo de los presentes. Penny se sentó cómodamente en una alfombra junto a Assam.

De alguna parte, apareció un gato de pelaje anaranjado que se subió al regazo del noctiluca para acurrucarse ahí.

—¡Qué bien sabes dónde está el sitio de descanso más mullido! —murmuró Assam.

Penny estaba pendiente de cómo Dallergut batallaba con el proyector para conseguir que saliera la imagen. Se pasó un buen rato vacilando mientras sostenía dos cables en la mano y, sorprendentemente, al acertar la primera vez el lugar correcto donde iban enchufados, los presentes enseguida pudieron ver la emisión en la gigantesca pantalla.

—Señor Dallergut, aquí hay un sitio libre, siéntese —lo apremió Weather.

Ambos se sentaron en una alfombra junto a Doje y Yasnooz Otra. Parecía que Doje había venido a insistencia de Otra, pues traía cara larga, sobre todo porque tenía al lado a Speedo molestándolo.

—Señor Doje, ¿dónde suele comprar su ropa? Cuando se quita ese moño que lleva, ¿tiene el pelo tan largo como yo? ¿Llevar siempre la toga del mismo color es su sello personal? Sabe, a mí también me gusta repetir prendas del mismo corte. Creo que tenemos muchos puntos en común —parloteaba el encargado de la cuarta planta.

—No se trata de un sello personal. Me visto así porque me gusta.

Penny había visto cómo antes Doje se había movido discretamente para no dejar espacio libre, temiendo que Speedo encontrara un hueco para sentarse ahí.

Además de Doje y Otra, había muchos otros famosos cerca de la chica y Assam; detrás del noctiluca se encontraban Kick Slumber y Animora Bancho, el creador de *Sueños que tienen los animales*. Assam era fan del primero desde hacía mucho tiempo y fingía observar cómo los perritos que siempre acompañaban a Bancho jugueteaban, mientras giraba la cabeza de vez en cuando para mirar con disimulo a Kick.

—Penny, parece que tenemos la Gala aquí y no en la pantalla.

—No es para que te pongas tan nervioso, Assam.

El noctiluca daba unos profundos suspiros con el fin de calmarse, mientras acariciaba al gato que reposaba sobre sus piernas.

—¿Cómo quieres que no me entren los nervios? ¿Acaso no has visto a quién tengo sentado detrás de mí?

—Pues sí, la verdad es que te comprendo.

A la chica le pareció raro que Kick y Bancho estuvieran ahí en la tienda y no presentes en la Gala, pues a éste le habían dado el año anterior el *Premio al best seller de diciembre*, y a aquél ni más ni menos que el Grand Prix.

—¡Miren todos hacia la pantalla, en breve saldrá el señor Mayers! —exclamó entusiasmado uno de los empleados de la segunda planta.

La Gala ya llevaba un rato transmitiéndose y en ese momento el presentador anunciaba al ganador del premio al *best seller*:

—Estoy seguro de que no pueden esperar más. ¡El premio al *best seller* del mes va para los sueños de la Sección de Recuerdos de la segunda planta de la Galería de los Sueños! Debido a que el creador de esos sueños es el consumidor, no es posible entregárselo a nadie en particular. Por eso, ¡le cedemos el honor de recoger el premio al encargado principal de la segunda planta, Vigo Mayers!

Debido a la notable cantidad de ventas, se trataba de algo que ya todos habían anticipado. A la mayoría de la gente que estaba en el vestíbulo no le tomó por sorpresa la noticia. Los compañeros de planta de Vigo, por su parte, no escatimaron los vítores y brindis para celebrarlo.

En la pantalla se veía a Vigo que había asistido a la Gala con el mismo traje que se ponía para ir a trabajar, pero, dada la ocasión, había añadido una corbata de moño a su atuendo. A causa de los nervios, se bajó del escenario en cuanto recibió el premio sin dar un discurso de recepción. Sin embargo, tuvo que volver a subir cuando el presentador se lo recordó.

—No se puede ir sin más. Basta con que nos ofrezca unas palabras acerca de cómo se siente. Adelante, ahí tiene el micrófono. Parece que los nervios le han jugado una mala pasada, señor Mayers. ¡Damas y caballeros, un aplauso para él!

Vigo volvía a estar en el centro del escenario. Por unos momentos se puso a pensar en qué diría mientras se atusaba el bigote.

—Teniendo en cuenta que estrictamente no es un premio que se me haya concedido a mí, me resulta un tanto embarazoso dar un discurso. Mi sueño de siempre fue ser galardonado en esta ceremonia y finalmente se ha cumplido, aunque de una manera que no me esperaba. Agradecería inmensamente que no decayera nunca el cariño que han demostrado por los ordinarios, pero a la vez especiales, sueños de la segunda planta de la Galería de Dallergut. Bueno… Supongo que ya puedo volver a mi asiento —agregó Vigo, tras dar aquel breve discurso, para inmediatamente bajarse del escenario.

—¡Cómo puede ser tan soso hasta para dar el discurso de recepción! Por lo menos, se nota que está de mucho mejor humor que de costumbre —dijo Mog Berry mientras tomaba una cerveza sin alcohol. Estaba sentada en la misma alfombra

276

donde estaba Kick Slumber acariciando los perros de Bancho—. Veo que este año ni uno ni otro quedaron nominados para ninguna categoría. Seguro que están algo decepcionados, ¿no? —añadió, dirigiéndose a Kick y a Bancho.

—Pero el año que viene nos van a dar el Grand Prix a nosotros —replicó Kick en forma inesperada.

—¿Qué es eso de "nosotros"? ¿Piensan sacar un nuevo sueño creándolo de manera conjunta? —preguntó Penny, que estaba al lado.

—Así es. Los dos tenemos un nuevo proyecto entre manos. ¿Verdad, Bancho? —respondió Kick.

—Sí, es todo un honor para mí colaborar con él. El señor Slumber crea sueños en los que podemos ponernos en la piel de un animal, mientras que, en los míos, los protagonistas son los animales. Hay un sueño bastante factible que integra a la perfección estas dos cosas.

—¿Qué tipo de sueño?

—Penny, ¿sabes cuáles son los animales que nunca han vivido como tales?

—¿Qué quieres decir con eso? Parece que a todo el mundo le encanta jugar a las adivinanzas conmigo.

—Ja, ja, perdona. Supongo que la pregunta te ha dejado desconcertada. Vamos a crear un sueño para los animales que viven encerrados en un zoológico. Lo hacemos con la idea de que puedan disfrutar, al menos durante un tercio de sus vidas, del lugar en el que deberían estar.

—¡Cielos, nunca imaginé que podría crearse un sueño así! Si de verdad lo sacan adelante, espero que a nadie se le ocurra nunca más golpear los cristales de las jaulas donde los animales duermen en los zoológicos. Sería desperdiciar unos sueños que se han hecho con todo esmero —apuntó Penny, enormemente ilusionada por la novedosa creación que llegaría el siguiente año a los mostradores de la cuarta planta.

Ya sólo faltaba por anunciar quién sería el ganador del Gran Prix del año. Por alguna razón, no se notaba expectación alguna entre los espectadores. Todos parecían saber para quién sería el galardón.

—Assam, ¿a quién crees que premiarán este año? —le preguntó la chica a su peludo amigo.

—¿Es que no te has enterado del rumor?

—¿Qué rumor?

—Se cuenta que la señora Coco Siestadebebé ha recuperado la creatividad de su mejor época. Por tanto, no quedan más competidores.

Al mismo tiempo que el noctiluca le contestaba a la chica, el maestro de ceremonias de la Gala anunció al ganador:

—El honorable Grand Prix de este año es para… ¡Coco Siestadebebé y su creación *Recuerdos del sueño premonitorio de un embarazo*!

Al mismo tiempo que se escuchaba una estruendosa ovación, por la pantalla salía una Coco elegantemente vestida subiendo al escenario, escoltada por uno de sus asistentes.

—En la pijamada organizada este año, la señora Coco les trajo a los papás y mamás el mismo sueño conmovedor que les anunciaba que habían concebido un bebé. La crítica ha calificado la creación como "una pieza maravillosa con la cual una pareja revive la emoción de cuando se enteró por primera vez de la noticia". ¡Escuchemos ahora lo que tiene que decirnos la creadora en persona acerca de su obra!

Antes de comenzar a hablar, la creadora ajustó el micrófono a su pequeña altura.

—Quién diría que esta viejita recibiría otra vez en vida el Grand Prix, ¿cierto? Tengo la sensación de que mi futuro todavía se ve prometedor. Fueron muchas cosas las que sentí al transmitir de nuevo esas emociones que se producen al ver las dos rayas rojas en un test de embarazo o la primera ecografía. Imaginé lo bien que estaríamos si todos pudiéramos tratar a la persona que tenemos al lado albergando la misma ilusión que sentimos al conocerla. Personalmente, me gustaría seguir haciendo esta labor con la misma pasión que tenía cuando empecé. Quiero decirles algo a los creadores de todo el país que ya tienen sus años: ¡espero que se animen a echarle ganas al verme a mí!

En ese instante, la cámara enfocó a Nicolás, quien se levantó de su asiento para ofrecerle un aplauso. Él raramente asistía a la Gala de los Premios a los Sueños, pero este año estaba allí presente y hasta se había puesto un traje formal para la ocasión. Cada vez que Nicolás salía en pantalla, la cámara también capturaba a un Maxim ruborizado que estaba sentado en el asiento contiguo.

—Parece que a la señora Coco Siestadebebé todavía le quedan bastantes días de esplendor por delante —dijo Doje, mientras aplaudía admirado.

—¡Impresionante! Espero que yo tampoco me esté quedando atrás. El año que viene debería poner mis miras en el Grand Prix con la versión oficial de *Otra Vida* —dijo Yasnooz Otra con resolución, a la vez que erizaba el plumaje de su abrigo.

El reloj estaba a poco de marcar la medianoche. Mientras esperaba la cuenta atrás, Penny deseó que para el siguiente año, tal y como había dicho Coco, pudiera ser capaz de trabajar con la misma ilusión que cuando empezó. A su vez, pidió el deseo de ver también en años venideros la Gala en la Galería de Dallergut junto a todas las personas que estaban allí.

2. Maxim y el atrapasueños

Tras aquel último día del año lleno de jolgorio, se abrió paso un nuevo año. Las temperaturas habían venido bajando con cada día que transcurría y, en esa fecha en particular, hasta caía aguanieve. Penny decidió quitarse los guantes que se le habían mojado. Lo único que pensaba en esos momentos era llegar a su destino cuanto antes, pues se le estaban congelando las manos. Iba caminando por la calle con un paso algo torpe porque llevaba en brazos una bolsa de papel que era casi de su propio tamaño. Las asas, al ser poco resistentes para soportar el peso del contenido, se le habían roto hacía ya un buen rato.

La chica empezaba a preguntarse si no se estaba metiendo en camisa de once varas, pero se dio cuenta de que ya estaba frente al taller de pesadillas de Maxim. En la entrada había pilas de hojas secas ya congeladas, que probablemente estaban ahí desde el pasado otoño, junto a una gran cantidad de objetos que ya no servían. Si había algo que lucía diferente respecto a la ocasión en la que visitó el lugar por primera vez, era que ahora había unas cortinas de un color gris oscuro en las ventanas. Las que había antes eran negras como la brea.

Una vez que subió el escalón frente a la puerta, no se decidía a entrar y se quedó unos momentos sacudiéndose los pies para quitarse la sensación de entumecimiento. Estaba pensando en qué debería decirle a Maxim al encontrarse con él, cuando la puerta se abrió bruscamente.

—Penny… ¿Cómo es que estás aquí? —preguntó Maxim con cara de estar sorprendido. El joven creador llevaba puesto un suéter tejido de color gris.

—Ah, hola…

—¿Por qué no has llamado a la puerta? Con el frío que hace acá afuera. Pasa.

—Sí, la verdad es que hace un poco de fresco. Más bien dicho, hace un frío tremendo. Y ni que decir de la nieve. Se nota que estamos en invierno, lo normal es que haga frío, ¿no? Bueno, estoy aquí sólo para darte esto. Creo que no es necesario que pase —le dijo Penny, hablando disparatadamente mientras le entregaba la enorme bolsa.

—No sé qué me traes, pero no te puedo despedir sin más, sobre todo cuando estás congelándote por el frío. Vamos, entra.

Aunque Maxim no la estaba obligando a pasar, de seguir así, los dos acabarían convertidos en muñecos de nieve. A sus pies, la nieve se iba acumulando cada vez más. Al tiempo que aceptaba la sugerencia, Penny comenzó a arrepentirse de haber ido a verlo.

El taller de pesadillas se veía más desorganizado que cuando la chica había estado allí con Dallergut. Parecía como si el creador se hubiera quedado corto de espacio para colocar los ingredientes con los que elaboraba los sueños, pues ahora había unos estantes en la pared que antes no estaban. En el espacio que quedaba libre debajo de éstos, había instalados unos ganchos de donde colgaban unas bolsas de malla con más ingredientes. En su mesa de trabajo había varios amasijos pequeños de trasfondos para sueños. Todavía en sus envoltorios transparentes, podía apreciarse que eran una mezcla de colores misteriosos que recordaban a unos planetas en miniatura.

—Espera aquí sentada, te prepararé un té caliente —dijo Maxim señalando hacia la silla que había frente a la mesa.

Mientras él hervía el agua, Penny se estuvo debatiendo sobre si sacar o no lo que traía en la bolsa.

—Toma. Éste es el té que me gusta tomar cuando estoy trabajando. No tiene ninguna propiedad en particular, pero sí una fragancia muy agradable. Por cierto, ¿por qué has venido a visitarme? Dudo que a los empleados de la Galería los envíen a festejar con los creadores el Año Nuevo, allí ya están demasiado ocupados. La verdad es que me ha sorprendido que vinieras tú sola a verme.

Al observar de reojo la expresión amable con la que el creador le hacía esa pregunta, la chica decidió revelarle la razón de su visita sin más rodeos.

—Prométeme que cuando veas esto no te vas a burlar de mí.

Tras dar un profundo suspiro, ella sacó lo que llevaba en la bolsa y lo puso en la mesa. Se trataba de un objeto de generosas proporciones que llevaba colgados varios elementos.

—Pero si es un atrapasueños.

—¡Exacto! —exclamó Penny sonriendo, alegrándose de que Maxim hubiera reconocido qué era.

Debido a que el atrapasueños que había hecho a mano se veía un tanto descuidado, la chica había vacilado antes de mostrárselo, pero sintió un gran alivio al comprobar que él había captado al momento de qué objeto se trataba.

—¿Lo has hecho tú misma?

—Pues claro. ¿Dónde venderían un atrapasueños así de desastroso? —respondió ella con una tímida sonrisa, mientras invitaba a Maxim a mirar más de cerca los elementos que colgaban del obsequio.

En el bastidor circular del atrapasueños había una red de macramé con ornamentos —como plumas, cuentas de collar y conchas de mar— entrelazados y en excesiva cantidad; era obvio que los había añadido al entramado para disimular lo mal que estaba tejido.

—Es precioso —dijo Maxim embobado, como si tuviera delante el atrapasueños más exquisito que nunca había visto en su vida. Era imposible que estuviera fingiendo aquella expresión.

Penny pensó que el creador se reiría en su cara diciendo que había desperdiciado en vano los materiales para hacer la manualidad, pero la tomó por sorpresa ver que mostraba una reacción completamente diferente a la esperada.

—Pero ¿por qué me lo das a mí? Apuesto a que te costó mucho trabajo elaborarlo.

Sin ocultar su asombro, Maxim había hecho la pregunta que la chica tanto temía. Ella se había planteado durante varios días no ir a verlo por la mera razón de no sentirse confiada de poder responderla.

—No tiene ningún significado en particular. Bueno, la verdad es que sí lo tiene. Lo que quiero decir es que no necesitas sentirte presionado por el regalo. Te vi en la pijamada, creo que el último día, y me fijé en que te llevaste un mal rato al pasar delante de aquel atrapasueños. Así que, a pesar de que éste no funcione como tal… bueno, y de que no sea muy vistoso… se me ocurrió regalarte uno hecho a mano. Y por eso... —le explicó Penny, intentando elegir sus palabras de la forma más cautelosa posible.

La chica no había podido olvidar la expresión de desconcierto que había puesto Maxim cuando el atrapasueños armó aquel lío al detectar en él la energía de las pesadillas.

El creador se quedó callado.

—Si te ha hecho sentir incómodo, puedo llevármelo de vuelta sin más. Simplemente pretendía... —empezó a balbucear Penny.

Sin embargo, el joven se apresuró a disuadirla con un gesto de la mano.

—¡Para nada! Es que me quedé sin saber qué decirte. Nunca me he sentido tan contento al recibir un detalle. ¿Cómo describir la sensación que tiene uno cuando le dan el regalo más asombroso de su vida? —le preguntó Maxim con toda seriedad.

—Bueno, tampoco es para tanto... Como sea, me alegro de que te haya gustado.

Ella se puso de pie con el atrapasueños en la mano y paseó rápidamente la vista por el taller.

—A ver, a ver... Creo que quedaría bien colgado de ese gancho de acá —dijo, colocándose de espaldas a las cortinas grises y señalando hacia el estante de ingredientes más alto—. Bien, si lo ponemos así... ¡No luce nada mal! Maxim, ven acá y dime qué te parece.

Él también se acercó al estante, dándole la espalda a la ventana. A través del aro del atrapasueños de color blanco se podía observar la totalidad de su espacio de trabajo.

—De ahora en adelante, todas las creaciones que hagas aquí pasarán por este atrapasueños y saldrán al mundo exterior convertidas en sueños que ayudarán a la gente.

—¡Vaya, eso suena fabuloso! —exclamó el joven, mientras seguía encorvado contemplando el objeto.

Un ambiente excesivamente silencioso y sombrío reinaba en el taller, donde ni siquiera sonaba un poco de música. Penny se había quedado sin nada más que decirle a Maxim y, por tanto, volvió a pensar que presentarse sola allí había sido una decisión demasiado precipitada. El creador continuaba ahí de pie como si fuera la imagen detenida de una película. La chica, al estimar que él no seguiría la conversación ni la encauzaría hacia otro tema, sintió que debía hacerlo ella hablándole de cualquier cosa, o bien optar por despedirse para acabar con aquel momento tan incómodo. Cuando abrió la boca para decir lo primero que le viniera a la mente, fue Maxim quien rompió inesperadamente el silencio.

—Penny, ¿estás contenta trabajando en la Galería?

—¿Cómo? ¿Por qué me preguntas eso de pronto?

—Me dio curiosidad. Cuéntamelo.

—Pues la verdad es que me encanta. Aunque, por supuesto, hay veces en las que me siento muy cansada o surge algún asunto duro de pelar. Aun así, me hace feliz ser capaz de acompañar a tantas personas en una parte de sus vidas. ¿Qué me dices de ti? ¿Te gusta vivir dedicándote a la creación de sueños? Ay, te acabo de hacer una pregunta que tiene una respuesta obvia. En la Lavandería Noctiluca escuché al señor Atlas decir que le echaste mucho coraje para dejar la cueva y esforzarte con el fin de convertirte en creador. Está claro que tomaste esa decisión porque sientes pasión por la profesión.

—Vaya, se lo oíste decir a mi padre. Así es, me siento muy atraído por la creación de sueños.

—¡Bueno, déjame preguntarte otra cosa! ¿Cuál fue el momento más feliz que tuviste después de abandonar tu casa?

—Ahora. El mejor momento es ahora mismo —respondió él, sin ningún atisbo de duda en la forma en que pronunció esas palabras.

Sin saber cómo continuar la conversación, la chica le dio un largo sorbo al té que todavía estaba bastante caliente.

—Por cierto, Penny, acabo de recordar una expresión que es ideal para describir un momento realmente feliz.

—¿Sí? ¿Cómo lo expresarías?

—Con una frase muy propia del Segundo Discípulo.

—¿Cuál?

—"Hoy me ha surgido un recuerdo digno de guardar en la memoria. El telón de fondo de todos mis buenos sueños será, a partir de ahora, este lugar donde me encuentro".

Penny pensó que hacía mucho tiempo que no escuchaba a nadie decir una cosa tan sentimental como ésa. Nunca habría imaginado que Maxim recitaría algo así. No obstante, al haber pasado dos noches en vela armando el atrapasueños, de pronto cayó en cuenta de que lo que ella había hecho superaba en melosidad a las palabras del joven y, en consecuencia, estalló en carcajadas.

En ese instante, el atrapasueño dio varios giros en el aire haciendo que sus ornamentos produjeran un tintineo al chocar entre sí. El sonido armonizaba muy bien con las risas todavía algo nerviosas que dejaron escapar ambos.

Esta obra se imprimió y encuadernó
en el mes de mayo de 2024, en los talleres
de Impregráfica Digital, S.A. de C.V.
Av. Coyoacán 100-D, Col. Del Valle Norte,
C.P. 03103, Benito Juárez, Ciudad de México.